冬·团圆 | 老葛

冬・初见丨老葛

DUKU

读库

2106

主编　张立宪

新 星 出 版 社　NEW STAR PRESS

DUKU
读库

特约编辑　杨　雪
装帧设计　艾　莉
图片编辑　黎　亮
美术编辑　耿　冰

特约审校：吴晨光｜马国兴｜黄英｜刘亚｜李英子｜潘艳

目录

杨家旧事

杨 苡 口述 | 小 隐 整理

报道里把“贵族”什么的安到我们家头上，我觉得莫名其妙。

杨苡，1919年生于天津，翻译家，1949年后大陆第一个《呼啸山庄》中译本的译者。其兄为翻译家杨宪益，姐姐杨敏如为北京师范大学中文系古典文学教授，姐夫罗沛霖为中国科学院院士、中国工程院院士。父亲杨毓璋系天津中国银行首任行长，文中的“娘”是杨的正室，“母亲”是三兄妹的生母，在家中称“大姨太”；“大公主”“二姐”为“娘”所出，“四姐”则为杨的二姨太所生。旧式大家庭人际关系复杂，排行亦有各种排法，文中“七叔”“八叔”为杨毓璋胞弟，“五叔”则为堂弟；“姑妈”“狗叔”均为口述者祖父姨太太所生。未详处可参看文中“大排行、小排行”一节。

关于杨家，我知道的并不多。现在知道的一些，有不少还是从别人那里听来、看来的。其实亲戚间议论得不少，母亲也念叨过，但我总是听过就忘，没上心记过。年轻的时候，我对家的印象很糟糕，鸦片、小脚、姨太太，让人气闷的生活方式……要用标签的话，这不就是标准的封建家庭嘛。

我认为自己"生正逢时"，因为我生于1919年，五四运动的那一年。对政治、理论什么的，我不感兴趣，也从来没弄懂过，同时我与各种运动都是疏远的，但我最基本的判断和态度，或者你说常识、价值观也行，都是新文化给我的。这里面也包括对旧式家庭的态度。

新文学作家中对我影响最大的是巴金，当然是因为我和巴先生一直保持着通信联系，也一直得到他的教诲，但我最初对他产生崇拜，却和他的那部《家》有很大关系。我觉得我的家和他笔下的封建大家庭像极了，简直就是它的翻版，里面的好些人物都能找到对应。年轻的时候，我最强烈的冲动，就是像《家》里的觉慧那样，离开家，摆脱那个环境，到外面广大的世界去。

快解放时，我参加了"民主青联"。要填表，我问介绍人方应旸，我该算是什么身份，他大概因为我父亲是银行行长，就说，"大资产阶级"。解放后要填各种表格，里面有一栏是"家庭出身"，我不知该怎么填，问过我哥。他也嘀咕：说是买办资产阶级吧，父亲不是给洋人做事，不算。那么，算官僚资产阶级，或者民族资产阶级？我过去的一个地下党朋友说，你父亲是银行行长，拿工资的，应该填“高级职员”。我姐接受了不少革命道理，以“剥削阶级”为耻，她从我母亲那边说，称我们是“城市贫民”——我们家早破产了嘛。到最后我也不知该算什么。不管算什么，到“文革”结束时为止，提我们家都是不光彩的事。

那时候再想不到，这些年，家世啊，家里过去的风光啊，有钱有势啊什么的，又变得吃香了，“贵族”成了一个好头衔，提起来都是很羡慕的样子。媒体采访，动不动就往“贵族”上扯。不止一次，报道里把“贵族”什么的安到我们家头上，我觉得莫名其妙。第一，我们家早就败落了，哪里是什么“贵族”？再说我们是庶出，按照旧的观念，是被歧视的，我又因为有“妨父”之名，没享受过什么阔家小姐的尊贵。第二，我是相信平等，反对讲究等级的那一套的，我的许多同学，中西女校的、西南联大的、中央大学的，出身名门，家里有钱有势，他们都不喜欢吹嘘自己家里如何如何，炫耀这些是要被看不起的。现在不是常说到“教养”吗？摆阔、津津乐道这些东西，我看就是没教养。

我最烦考据来考据去的，自己家里的事，就更是烦。看过些“百年家族”一类的书，祖上哪里人氏，做过什么官什么官，讲得清清楚楚，真是肯下功夫。我不行，那些官职之类，一下就把头绕昏了，而且我也弄不明白哪个官有多大。有一阵电视上放一部叫《走向共和》的连续剧，我正好在北京，黄宗江打电话让我快看，除了说演得好、剧本棒极了，特别提醒，说里面写到你们杨家了。他说的是剧中的杨士琦，袁世凯的心腹幕僚，后来做过很大的官。我姐看了那一段，很生气，说把杨家的人写得很坏，让我别看。当时我就住她家，从小就不敢拗着她，她说不看也就不看了，后来没再播，错过了。我没我姐那种卫护杨家的意识，看了的话，随便剧里写成什么样，我也不会生气。我哥就更不在乎了。

因为不感兴趣，碰到记者采访，我常会有抵触情绪。虽然出于礼貌，为不让人家难堪，我多少会说点，但也说不了多少。事实上我的记忆力还算好，许多往事都记得很清楚，年纪大了，眼前的事说忘就忘，过去的事却经常想起，有时就像过电影似的，只是这不是人家想听的。我有时也怀疑，说那些琐碎的人与事有什么意思？我记住的经常是些好玩的事，就像你们现在说的“八卦”。

发迹传说

外间说到我们家族的事，都会从杨殿邦开始。但那离得太久远，我听说的杨家发迹故事，都是从祖母说起。

祖母是四川总督吴棠的女儿，叫吴述仙。吴棠在清河县做县令时，有位故交之子走水路送父亲的棺材回原籍下葬，从他那儿经过，他让仆役拿了三百两银子送去。谁知到河边码头上错了船，因恰好有另外一只灵船也在那儿歇脚，而且身份和吴的故交一样，也是道员。仆役回来报告，吴棠一听，知道是送错了。已经送出去，没有讨回来的理，他只好又拿了一份银子送上。他去故交灵船上致祭，顺道也上了前面仆役误上的那条船祭拜一番，船上的人自然千恩万谢的。这回将错就错，算是给他后来飞黄腾达埋下伏笔了：船上的人是安徽皖南道员惠征的两个女儿，其中之一就是后来的慈禧太后。那时候慈禧还没选进宫里，等到掌权了，对当年落难时吴棠的仗义念念不忘，一有机会就提拔他。吴棠从此官运好得不得了。

吴棠怎么会把女儿嫁给杨家，我就不知道了，反正吴家受慈禧眷顾，杨家就跟着沾光，这门亲事对后来的杨家，非同小可。有人说，这事儿是编的，我也不知真假，家里都这么传。另一件事应该靠谱一点，是关于祖母的死。说八国联军要进京的消息传来，全家惊慌，那时有各种可怕的传闻。祖母吓得不轻，听到外人传话，一屁股就坐在地下，从此一病不起，年纪不大就死了。

照家里传的这个，祖母似乎很胆小，外间传的都是“正能量”的，说她成了杨家的长嫂后如何和祖父一起带领弟弟们发奋读书，结果兄弟五个（我祖父兄弟八个，有两个早夭）参加科举考试，四个人中了进士，点了翰林。

杨家对吴家当然是很感恩的，我姑妈跟我说，父亲那一辈号里都有个“川”字（父亲杨毓璋号“霁川”，七叔号“朗川”，姑妈叫“杨丽川”），就跟吴棠做四川总督有关。

祖父杨士燮号“渭叟”，是长子，虽也中了进士，做过杭州知府、淮阴知府之类的官，但论做官，比不了先人，因为杨殿邦是做到漕运总督的。也比不了同辈，他的两个弟弟杨士骧、杨士琦，一个做到直隶总督，一个是袁世凯的心腹（说是袁的“智囊”），权势熏天。他也不大喜欢做官，官场没意思，官场黑暗看透了，杨宪益在自传里说祖父自号“三湖（壶）太守”，三壶是烟壶、酒壶、尿壶，总之是有点玩世不恭。

他曾被派到日本考察学务，做过横滨总领事官，和当时的官员比是开了眼界的，杨士骧、杨士琦算起来又是洋务派的人，所以有点洋派。他在天津租界里买地盖房，儿子也都送出去留学。父亲和三叔留日，五叔七叔留美，八叔留法……除了老姨太生的两个，差不多都送出去留学了。

我出生时祖父已经去世多年，全部的印象就是全家福的照片，还有他的画像。画像，当时称作“影像”。那时已经有摄影这回事了，我手头也还有祖父的“全家福”，但没见过单独的相片，只见过他的影像。祖父的影像是齐白石画的。齐白石那时小有名气，但没后来那么大名气，给人画像也是糊口，不是太贵，也不那么稀奇。影像很大，我想要比单元房的一扇门还大，到祭祖时就挂出来，前面摆上供品。影像上的祖父八字胡须，穿布衣，不戴官帽，像《十五贯》里微服私访的况钟那种样子。并排挂的是祖母的影像，凤冠霞帔，很正式的朝廷命妇的装扮，和祖父的像在一起，一个随便，一个很正式，真有意思。

祖父祖母之外，旁边还有一位，影像小一些，一起受祭拜，应该是祖父的继室吧。这是我推断的，因祖母死得早。不可能是姨太太，祭祖时，若是有哪位姨太太已过世，也绝不可能在祭拜之列的。祖父有一个妾，后来我们称作“老姨太”。过去当官的三妻四妾很普遍，祖父只有一个，算少有的了。他不喜欢这些，也反对儿子们讨小老婆。

我们的祖籍是安徽泗州，现在的盱眙，属于江苏宿迁，但是家里不大有人提起那里，会说到的是淮安。杨殿邦当漕运总督时，就把家安在那里了。即使是淮安，我也从来没去过。《人民日报》原来的文艺副刊主编袁鹰是淮安人，有一次见面，他说小时候住的就是你家的宅院。也不知他怎么知道那房子过去是杨家的，也许比较大，杨家有地位吧。一个熟人曾经住在你家过去的房子里，这事想想很好玩，但事实上他知道房子是什么样，而我是一点概念也没有的。

包括祖籍泗州，我都是这两年才知道。那里还要搞什么名人故居，和我联系，要我提供杨家的情况材料什么的。我一无所知，也不感兴趣，两个孩子去了一趟，结果反而是他们从宿迁方面知道了一点家族的过去。

大排行、小排行

旧式大家庭里，关系很复杂，我说的还不是人际关系的难处——单是这一房那一房，大排行小排行，七大姑八大姨的，要弄清楚就挺费劲。

大房就是长房，祖父是长子，父亲也是长子，一直是长房。大排行就是不管哪一房的，男的就按照年岁一起排下来。祖父再往上，我就弄不清了。祖父兄弟八人，比如我父亲那一辈，父亲、三叔、七叔、八叔，还有瑷叔（记不清他的排行了）、十八叔，是祖父生的，五叔是四爷爷生的，四叔是五爷爷生的……排在一起，一共是十八个。正出和庶出是排在一起的，比如瑷叔、十八叔，就是祖父的姨太太生的。他们长我一辈，而十八叔只比我大一点点。过去的家庭，辈分高年岁小的情况很多，姨太太年轻，就更是如此了。

大排行是从祖父那儿开始，再往上就不排了，解放后论出身是“查三代”，祖孙三代，大概就是从这里来的。祖父生了八个儿子，杨宪益的大排行，就是与祖父其他几个儿子生的男孩按出生先后顺序排，不再和叔爷爷家的孙辈“混编”。

男尊女卑，家谱里的排行只有男的，女的就在一房一房内部单另排了，比如我们这一房，大太太生了大姐二姐，母亲生了我姐和我，行五行六，二姨太则生了四姐。

各房单另排，就叫“小排行”了。杨宪益出生后，因为说女的好养活，就把他和我们排一块儿，所以家里我有大姐、二姐、四姐，亲姐姐杨敏如是五姐，并没有个三姐，“三姐”是跳过去的，行三的就是杨宪益。

我记事时，各房已经不大来往了，好多亲戚只限于过年时去拜个年，即使爷爷这一房，我们也只是和七叔家关系密切，三叔我只见过几面。再长一辈的，听说过六爷爷。母亲说，他在花园街住过一阵。照说各房分开过了，各有各的家，但若是有了什么事，还是大房管。父亲是长子，因此爷爷不在了以后，姨太太是跟大房过，和我们一起住在花园街。六爷爷住花园街，是因他精神出了问题，在我们家养病。他混得不好，杨士琦是袁世凯的红人，他就想让杨士琦帮他谋个差事，杨士琦没理他，他就抱怨。母亲常见他一个人在屋里走来走去，念念有词的，瘆得慌。这位六爷爷后来怎么样，我也不知道下文。

家族中官做得最大的是杨士骧，做过直隶总督。我也不知自己见过没有，就是见过也不记得了。只记得玩过他的像章。大概是给他办丧事的时候，做过一批像章，陶瓷的。也不知娘抽屉里怎么会有那么些。我喜欢跳房子，可以一个人玩很长时间，觉得像章用来跳房子再好不过，比瓦片什么的好多了。母亲看到了说，怎么拿这个玩？！我说娘让我随便玩的呀。娘有个抽屉，里面一大堆玩意儿，有玉石，有翡翠，四爷爷的像章就杂在里面，翻来翻去很麻烦，娘就让我底朝天倒出来，让我想要什么就拿什么。结果我就挑了一模一样的好多个像章。现在想来挺可笑，我和五爷爷的交集，居然就是把他的像章踢来踢去。

稍有印象的是二婶。二叔是五爷爷杨士琦的儿子，娶的是袁世凯的女儿——杨家和袁家通婚，好像还不止这一桩。二叔家在北京，住一个王府里。七叔过五十大寿时，我正好中学毕业去北京玩儿，就由正在燕京念书的我姐领着去拜寿。那次二婶也来了，我姐指给我看，那就是二婶。二婶前呼后拥的，穿戴、排场，完全是贵妇的派头，七叔恭恭敬敬的。更早我们在天津住花园街的时候，她好像来过一次，也是很大的排场，下人都在小声议论，似乎大气都不敢出，说话都是窃窃私语的，说她和我们家的关系，是袁家的女儿……无非是如何既富且贵吧。我对她长什么样一点印象没有了，只记得不管哪次，她一出现，大家都屏声敛气的。

二叔二婶住在北京。我们和亲戚的亲疏远近，也和是不是住在天津有关，好多亲戚都住在北京，也就不怎么来往了。祖父早早就不做官，又不喜做官，住在天津离官场就有点距离了。杨家做大官的，比如杨士骧、杨士琦，当然要在北京，朝廷在那里，后来到民国，北洋政府也在那里。杨家的不少后人，都是靠祖产生活，整天什么事也不干，还看不起人，母亲不希望有来往（因为是姨太太的身份，交往中往往被歧视）。她看不起没本事的人，总是强调要“学本事”，能自立。这多少也是受父亲的影响，父亲应该又是受到祖父的影响。

父亲杨毓璋

祖父自己不喜欢当官，也不叫我父亲当官。从日本留学回来后，父亲去了沈阳做电话电报局的局长。照现在的官本位，什么都是官，校长也是官，局长当然也是官了。过去是有区别的，电话电报这样新派的带些专业性技术性的，不算官，离官场远，离商反而近些。几年后他回到天津，当中国银行的行长，跟官场来往很多，但本身还是商。

父亲在日本早稻田大学进的是什么系，我不知道，说是学实业、经济什么的。学什么不重要，反正在日本他也没有好好念书，时间都花在吃喝玩乐、和艺妓瞎混这些事情上了，肯定是没拿到过文凭什么的。他写过不少情诗，给艺妓的，让我母亲收着，还讲给她听。母亲一直放在一个盒子里收着的，还拿给我看过，可惜后来都烧了。

祖父当然不希望父亲过公子哥式的生活，回国以后就严格管束他，后来父亲确实也戒了各种不良嗜好，改邪归正了。他那个沈阳电话电报局局长的差事，据说是杨士骧给弄的，几年后当中国银行行长，肯定也和杨家的背景有关，不过至少到任职天津中国银行的时候，他已经很是“务正业”了。而且他很能理财，中国银行在他手上办得有声有色的，家业也大了许多。以过去的眼光看，他要算他那一辈里最能为杨家光宗耀祖的了。

他对自己办的中国银行特别有信心，虽也在天津置办了一些产业，绝大部分的资产却存在中国银行里。人家有钱都变成金银珠宝什么的，他不信这些，不认为黄金翡翠之类就可靠，也不是相信钞票，他是对中国银行有自信，都往行里一存。说起来后来我们家的败落，也多少与此有关，除了叔叔私自拿钱贩私盐之外，也和日本人来了之后强令中国银行里的钱都变成储备券有关，换成不值钱的储备券，我们家的钱等于全没了。

中国银行是官办的，父亲当然要与官场打交道，北洋政府的许多要员都和他熟。他在天津有地位，人家说起来杨大爷怎样怎样的，说到底，还是与此有关。记得家里有一幅很大的画，有大衣柜那么大，说是舌画，用舌头蘸着墨汁画的，不知什么人的，应该是个名人或名画家，要不也不会一直挂在那里。两边是一副对联，“自非北海孔文举，谁识东莱太史慈”，徐世昌的字。孔文举就是让梨的那个孔融，和太史慈都是三国人物，太史慈发迹前孔融帮助过他，徐世昌用这典故，是比喻父亲的中国银行对北洋政府的资助。支持北洋，就是拿出钱来帮他们打内战呗。那副对联一直挂在客厅里，我走来走去老是看见，就记住了，意思是后来听人解释了明白的。徐世昌我也不知是谁，一直到很迟，不知听人提到多少回了，才记住北洋时期他当过总统。袁世凯、徐世昌，还有其他北洋的人，都把中国银行当他们的钱袋子。那两句是摘的苏东坡一首诗里的句子，做了对联，反正是客套、寒暄就是了。

正在春风得意的时候，父亲得了一场病，是伤寒，本来已经好了，又赶上杨宪益得了白喉还是猩红热，夜里哭闹，他披衣服起来看，又感风寒，复发了。这一回病得很厉害，但还是可以治的。坏就坏在家族里人多主意多，一会儿请这个名医，一会儿请那个高人（中医、西医都请的，有日本医生，还有德国医生，大体上还是按西医的来，父亲自己是更信西医的，母亲受影响，也是更信西医），请来的人各是各的治疗方案，先是照这个做，后来又照那个做，结果病情反而加重，终于不治，就这么没了。所以后来家里议论父亲的病故，都说是给医生治死的。

其实医生一人一个主意，我做一个胆结石手术，病区主任和副院长还一个说要做，一个说年纪太大风险高，不做为好。说到底还是家里人乱出主意，请了那么些名医来，也是因为家里有钱，假如是寻常人家，没准倒治好了。

我出生几个月父亲就去世了，对他一点印象也没有。

关于他是什么样一个人，都是从家里人的闲谈中拼凑出来的，特别是我母亲。

我得到的一个印象是父亲特别好玩，吹拉弹唱什么的都喜欢，还有就是唱戏听戏。他编了一本《历代帝王像》，自费印制的，花了很多钱，做得很讲究，每一张像前面都有玻璃纸，像那种洋派的大画册。还有一张《升官图》，应该算是他发明的一种游戏吧，上面有各种官位，在碗里掷骰子，掷出几点来，就做什么官，官位的排列很复杂，一级一级往上升，还有降的。升到最后是一个圆，那就表示进宫里了。画在一张很大的纸上，过年时才请出来，恭而敬之的，说是老爷留下来的，是老爷的心血。过年时大人那边在赌钱，推牌九打麻将，我就很高兴玩这个，运气总是很好，升得很快，可惜我对那些什么什么官一点没概念。

这两样都是父亲带着弟弟们编的，他是老大嘛。他这也是找点事做。长子不能远游，他得守在家里，再说他有过在日本寻花问柳的前科，祖父也不允许他离开家。闷得慌，就得找个玩法。

父亲去世时是立了遗嘱的，我母亲因为最后一直在伺候他，几乎寸步不离，所以知道遗嘱的内容。不是父亲写，是他说，一个师爷在旁边记。她文化程度不高，遗嘱又是用文言的，有些内容她也不是很清楚，但有两条，一是关于“大公主”，一是关于二姨太的，后来当着大家念的时候，母亲发现没有了。应该是七叔和娘商量后改掉了。

因为父亲去世得太早，别人跟我说起父亲去世会难过，没了父爱什么的，我就不大能够体会——我太小了，对于我，父亲就像是没有存在过。我当然也很少会想到父亲，倒是成年以后，有一次从报上看到，或是听说天津那边谁谁又当了汉奸的事，就跟我哥说起过父亲。当时北洋政府的一些高官都出任了伪职，其中不少人与父亲是朋友，或是熟人，比如王克敏与父亲就很熟。我就问杨宪益：要是父亲还活着，他会不会当汉奸？他仰头想一下说，不会的。再想一下，又说，也难说——说不准。不过最后还是说，不会的，他根本就不想当官嘛。

母亲徐燕若

父亲去世时，母亲才二十四五岁。她当然是我生命中最重要的人。不过说我母亲，得先交代父亲整个的婚姻状况，不然现在的人听起来又是乱的。

过去有地位的男性，三妻四妾是常有的事。祖父虽然反对父亲纳妾，父亲也没兴趣，但还是有三个夫人。正妻是扬州的大小姐，按北边的习惯，我们都得叫“娘”。庶出的孩子叫自己的亲生母亲“姆妈”（五叔家的姨太太，我们从孩子这边说，就称“五叔家的姆妈”）。外人则分别称“太太”“大姨太”“二姨太”（或“大姨奶”“二姨奶”）。

我母亲是河北南皮人。外公在天津开车行，就像《骆驼祥子》里虎妞她爹那样的吧。论成分应该是“城市贫民”，要不怎么会卖女儿？但也不好说，按解放后的划分，像骆驼祥子那样拉车的当然是“劳动人民”，可他把车租给人家去拉，就属于“剥削阶级”了。后来我姐参加革命后对母亲的出身很忌讳，不提开车行，只说是“城市贫民”。

母亲有一个姐姐，一个弟弟，一个妹妹，姐姐早早就死了，外公要供舅舅读书，供不起，就将母亲卖给杨家做妾。是外公和杨家的老仆人潘爷谈好的，签了卖身契。对杨家来说，父亲这一房一直没男孩，娘进杨家多年，生了八胎，只有两个活下来，就是大姐、二姐，二姐年纪轻轻就病故，剩下大姐，就是后来我们背地里叫“大公主”的。娶我母亲进门，就是为了传宗接代的问题。

母亲进杨家时十五岁，父亲那时三十多了。没想到母亲第一胎就是男孩，就是我哥哥杨宪益。母亲在杨家的地位是因生了哥哥改变的——为杨家立了大功嘛。但是我哥生下来就让娘抱走了，算是她名下的，一直跟着她住一块。虽然每天吃饭都在一起，但是是娘管他。除了母亲，还有个二姨太，原来是丫头，别家送给父亲的。大姑妈开始时张嘴就叫母亲和她“金姑娘”“银姑娘”，后来家里都是称“大姨太”“二姨太”。父亲喜欢母亲，待她很好，对二姨太就不那么好了。我想这不仅是因为母亲生了我哥，父亲对她还是有感情的。母亲应该也比二姨太听话，性格上更讨父亲喜欢。父亲曾带她悄悄去照相馆照相，让母亲照一张，抱着我哥照一张，他也抱着我哥照一张。他和母亲没有合过影——母亲是姨太太，不可能有合影的。当然我也没见过父亲和娘的合影。结婚照是后来才有的。

母亲常说起父亲，她有两个福建那边做得很漂亮的漆盒，里面放着父亲的照片、诗稿什么的，还有一只德国造的金表。我大了之后，她会时不时一一拿出来跟我念叨。有些情诗是父亲在日本留学时和一个下女好（算他的初恋吧），写给那个下女的。这些父亲都跟母亲说，什么都跟她说。娘是富家大小姐，比母亲有文化，但旧诗词呀这些的，他宁可跟没什么文化的母亲说，要紧的东西也放母亲这里。

父亲教母亲读书，母亲原来识字不多，也就小学二年级吧，后来能念书，都是父亲教的。父亲去世后，他的很多书都让其他各房拿走了，一大套一大套的，只剩下《说部丛刊》。要母亲识字念书，这是在还没有杨宪益之前就开始了，要求她每天看书写字，《说部丛刊》买来，整整一柜子，父亲对母亲说的，看书她就该从这看起。怀上杨宪益之后，父亲还对她说，如果是个男孩，就把她扶正，和娘平起平坐，姊妹相称。父亲去世后，这话没人提了，当然母亲也没争过，只是和我们说说。

母亲的运气不错，但这是撞上的，她还是恨外公将她卖了，提起来就恨。进了杨家她就再没见过外公，不能见，也不想见。按照卖身契，进来之后她就得和娘家一刀两断，再不能有来往了。外公病重时说要见母亲一面，母亲就是不见。但后来她和外婆倒是见过，偷偷地借着看电影在外面见。我还记得小时有次她领我和她的丫头来凤去看电影，看一会儿她人不见了，再回来眼睛红红的。

再往后，母亲和小姨、舅舅也是有来往的，不仅来往，还总是想办法帮助他们。小姨上妇女职校，舅舅念中学，都是她供的。

“妨父”之名

我说自己“生正逢时”，那是赶上了新文化运动以后的大环境，可从小环境，也就是我们家的情况说，我出生的就太不是时候了。父亲的去世是我们家的转折点，从此一落千丈，我恰好就出生在这个节骨眼上。过去有好多迷信的说法，莫名其妙瞎联系，就因为出生不久父亲去世了，我就有了“妨父”的恶名。

女孩在家中没地位，原本就不受待见，我的婴儿阶段，家里天下大乱，先是父亲的病，后来是办丧事，更没人管我了。有的就是因“妨父”的“另眼相看”，似乎我就是不祥的。

喂我奶的奶妈没好好检查，后来自己停了奶，喂我奶只是做样子，背着人给我喂点水什么的，所以我身体特别弱。后来还是一个德国医生来，追问起来才弄清是怎么回事。医生把我母亲说了一顿（母亲是姨太太，又才二十来岁，医生敢熊她，对娘是不会的），母亲也只有听着，不吱声。后来那奶妈就被辞掉了，换了个新的。

带我的媬姆姓张，家里都叫“张妈”。她领着我，住母亲大房间后面的一间小屋，睡一张老式的大床。张妈对我不好，背着人偶尔还会拧我一下，掐我一下，我胆小，也不敢对人说。她和我睡的那张床是架子床，挂着蚊帐。有天晚上有蚊子，她起来点了蜡烛打蚊子，蜡烛没放好倒了，把整个帐子都给烧了，她瞒着不说，家里人居然不知道。后来有人在房间里发现一小堆帐子烧成的灰，追究起来，才知原来有这事。这可了不得，不是我有多重要，而是家里下人的管束问题。父亲去世以后，没了权威，娘是软性子，早就有议论，说下人越来越不像话了。这次娘也惊动了，把人都叫过去，包括我母亲，大大发落了一通，张妈就让她走人了。

那时我五六岁，以后好几年，我就一个人睡在那个小房间里，直到十一岁得伤寒病。年纪那么小，我一个人住很害怕，特别是晚上。可我不敢讲，也没人管我。

那时伤寒可是不得了的病，弄不好要死人的，而且还传染。我就被弄到一个大房间里去，比我原先住的小屋亮堂多、漂亮多了。就待在里面，不许出去，有人守着门，也不许人进来——要是传染给小少爷，那还得了？！头一次有点好了，后来有次二姨太吃馄饨，问我要不要尝尝，我馋，吃了一个。就一个，不知怎么又不行了，比原来还厉害，真的要死了。

亲戚间都在传，还到庙里烧香拜佛，求签问卦，不想抽到的是个下下签。于是就有人说，别治了，治不好了，还白花许多钱。这话居然还当着我母亲说。平日的生活，家里的费用都是娘那儿出，早饭我们自己吃，中午、晚上都是一起吃的，也是娘那儿开支，但给我看病，这钱要母亲自己拿出来。母亲过去听他们议论什么“妨父”之类的，也疑疑惑惑的，至少是不敢反驳，就算不服，反正这里那里总觉得我不好，这次她拗起来了，发脾气说：我就不信治不了！我生出来的，我就是要让她活！我就是要把三个孩子好好养大！她当然是舍不得我，同时也是把平时在家族里受的气发泄出来。

母亲文化程度不高，但她倒不信烧香拜佛那些个迷信。看病之类，她是崇洋的，比如她就信那个德国医生，相信西药。那段时间她对我特别好，家里也特别做这做那的给我吃。我被隔离在那个大房间里，雇了一个德国医院的特别看护照顾我，当然是很贵，前前后后，为那场病，花了六百大洋。

住到大房间，是母亲抱我过去的，我搂着她脖子，有气无力的，还说话，说生病真好。母亲听着，眼泪就下来了。后来病好了，我因为那段时间的特殊待遇，又说，生病真好。母亲瞪我一眼说，别瞎说！

母亲对我一直都是很严肃的，所以我怕她，我姐敢跟她吵架，我不敢，她教训我我从不敢回嘴。我犯了错，母亲要打，都是让我把手伸出来，拿尺条子打。打得不重，象征性的。每次我都赶紧说，“下次不了”，“再不敢了”。我姐没怎么挨过打，每次还没打呢，她已经尖叫起来了。

母亲最要我守规矩，比如吃饭，只许吃面前盘子里的菜，不许乱伸筷子，到对面夹菜更是不行的。别人夹菜给我，她都让回去；让我吃海参，她说我不吃；往我碗里夹松花蛋，她说我不喜欢……其实我嘴一点不刁，什么都吃的，我想她是怕我不懂规矩让人看低了我们。在大家庭里，遗下一点口实都会被扯到“姨太太”上面去——姨太太养的嘛。

虽然都是庶出，我和我哥我姐又不一样，我哥被宠不用说，我姐因是母亲自己带的，也比较惯，我在家里是地位最低的。有个段子家里人时常笑着说起，说是每逢吃鸡，我哥和大公主吃腿，我姐吃鸡胸肉，轮到我，只有吃鸡皮的份。事实上有鸡吃就不错了，母亲是但凡像样点的菜都替我让回去的，我因此常常觉得没吃饱——是真的吃不饱。经常别人给东西，我就吃，这又是母亲不许的。我哥老拿好东西给我吃，有时正吃着，母亲见了，就问，哪来的？我说，哥给的呀。我哥做什么都对，谁都说不得的，母亲听我理直气壮的，有时就骂我，说我这是“狗仗人势”。若是吃了下人给的，那就真生气了。

下人吃饭都是等我们吃完之后，有专给他们的菜，再加上主人的剩菜。其实也蛮不错的，我常在他们桌边转来转去的。他们逗我，让我喊他们一声，比如“来凤姐”，就让吃一口；“喊‘张奶奶’，不喊‘张妈’”——平常年纪大的女佣人都是喊“张妈”“王妈”——我照她们说的喊了，就喂我一口。母亲知道了，就说，你就是贱。就是因为经常不饱，我老惦着吃，对吃的事情印象也深。祭祖时吃得特别好，要做一桌菜，影像挂起来，牌位请出来，一桌菜摆在前面。祭祖完了，菜就端到饭厅去吃。

其他事情上，母亲对我不满的也多了。她认定我哥我姐是能读书的，我不用功，而且笨（我的确是贪玩，不大用功），一直都是这印象。家务活、伺候人之类，她从来没觉得我姐应该会，反正她会读书，事实上我姐一辈子都不会做家务，基本上也没做过。我就不同了，她觉得应该会，她就教过我怎么给人捶腿（她是给娘捶过腿的），怎么伺候人，还有各种家务。

有什么事，她都是跟我姐说，跟我姐商量，她觉得我是什么也不懂的，直到我姐上了燕京，走了以后，母亲没人说话了。不仅母亲，娘因为大公主嫁了人，也觉得家里冷清，我于是也成了家里的一号人物。

外面的世界

父亲去世以后，我们家一直在走下坡路，没什么客人登门，冷冷清清的，就剩下妇孺。父亲喜欢京戏，常把一些角儿请到家里唱戏，谭鑫培、梅兰芳、周信芳，都到家里来唱过。现在当然都没了，大人，还有佣人们常常议论谁谁如何如何，某次来家里唱的是哪一出，听上去就像戏文里说的“前朝旧事”。

但小孩子是感觉不到什么的，我一点比较也没有，更是没有什么异样感。我们的日常生活还是照旧，对我来说，好像从来就是那样。家里有固定的菜金，每天是五元大洋，当时佣人一个月只有两元钱的工钱，这一比就相当奢侈了。不过我也并没觉得家里很有钱——我都还常常吃不饱嘛。再一个是我一点也不知别人的生活是什么样的。一直生活在花园街宅子里，家里是不让出去玩的，除了后来上中西女校时的同学，的确也没跟别人家的孩子玩过，而中西又是贵族学校。

偶尔出门，要不就是逢年过节走亲戚，拜年，或是什么亲戚结婚了，给当花童。当花童特别开心，牵着新娘子的纱裙在后面走，走一步，脚一并停一下，再走一步并脚停一下。还有就是跟母亲逛店、看戏、吃西餐，印象也特别深，因为平常不出门，在外面看到什么都很新奇。

我觉得特好玩的一个地方是中原公司，那是个吃喝玩乐的地方，在日租界，模仿的是上海的大世界，挺热闹的。记不清是几层楼了，好像是七层，不然为什么最上面一层叫“七重天”呢？里面什么都有，下面几层卖百货，四层、五层有好多唱戏的、说书的、讲相声的、变戏法的。这边唱，那边也在唱。本地的之外，还有从南边来的班子，天津人称为“苏摊”，评弹、沪剧、越剧什么的都归在里面。还有海派的京戏，一看就知道是从南边来的。

老派的京戏看得多了，海派的布景什么的都不一样，看着新鲜。我还记得有一出《石头人招亲》，说几个姑娘春天出游，拎着菜篮子，一路嬉闹，见到石像，就拿菜篮子套到头上去当帽子。不想石像突然出声了，要她们嫁给他，意思是套上他的头就像抛绣球似的，等于定亲。姑娘又羞又急没办法，只好跟石头人成亲。在小孩看来，剧情很滑稽，唱词特别大白话，一下就记着了，我哥回家还大声唱：“你们出来就该正派，不该菜篮子套上我的脑袋，现在我们拜了天地成了恩爱，你为何又哭起来？”

还有一出戏，忘记名字了，是说捉奸凶案的。台上有床，拉着帐子，表示正在通奸，丈夫上来捉奸，拿着刀做捅人的样子，而后帐子里就跑出人来，身上全是血，脸像是劈成了两半，挺吓人的。观众看到这里就惊叫，传统京戏里绝对没有这样刺激的表演。母亲说，都什么乌七八糟的！以后就不让我们去看了。

还有起士林，一要去那里，我就很兴奋。起士林是天津有名的吃西餐的地方，德国两兄弟开的。西餐是新鲜事儿，母亲会领我们去吃。起士林英文店名是KIESSLING AND BODER，给中国人一叫，落了单，就剩KIESSLING了。后来上海开了“凯司令”，倒是更接近英文的发音。有人说是从天津开过去的，有人说不是一家。张爱玲散文里就提到过起士林的蛋糕。

起士林不是西餐里最贵的，但因为是第一家，在天津就成西餐的代表了，说“去吃起士林”，就等于说去吃像模像样的西餐。名流、有钱人都爱往那里跑，梅兰芳经常出现的。有一次在那里就看到他们一大帮子人。

印象更深的是有次看到张学良和赵四。应该是九一八事变以后的事，我们在等着上菜时，就见张学良他们进来。除了赵四，都是男的，穿着马裤、靴子，像是刚骑了马回来，纨绔子弟的样子。赵四穿着很时髦，手里拿着个白色的长烟嘴，翘着兰花指。张学良照片常在报上出现，又因丢了东三省，名声很坏的，当然认得出。我们都恨日本人，不喜欢张学良，不过我特别喜欢好看的人，看到赵四，也想不起这些了。母亲看我老盯着那边看，就说，要看你就过去看呗。我真的就跑过去，近了点站在他们桌子附近盯着看，觉得赵四真是好看。赵四发现了，就逗我两句，还摸摸我头发。我那时大概十来岁，比桌子高不多少，见赵四指甲血红的，还是后来才知道那叫蔻丹。

又一次大变故

大概是我十来岁的时候，家里发生了父亲去世后又一次大的变故：我们家的大部分钱忽然没了。

父亲究竟留下了多少遗产，我当时不知道，后来也没闹清楚过，反正这一次过后，大部分都损失了。他留下的钱全都存在中国银行，我们是靠利息生活，每月都是问七叔拿钱。七叔是天津中国银行的副行长，只有他手里的图章可以动得了这笔钱。他当副行长，是父亲生前的安排，七叔是留美的，还年轻，父亲觉得得慢慢培养，主持大局的行长的位置给了卞伯眉，扬州人，也是留美的。

想动这钱的不是七叔，是三叔。三叔想与别人合伙贩私盐，说是取个整数。七叔原本是不答应的，三叔火了，跟他大闹，他是小弟，最后拗不过，只好松口。结果说贩私盐的船翻了，那笔钱自然也就没了。“整数”是多少，说法不一，我后来听说是二十万，我姐听来的是三十万。

这下家里乱了。娘整天在楼下哭，有段时间，牌也不打了，早上起来梳洗过后，梳头褂子也不脱，光哭，抽水烟袋。花园街大宅子里上上下下嘀嘀咕咕的，全是这事，有一种大祸临头的氛围。连丫头来凤也跟我一脸惊慌地学说。她说，这下完了，杨家败了，以后要到街上要饭了。我不知要饭是怎么回事，只从京戏《锁麟囊》里看到过要饭的穿着百衲衣，五颜六色的，很好玩。就想，要饭就要饭呗。我问她，那还可以看电影吗？还有冰激凌吃吗？后来发现有的看，也有的吃，起士林也还照样去，就心安了。

管钱的是七叔，他日子自然不好过。那时中国银行的行长是卞伯眉，他女儿和我差不多大，有一次很神秘地对我说，七叔枕头底下压着一把手枪，大概是大人说话时她听来的。枪在我们听来是很可怕的东西，我吓得就去跟母亲说，母亲又去跟娘讲。再一打听，说七叔被这事弄得不得安宁，他也没办法，跟人讲，再逼他他就拿枪自杀。

七叔私自动了父亲留下的钱，也算是又一类型的“挪用公款”了，名声不好，行里就把他调到北平去当那边的中国银行行长了。副的变成正的，听上去不是升了吗？事实上天津才是北方的金融中心，就像上海在南方的地位，北平银行的地位和天津行不能比，在好多生活在租界的天津人眼中，北平土得很。

父亲的兄弟里面，我接触最多的是七叔。三叔、七叔、瑗叔、狗叔是祖父这一房的，瑗叔、狗叔是老姨太生的，年纪小，而且被歧视。父亲去世后，杨家在中国银行的人是七叔，所以七叔可以说是家里的主心骨。

他是留美的，学什么我不清楚。父亲去世时，交代行长的位子由卞伯眉接过去，七叔年轻，还得历练。安排他当天津中国银行的副行长。等他听三叔的话，把家里的积蓄拿去贩私盐蚀了本，在天津待不住了，就调到北平，当北平中国银行行长。在天津的时候，七叔家也住在花园街上，离我们不远，他会坐着敞篷马车过来。

七叔早先喜欢过窑子里一个叫小翠的，但家里是不许的，爷爷的规矩严得很。再说小翠又被王克敏看上，还为她赎了身，七叔这事儿当然是没戏。家里都知道，太太之间还少不了议论。七婶最憨厚，也会加入其中说道。

有一次她们扶乩——也是闲着没事当游戏吧——四个人一人站在方桌的一边，桌子有条腿下面垫一沓子纸，这样桌子就不平了。而后等桌子一动，就说神来了，或是谁的鬼魂亡灵来了。桌子自己怎么会动？还不是哪个碰了的。她们就商议，说请谁呢，不好请长辈，请长辈好像不恭敬。七婶没心没肺的，就说请小翠。都不说话了，有点紧张的气氛，过一阵就说小翠来了。请来了是要和她说话的，扶着桌子的人就问，小翠，你都惦记谁呀？当然没有回话，就听见很轻的声音响了七下。小翠后来是在养老院死的，很惨。她们就啧啧叹息，说小翠死了还想着七爷哩。我在旁边看着的，直想大笑，哪有小翠的影子？七婶是不信这些的，我母亲也不信，但其他几位是信的，好像里面有六婶吧。不管信不信，都当真的一样。后来家里下人之间都在传，说小翠如何如何死了还惦记七爷。

七叔在我眼里总是很严肃，道貌岸然的，真想象不出他当少爷时有过那么一场恋爱。我见到的他当然早不是少爷了，家里人提起来都有点怕的样子。七婶说，有一次她和纮武几个没事，在饭厅里吃崩豆（天津人把油炸的蚕豆叫“崩豆”），七叔忽然进来了，见状大怒，虎着脸一言不发，从插瓶里拿出鸡毛掸子，往吊灯上一捅，灯泡碎了，碎屑落在桌上，到处都是。他气哼哼走开了，大家都吓得不吭气，仆人赶忙进来打扫。为什么发那么大火？七婶说过的，我记不大清了，好像家族里老辈什么人得了恶疾或是病死的，说是和吃豆子有关，家里传下来的规矩，不许吃豆子，蚕豆、毛豆、扁豆……凡豆类都不许吃。禁止归禁止，没人信吃豆子会有多大事，后来家里人还吃，只不过是背着他。这点事也要偷偷摸摸的，想想真是可笑。

七叔过五十大寿时，我去贺过寿。原本是轮不到我的，那年我从中西毕业，去北京我姐那儿玩（她在燕京读书），就让我跟我姐一块儿代表我们这一房去祝寿。打长途电话，传话传错了，七叔家那边听成娘要去。大房的嫂子要来，那可是大事，所以七叔家一大帮人到火车站去接站，结果发现从车上就下来我一个。七叔绷着脸，很生气的样子，一言不发就上他自己的车上班去了。

过寿的那天，我跟我姐去的。七叔家在王府里，一进一进的院子，来了很多人，热闹得很。那可能是七叔家最好的时候，他还在家里请梅兰芳吃饭。父亲在世时常请京戏的名角到家里（中国银行一直捧角的），女眷都是回避的，屏风挡起来，要看梅老板，大家只能躲在屏风后面，从缝里张两眼。

在北平的时候，行里有个女职员，叫徐尔秀，戴眼镜，是个老姑娘，忘了哪个大学毕业的，考取了北平中国银行，外地人，没地方住，七叔家老大的宅院，前院空着，有间房就让她住了。七叔每天早上起来在院里走，找碴儿和她说话，他一激动脸就会红，说话结巴，和徐小姐说话就有点那意思。家里就有人议论，说七叔喜欢上人家了。他是有家长威风的，谁也不敢说，只有小女儿杨冠如，她是家里惯宝贝，跟外人也说，她跟我姐说这事，我就在边上。我姐很吃惊，觉得太糟糕了，说怎么可以呢？七叔对徐小姐有好感是可能的，我在他家住过几天都看得出来，他对徐小姐客气得不自然。七婶也知道这事，只是说，他能怎么样？七叔的确也没怎么样。不可能的嘛，传个字条、写信的机会都没有，过段时间也就过去了。家里都说，七叔喜欢过两个女的，一个是知识分子模样的，一个就是前面说的那小翠。

日本人占领北平、天津后，中国银行悄悄撤往南方，七叔全家都离开了天津，我到昆明就是跟他们一路。七叔后来去了西安，当西安那边的行长，再后来又到成都工作。抗战胜利后到了上海，这时行里没事给他做，位子上都有人了。也是他没本事，跟不上了，这样早早就退了休。他用金条在延庆路顶了一处房子，小儿子杨纮武后来在上海工作、成家，七叔退休后，和七婶就跟着纮武过，一直住那房子。

我到上海，会去看他们。四八年我陪姐夫罗沛霖去上海，去过，解放后也去过。时间太久，当时的情形已记不清，这次那次的也混淆了，只记得他们住得很挤。纮武有两男两女，加上七叔七婶，七八口人住三间房。有一次我在那儿，那时五哥（纮武的哥哥）已被打成右派了，七叔心情不好，不说话，在房间里来来回回地走。纮武说他：走来走去的，烦不烦？！他也不吭声。我就想起过去家里人都怕他，纮武当然也怕。他真是老了，没脾气了。

大概那就是最后一次见到七叔吧，后来他是得肺癌死的，家里人都说他也是郁郁而终。

天津搬家史

要说杨家"败了"，就我祖父这一支而言，一败是父亲去世，再败就是贩私盐的钱打了水漂。七叔向娘保证过的：大嫂家里生活的一切，还是照旧。事实上是不可能的。我们住的地方很明显的每况愈下，花园街的大宅子住不下去，卖了，大宅子有好几个院落，据说是拆开卖给了三家。

花园街的宅子几乎占了整整一条街，大宅院里套着小院子。父亲是长房，祖父去世后，老姨太（祖父的妾）是要长子养的，也住在花园街，有一个单另的小院子，堂屋之外，还有五间吧，也有前院后院，院子有自己的门通到外面。

关于花园街，我印象很深的是大院主楼楼下有一个很大的堂屋，那是父亲的会客厅，摆着一大圈椅子，都是红木的，上面还有装饰。祭祖也在那里，要不是够高够大，那些大幅的字画，还有祭祖时请出来的祖父、祖母的遗像，也挂不下。父亲去世后，没那么多来客了，除非祭祖，都各自待在自己屋里，会客厅就一直空着。后来放了张乒乓球桌，我们要演戏玩啊什么的，也在那儿，总之成了我们的游戏室了。还办杂志，我哥弄的，叫《消寒会》——也就我们兄妹三个人，我是充数的，等于就是他和我姐。

我还记得小时家里有辆敞篷马车，现在的小汽车有车库，马车也要有地方停的，就是马号。我那时觉得马车比小汽车更威风，马号给我的印象深，是因为门头有一只进口的瓷狗，真狼狗大小，砌进去的，真是“看门狗”了。后来我在一个父亲当军长的同学家里也看见过一只差不多大小的瓷狗，只是她家是放在客厅门口地上的，是不是租界里不兴养看家狗了呢？我也说不清楚。

从花园街，我们搬到了法租界的兆丰路兆丰里，像上海那样的里弄洋房。里弄不是胡同，也不称“巷子”，两边是中式房子的才叫胡同，兆丰路的房子都是洋派的，兆丰里一号是栋法国式的别墅，外面贴着玫瑰红的瓷砖，挺漂亮的房子。我们搬到的是兆丰里二号，也不错，外墙贴着绿瓷砖，进门上高台阶，二楼有大平台。不过不是独栋的，楼上楼下好多间，但大人都觉得太小了——和花园街比，当然是小多了。

从花园街出来，家里人也少了许多，这时候二姨太已经和家里闹翻，和四姐走了，老姨太一家也另过了。佣人当中，二厨子、来凤都因出事被撵走了。只剩下潘爷、拉洋车的车夫，服侍娘的小玉，大厨，好像还有一个年纪大些的女佣。男佣人住地下室。北方好多房子都有“地窨子”的，西式房子的地下室不同，有一截在地面上，有窗户，所以我常常还没进家门就从窗户里看见潘爷在地下室里坐着。

说是三层，实际上应是两层楼，但也有亭子间。楼上楼下都有卫生间。后面还有一间蛮大的屋，专门放箱子的，后来搬到伦敦道昭明里，再后来到耀华里，都有这么间放箱子的房间。

房子是小了，但我和我哥都很高兴：这里有抽水马桶，干净漂亮的卫生间，还有热水。我们最喜欢的是二楼大大的露台，水磨石的地，站在上面可以看出去好远。刚搬进去不久，我哥就让我抱着他的小狗“小花”到露台上照了张相。

兆丰里的位置也很好，不远处就是法国教堂，绿牌电车道出门就是。天津有好几路电车，当时也不叫几路几路，因为有绿牌子，天津人就叫它“绿牌电车”。上了绿牌电车就能到天津最热闹的地方，中原公司、天祥市场，租界就那么大，闹市区其实离家都不算很远。

但这地点等到“津变”发生，就变成它的短处了。“津变”就是1931年九一八事变后日本人在天津闹的暴动，当时我们在家里就听到枪声。兆丰里正当法租界与日租界交界处，我家正门朝法租界，后门出去就是日租界。在二楼露台上可以看到日租界的情形，平时可以看到穿木屐的日本人，穿校服的学生，鞠躬行礼的，喝醉的酒鬼跌跌撞撞哼小调。当然事变时根本不敢上露台，想上去张望大人也不让。暴动是从日租界闹起，往“中国地”闹，不是针对租界，但挨着日租界总是危险。最怕的是流弹，我还记得娘慌慌张张指挥着佣人用棉被把窗子蒙起来。

津变很快就平息了，但谁知日本人还会闹出什么事来，有一点是肯定的，日本人决不会就此罢休，离日租界越远越好。这样我们就搬到了英租界的伦敦道昭明里。昭明里的房子比兆丰里那边小，但房租更贵，一个月要二百多大洋。

天津和上海一样，西方列强都有租界，除了英租界、法租界、日租界，过去还有俄租界、德租界、意租界、奥租界。奥租界的“奥”是奥匈帝国，不是奥地利。我小时候，德租界、奥租界已经没有了（因为“一战”战败），民国政府收回以后叫作“特别一区”“特别二区”。虽然已经收回，天津人意识里还是没当作“中国地”的一部分，和纯粹的“中国地”比起来，的确有点特别，因为建筑，还有居住的人不一样。只是收回来以后，管理跟不上，眼见得就衰落了，街道没有原来的整洁，有点向“中国地”的脏乱差靠拢了。

英租界、法租界明显好于其他租界。英租界最安静、整洁，最有安全感。英租界在墙子河外，靠着河边的是老区，再往外是新开发的，一栋一栋的apartment，要不就是别墅，就像民国定都之后南京颐和路那一带，好多有钱人也在那儿买地盖房子。昭明里就在新区里，因为环境好，房价就高，房租当然也贵（同是英租界，我们后来住的耀华里就便宜多了），面积比兆丰里小，租金却要高出一截。

昭明里的房子好像是上海银行盖的，资中筠他们家就住在昭明里，离得不远，她父亲是上海银行的行长。我们住了不到一年就搬到耀华里去了，因为嫌房租贵。耀华里我们住的是二楼三底，娘住楼下，我们住楼上。那时的人还是过去住中式房子的习惯，喜欢住一楼，地位高的往往住在下面，娘因为小脚，上下楼不便，更要住一楼了，大公主后来也是住楼下。算起来耀华里住的时间是最长的，最多三六年搬过来，直到五三年罗沛霖在北京工作，我姐我母亲她们把家搬到北京，有十好几个年头，比住花园街的时间还长。但我住在那里的时间并不长，三八年离开天津到昆明读书后，过了十一年我才回到天津，住了几个月，生完孩子后又回到南京。七二年再回天津时，耀华里已经没有我的家了。

事实上1949年我回天津时，耀华里已经面目全非了。平津战役时，国民党的军队开始是准备死守打巷战的，当兵的都住到我们家了，门前挖了战壕，我去时还在，出了门就是沟。家里也和走时不一样了，乱糟糟的，而且显得很破败，倒像是杨家败落的一个缩影。我当时并没有多少伤感，因为我对过去没有多少留恋，而且刚解放，虽是百废待兴，但腐败的国民党垮台了，天亮了嘛。

娘

年轻时记性好，我对天津的每一个家都记得很清楚，毕竟每天生活在其中，又很少出去。到现在我还能想起各个家里的许多细节，房间的位置，家具的摆放，从窗子里看出去的情形。

除了花园街是中式的院子，后面的几处都是西式公寓。中式的院子地方大，好多房间，柴火都专门有一个房间堆着，当然还有那么多佣人，都得有地方住。西式的房子紧凑得多，我都想不明白，一个那么大的地方，搬个家，怎么能缩进到一个小房子里。当然，佣人走了不少，家具之类，好多应该是连房子一块儿卖了，就算后来的房子每处都有一个房间专堆箱子，回想起来，还是不明白好多东西去哪儿了。

有意思的是，北方人习惯烧灶，我们每到一处，都会新弄一个灶。和当年相比，现在的人住的房子（至少是城市人住的房子）都是西式的，也不烧柴草了，就是在北方，也不能想象在家里又打一眼灶，但那时好像是自然而然的，不然怎么蒸馒头?

对家与住处的记忆都是和人连在一起的，年纪大了，回想好多人与事，时间都模糊了，常会前后颠倒，联系到人活动的地方，时间又大致清楚了，因为会想到这是住在哪儿的事，先住哪儿，后住哪儿，这是不会记错的。我喜欢看电影，一个一个的画面，人和背景在一起。想起过去的人与事，也像过电影似的，只是一会儿是彩色的，一会儿是黑白片。串一块儿，又像是梦，的确也做过很多梦，越到现在梦越多。过去的那些人和事越来越远，时间在往前走嘛，越远就越像梦。

比如想到花园街我们住的那栋主楼，我就会想到通向二楼的楼梯，想到楼梯，自然就会想到我哥如何拿根麻秆拦在楼梯口，不让我们下楼，再想到原先娘住上面，下楼怎样由佣人连椅子带人抬下来。

花园街、兆丰里、昭明里、耀华里，这些地方都不在了，花园街的房子早拆了，我想到的那些人，当然也都不在了。母亲1992年去世，杨宪益是2009年去世，我姐是2017年走的。他们都算是长寿的，好多人早就不在了。我活得久，看得多，听得多，许多人，他们的事从头到尾都知道大概，有头有尾，听上去就像一个个故事了。这些人和事不时想起，想忘也忘不掉，有时又不愿想，因为好多人，一辈子过去，细细想来，更像一出悲剧。比如娘。

娘是小脚。她那个年代的大小姐，这是当然的。晒衣服时，她的鞋也晒出来，真正的“三寸金莲”，绣花的，我好奇，就拿着细看，奇怪这么点儿大，脚怎么放进去。有个老佣人就说，你妈过去脚比这还小呢。她说的是我母亲刚进杨家的时候。进门之后，我父亲就让放了，所以母亲是“解放脚”。虽说放了，和“天足”当然是不一样的，有个脚趾裹到脚底下去了，穿皮鞋要塞呀垫的。我姐夫手巧，在鞋底上弄了个洞什么的，刚好小脚趾可以放进去，舒服多了，那一阵她逢人便夸罗沛霖，说大女婿怎么好。

在花园街，娘原来是冬天住楼上，夏天住楼下，到后来就一直住楼下了。她生过八胎，只活了两个，好几个都是小产，所以一怀孕就特别小心，住楼上时，要下楼了都是几个人抬下来，说是怕动了胎气。

娘每天要睡到十点多才起来，这是说开始起床，到出屋且得有一阵哩。慢慢穿衣、弄裹脚布，慢慢梳头、刷牙、洗脸，光是弄裹脚布，就得有二十多分钟。都是有人伺候的，端水，拿着镜子让她照，拧个手巾把让她擦脸，再接过去，替她穿梳头褂子。梳头褂子和平常穿的衣服没什么不同，但是是布的，她平日穿的，都是绫罗绸缎。

裹脚布倒都是她自己弄，很长的，叠起来，一层层地裹，裹得不合适，又重来，还往上面撒粉，防出汗。我常到她房间里看着她起床，就站在旁边看，这个那个的，我觉得过程很好玩。母亲会骂我，娘脾气好，不骂我，我就喜欢往她房里去。

娘起来以后，差不多就该吃午饭了。早饭我们在自己屋里吃，午饭是在一起的。母亲头一句总是问："太太昨晚输赢怎么样啊？"这句问话，天天如此，恭恭敬敬的，像个仪式，一直问到抗战时母亲离开天津。

天天这么问，是因为娘每天的生活内容主要就是打麻将。吃了午饭，下午开始打，一直要打到晚上十二点，下午要吃点心，就让人到附近去叫南边的点心。当然，来打牌的都是女客，一群太太、姨太太。她们打着牌，旁边站一堆丫头老妈子侍候。身份是有高低的，有些要特别对待，比如翁家老太太（翁同龢家的）就会郑重其事侍候。通常来客都说是来陪娘打牌的，像翁老太太这样的，就倒过来，是娘陪她。

过去的大家庭生活，规矩特别大，特别多。讲规矩，其实就是讲等级。正室和侧室，差得不是一点点，尊卑绝对分明。丈夫不在了，大太太就是家里的绝对权威了。大太太和姨太太之间矛盾冲突，也是难免的。但娘和我母亲一直相处得很好。母亲生了杨宪益之后，无形中地位上升，父亲又对她另眼相看，娘原本是有点防着她的，有段时间娘对二姨太特别好，就有点笼络的意思，心理上是要联手抵抗母亲的“得宠”。但很快就没什么芥蒂了，母亲从来没有非分之想，就惦着把孩子抚养成人。她在娘面前上从来都是毕恭毕敬的。有时候还服侍娘，给她捶腿。她对娘好，不单是因为娘的地位，还因为娘是个好人，待人和善，没有机心，完全没有害人之心，甚至也没多少防人之心。娘对母亲也很信任，她是个没主意的人，到后来家里有好多事都喊母亲过去商量，让她帮着拿主意。

在家里，娘是有权有势的，但她不仗势欺人。只是她的“势”就在那里，这“势”就是旧式大宅门生活的规矩。比如杨宪益一生下来就抱过去跟娘过了——并不是她抢去，理所当然就是那样。就像称呼这样的事，也能看出地位身份的不同：娘喊我哥，都是喊他小名“虎子”（杨宪益属虎），我母亲是他的生母，在人前却都是喊“小少爷”“少爷”。平时娘说什么就是什么，如果和她争，就是顶嘴，属于犯上的行为了。

四姐、我姐和我的小名，都是她顺嘴叫出来的。四姐（二姨太的女儿）小时头发少，她顺嘴就给叫成了“四秃子”，我姐和我跟着倒霉，明明头发很多，顺着来，也成了“五秃子”“六秃子”。她是扬州人，一口扬州话，“六秃子”说成“勒特子”，难听又滑稽。我母亲背地里说，多难听啊，于是喊我“小胖”，因为我小时长得胖，但是在娘面前，还得顺着她喊我“六秃子”。四姐更惨了，二姨太没给另起个小名，人前人后，都是“四秃子”。我不大懂扬州话，扬州话“秃”发音像“特”，我以为是“桃”，“秃子”听成“桃子”，我就去跟我姐说，娘喊我们“五桃子”“六桃子”，我姐气得要命，说，别理她！我想，怎么能不理娘呢？有一回母亲小心翼翼地跟娘提过，说我姐大了，又有学名了，就喊她“敏如”吧。可娘还是照喊“五秃子”不误，母亲也再不提了。

算起来，娘不到四十岁就守寡，虽是明媒正娶，但旧式包办婚姻，和父亲也说不上有什么爱情。两个女儿，一个早早夭折，一个和她完全没有母女那样的感情。我哥一生下来就跟她过，但就算不知道她不是生身之母，关系也是疏远的，何况他一直厌恶这个家。1950年娘快去世时想见我哥，他也没回天津。她的生活里，除了打打牌，好像也没什么别的内容。

我们一大家子主仆好多人，靠的是父亲留下的遗产，有几十万吧，存在中国银行里，利息就是我们的生活费。

我哥到英国留学，大公主嫁到广东，钱就用得多了。我记得不止一次，杨宪益写信回来要钱，娘唉声叹气，直念叨，动了本了，动了本了！

娘死的时候我正好在天津。她躺在那里捯气。母亲对我说，娘不行了，过不去了，就是这几天的事儿了，让我去守着她。我去了，坐在娘床前，娘浑身难受，哼哼着，见了我哼哼着说，我不是要见你啊，我是想见我儿子啊。她一直待我挺好，但听了这话我当然还是不舒服：怎么对我说这个？像是我不该出现似的，心里想，他是我哥哥，哪是你儿子？——又不是我要来的，是母亲让我来。

娘过去的时候，已经咽气了，眼还睁着，我母亲喊老妈子，你帮太太把眼睛合上。她很在乎这个，不能“死不瞑目”嘛。

大公主

父亲去世时，遗嘱上有两条，最后宣读时都没有了。一是说二姨太的，说让她改嫁。还有一条是说“大公主”的，说她不好好念书，再这样就不许她出去，不能嫁人，关在家里，一辈子穿布衣，“带发修行”。

大公主是大太太生的，叫杨蕴如，“大公主”是我们私底下这么叫的，因为她盛气凌人，摆派头。她上面有过一个男孩，流掉了，是习惯性流产。有了她，宠得不得了，什么都顺着她，惯坏了。她念书念不进去，只读了小学就不读了。她也是念的中西女校，在中西，人家不会因为她是杨家大小姐就迁就。我们中西经常有这样的情况，很多人出现了一下子，就不怎么来念了。她吃不了苦，觉得坐黄包车上学太辛苦——其实哪里能叫苦？鸳鸯蝴蝶派的小说她倒读得不少，《半月》《红玫瑰》这类杂志她有一大堆，看了就想入非非。

说是让她一辈子穿布衣，也就是说说而已。父亲定下的，我和我姐的陪嫁是每人一万大洋，没说她的——用不着说，钱都在娘手里，她要什么有什么。

大公主十九岁结婚，下定之后和大姐夫通过一年信。大姐夫是孙家的，当时孙家是天津的八大家之一，非常有钱，但我们家认为孙家是土财主。大公主结婚的时候我们去过孙家，我印象挺深的，他家的房子非常多，就像《红楼梦》里的贾府，弄不清楚有多少间。家里有很多动物，猴子、猫、狗、金鱼等等。但是土得不得了，说天津话。大姐夫很像样，戴金丝边眼镜，南开大学商学院毕业，毕了业就在银行做事。大公主和大姐夫经人介绍，互换照片，觉得挺像样，于是就定了下来，下定后可以通信了。我们家还是很新派的。那时，大公主还是非常满意的。她大我一轮，我七岁那年她第一次结婚，那就应该是十九岁。当然是媒妁之言，男方是孙毓棠——就是长诗《宝马》的作者——的弟弟。

结婚好大的排场，可热闹了。孙家少爷和中国银行行长大小姐大喜嘛，我和我姐为婚礼都要新做衣裳。传说贺礼就有二百抬，那是夸张，哪有那么多？不过孙家那边整条街的确都轰动了。但是他们就是做不成夫妻。结婚前没怎么见过面，这倒也没什么，那时都这样，问题是大公主完全不知道夫妻的事，看孙少爷书生模样，斯斯文文的，怎么晚上变成那样？就害怕得不行。结婚几天后回门，她就不肯回去了，谁也拿她没办法。

没过多久，也就是不到半年吧，北洋军阀抄了孙家的家，大概是贪赃枉法之类，家里被贴了封条。孙家的人四处躲避，大姐夫是我们家的姑爷，就到了我们家。我印象特别深，一大早，大姐夫很狼狈地来投奔，大公主坚决不和他同房住，我娘只好另外打扫一间让大姐夫住。他脾气挺好，跟我们有说有笑的，我喜欢他，多一个人带我玩嘛。我哥也高兴多了个玩伴，老想点子玩出什么新花样来。他说到外面看电影多麻烦，不如在家里自己放。姑爷就和我哥一起鼓捣放电影。他晚上还会唱《四郎探母》的选段，这戏里有个番邦公主，“大公主”的绰号就是这么叫起来的。起头我母亲不让叫这个绰号，后来也就默许了。

但大公主死活不肯见他，偶尔碰了面也不理他，弄得姑爷很窘。他和我们一桌吃饭，大公主就不肯上桌，让把饭菜送到她屋里去，她自己一个人吃。

抄家的风头过去，姑爷住回去了。这边当然要劝和（其实也没把她怎么样），好说歹说回去了，两家都紧张得不得了，不知会怎样。结果大公主还是怕，姑爷一露面就又闹起来。最后没办法了，孙家还等抱孙子呢，只好离婚。离婚是在报上登了启事的，比结婚还轰动——那还是二十年代啊，离婚就是新鲜事，何况还登报。

大公主到燕京大学当旁听生，是离了婚以后的事。

那时候我哥去英国留学了，我姐考上了燕京，大公主在家里无事做，她在家里总是要压人一头的，说这有什么了不起，她也要念书。而且要上大学就上大学，我姐上燕京，七叔家的两个女儿也是燕京的，她不能给比下去，也要念燕京。念什么专业呢？她念的是中文系，因为我姐在中文系。其实她对大学里那些科系专业什么的，完全没概念。

旁听生也是要有资格，要学历，她小学都没毕业，也谈不上高中的同等学力，什么文凭也没有，凭什么到燕京当旁听生？还是凭七叔的面子。七叔这时做北平中国银行行长了，家搬到了北京。大公主中学都没念过，又没读过什么书，到燕京能读什么？

她的排场倒是大，开始好像到学校宿舍转过一圈，她看几个人住一间，哪里肯，就住在七叔家。七叔家很大，专门收拾一间屋子给她住，但就算也有人伺候，哪能像在家里那样颐指气使呢？住了一阵就不干了，要出去自己住。最后是在香山那儿租了房子。我猜选那儿，也有比着我哥的因素，我哥出国留学前，母亲曾带我们兄妹三人去香山避暑，不然北京她又不熟，怎么会想到要住香山呢？

燕京的校园就是现在的北大，离香山蛮远，上学怎么去？坐黄包车她是不肯的，嫌北平灰尘大，于是在四大车行包了一部小汽车（这车行是有中国银行背景的），接送她上学，随叫随到。没人伺候她没法生活，于是一个男佣一个女佣跟过去了。

燕京的人都知道杨家大小姐，家里有钱啊。我姐就在燕京读中文系，她当然是考进去的，最烦别人议论这个，觉得丢人。那时的学生穿着都挺朴素的，燕京虽是贵族学校，也都是学生样，大公主整天绫罗绸缎的，还挺得意，我姐看了生气。大公主还跟人家说，我姐是姨太太生的，我姐就更气。偏偏还有同学跑来找我姐，让她跟大公主说说，借她的汽车用，你们是姐妹嘛，我姐气不打一处来，当然不肯，一口就回绝了。同学借车，是因他们先后请了周作人、沈从文等来校做讲座。后来他们自己找了大公主，她很愿意。接周作人来那次，她穿得花枝招展的，走路一扭一扭陪在旁边，这算什么呢？我姐在下面窘死了。

大公主在燕京没上多少课，书念不进去，在学校就是东转转西转转，倒是人有一些变化，对人客气了，彬彬有礼的。就有个男生追她。姓赵，广东人，化工系的，学皮革制造，小康之家，穷的话也上不起燕京。大公主一直是没开窍的，和姓赵的在一起开窍了，两个人真还是有感情的，没多久两个人就在香山同居。

这是瞒不住的，当然大公主向来我行我素的，可能也没想着瞒，家里就知道了。那个时代，我们这样的家庭，怎么能允许同居这样的事，但是能拿她怎么办？家里娘为大，她是娘亲生的，但娘压根拿她没办法。家里早有人说，大公主有神经病，和孙家少爷结婚又离婚的，议论的人就更多了。她在家里一直对谁都爱理不理，没个笑脸，好像只有见到我哥，她会叫一声“小弟”。印象里她总是气鼓鼓的样子，皱着眉头，用手绢捂着嘴，简直就是习惯动作。有些行为，在人眼里也怪兮兮的。比如丫头来凤悄悄跟我说，她看见大公主在房间里什么也不穿，对着镜子扭来扭去。总之上上下下都觉得她不正常，只有我母亲说：什么神经病？都是娘惯的！当然，这话是没法对娘说的。

娘一直惯她，后来二姐死了，就更惯她了。娘怀过八胎，活下来的就大姐、二姐，二姐不在了，娘越发把情感集中到大公主身上，而且这时父亲过世，没人能干预了。奇怪的是大公主跟娘一点也不亲，从不见母女的那种亲密，发个嗲撒个娇什么的，从来没有。对娘也是一副气鼓鼓的神情，母女之间也没什么话可说。我甚至觉得，娘有些怕大公主。

出了同居的事，娘只是唉声叹气的。家里议论大公主神经病，意思是她不可理喻，随她去吧。这事最后也是由她，只是同居坏名声，后来就让他们结婚了。

婚礼之前还有个插曲。大公主的婚礼，我们家要不去，怎么也说不过去，但我们和大公主已经很久不说话了。起因是因为我。我一直觉得大公主长得好看，跟电影明星似的，有次大公主坐在那里，穿着缎子的衣服，好像还化了妆，好看极了，我喜欢画画，当时在旁边就说，以后我就画你，画得跟明星一样。看着衣服好看，我还过去摸了一下，在她膝盖那儿。她马上就恼了，说，走开，走开！你是姨太太生的，别碰我，脏死了！我姐气得不得了，跟母亲说，母亲当然也气。我姐说，以后再不理她了。好长时间，我们当真不和她说话了，对她倒没什么，她一向对我们就爱理不理的。这时有婚礼，怎么办呢？

七叔和娘商量大公主的婚事，说大姨奶她们不去不像话，后来是池太太出了个主意：由他们夫妇出面请客，请娘、大公主和我们一家，到一起就算是讲和了。池太太是我们的家庭教师，我母亲又让我们兄妹仨认了她作干妈的，和家里上上下下都熟。她就两边传话，说好条件。后来我知道了“吃讲茶”一说，跟人开玩笑说，那顿饭也可以算又一型的“吃讲茶”。

到那天，池太太夫妇在餐馆楼上订了个包间，他们和娘、大公主先到，边等边聊天。我们进去了，他们就站起身来，母亲叫娘一声“太太”，大公主就叫一声“大姨奶”，而后我和我姐就招呼一声“大姐”。这时池太太在一边说，你看，她们都叫你大姐哩，大公主接着便唤我们

“五妹”“六妹”。这才坐下来吃饭。

一切都是事先讲好的，谁先到，谁后面进来，谁先说，谁后说，说什么，都清清楚楚，有剧本的。其实母亲天天给娘请安，见面时却像是好久没见面似的，整个是演戏。那天晚上太可笑了，就因太可笑，我到现在想起来，还是真真切切。

这样就算讲和了。在饭桌上就开始说婚礼的事，大公主还有那么点羞羞答答的。当然和解是面子上的，我姐就因为喊了“大姐”，想想就生气。大公主的婚礼她也不起劲。

婚礼是在国民大饭店办的，洋味的婚礼，大公主虽是二婚，也还是披婚纱，我们都穿着新做的衣服。婚礼过后，大公主就和新郎到南方度蜜月，而后就去了广东，婆家在那儿嘛。家里的两个佣人，一个男的，一个女的，都年纪轻轻，跟着去的，也是陪嫁的一部分吧。过去嫁出去都会带佣人过去，自己人，有照应，不让男方欺负着。

谁知偏是“自己人”坏了事。

跟去的男佣人叫小田，他父亲就在我们家当佣人，老实巴交的，这时已死了。小田跟他爹完全两样，长得白白净净，学过点文化。他挑拨大公主他们夫妻关系，说姓赵的如何不好，一是说姓赵的长得难看，二是说他跟你结婚是图你的钱，还说，你跟他还不如跟我。大公主跟姓赵的原本还是真有感情的，就是没脑子，居然告上了法院，要离婚。在法庭上姓赵的说，他的确是想得到她的钱，当初就是因为她家有钱，不然她是有神经病的，干吗要追她？但他没想过要抛弃她，钱嘛，他是准备拿来出国留学用的。法院最后以感情不和判了离婚。之前大公主把存折什么的都交给了姓赵的，姓赵的也不否认，只是说现在他还不出来。大公主带走了几万元钱，就这么不了了之了。

正闹离婚的时候，小田又撺掇大公主，让大公主跟他私奔。还说，有几万元钱在手，他们一辈子吃喝不愁。大公主不干，她跟小田没那种关系，小田是下人，她是特别有等级观念的，怎么可能跟他跑？小田就威胁她，他手里有不知哪来的一沓子照片，大姐夫私下里照的，也许就是现在说的“艳照”，说要散布出去。大公主急了，就打电报要家里去救她。娘一听，这事还得了，就让潘爷赶紧去广东。

大概也就半年多的时间，大公主就又从广东回来了。潘爷去广东时家里就已传开，知道出事了。她在燕京旁听的时候，我们已经住在昭明里了，娘和大公主住楼下，我们住楼上。她住的是朝东一间最好的房间，她去燕京，到她结婚去广东，都一直留着的。这时赶紧打扫出来。她回来那天我听见动静，到楼道那儿从上往下看，就见她绷着脸，进了门谁也不理，什么招呼也不打，进了自己的屋，“砰”的一声把门关上了。

潘爷一起带回来的，还有小田。那一阵潘爷楼上楼下不停地跑，楼下是娘那儿，楼上是我母亲那儿，他在中间传话，商量怎么办。娘是没主意的，老是让潘爷去问“大姨奶”。人回来了，婚也离了，善后的事儿是如何处理小田和那沓子相片。最后是给了小田一笔钱，让他走人，离开天津，当然也是利用杨家的势力，叫他闭嘴，这事一辈子都不准说出去。小田的确没再出现过，从此没了消息。

那些照片，潘爷要交给娘，娘说，丢死人了，我不要看！烧了！就烧了。家里人都没看到，最后也不知是些什么照片。

大公主从那以后就不对头了，整天关在房间里，吃饭也不出来，都是佣人端进去，后来不知什么时候抽上了烟。娘胆小没主张，根本管不住她，只好由她。没过多久，大公主就不和我们一起住了，她要另外租房子，从此搬出去，带两个佣人自己过。租的房子离家不远，娘每天中午十二点半出去打牌，都会早走一会儿，去看看大公主，到那里也没什么话说，大公主不大搭理她。她的自闭越来越严重。我母亲就说大公主好好一个孩子就被我娘害了。家里给她倒茶，她拿着茶不知道喝，嘴里念念有词：“还是孙胖子好，上当了，我遇上坏人了……”总之是受了刺激。

1949年我回天津生赵苏时，她又和娘住一起了。离家好多年，我回去以后发现我们住的耀华里已经很不像样了，家里仆人也少了，男佣人只剩下老潘，服侍娘的丫头小玉嫁人了。大公主还是一个人一间屋。当时我三十岁，大公主四十二，已经基本疯了，在家里走来走去的，不说话，或是莫名其妙来一句，很伤脑筋。有客人来，她会出现，眼神不对，穿衣服乱七八糟，头发蓬蓬的，大家都不敢讲话，她绕一圈以后又回屋了。

人还认得的，见到我会叫我小名："你是六妹，你叫小胖子你还记得吧？"有次看到我的地下党同学开吉普车来接我吃饭，就把我拉到穿衣镜前，说："你有什么好看的？你不好看，个子也不高，你还没我好看——倒还有福气，认识八路，八路还拿汽车来接你。"我当时怀着孩子，被她吓个半死。她是从窗户里看见我同学开吉普车来，对佣人问起来，佣人觉得很得意，就告诉她：六姑娘认识八路！

我小时候有一个大洋娃娃，回来后从箱子里找出来，放在自己卧房的沙发上，有一天眼珠子被她抠下来了，也就是下楼吃饭那么点时间。那时候家里没人，又不能锁门，小孩只有赵蘅，那时她特别好看，眼睛很大，我怕得要命，老想着洋娃娃被抠掉眼珠的事。

娘快死时，我母亲、我姐和我都在她跟前，我姐在哭，母亲在抹眼泪，我不会哭，没表情站旁边。大公主在自己卧房里不出现。母亲就对我姐说，娘要咽气了，让她过来吧。照老规矩，这时候是要喊魂的，我姐就把她喊出来。我姐姐拉着娘的手，喊"娘，娘"，大公主不张口，好像没事人，东张西望的。母亲又提醒我姐，让你大姐喊两声。娘躺在那儿捯气，大公主就那么站着，也不喊。我姐就说她："你自己的娘要没了，你就不喊，不哭？！"我姐厉害，连大公主也有点怕她，就哭起来，喊"妈，妈"，一边手绢挡着脸，一边眼睛瞟着我姐，嘴里呜呜呜的，也没眼泪。

大公主一直有烟瘾，每天早上都去和娘要香烟。娘死的第二天早上，她还没弄明白这事，娘脸上已盖着大白手绢了，她还对着说，给我香烟！我姐就训她：这时候知道要娘了——你娘已经不在了！她大概这时才明白怎么回事，真的哭起来。我母亲从里房间出来，推开我姐，给她两支烟，安慰她说，你没有娘了，以后你跟我们一起过。

你要说她疯了吧，有些她记得特别牢，哭完了之后她还找我母亲说："大姨奶，太太不在了，以后还要和太太在的时候一样啊。"意思是她的待遇不能变。那时候困难，物价飞涨，有次我母亲烧了四条红烧鲫鱼，单独给她两条，我们一大家人，母亲、我姐，加上我和两个孩子吃两条。结果她吃完自己的鱼和别的菜以后，又从房间里出来，用筷子敲着盘子，绕着我们吃饭的桌子走，嘴里嘟囔"没菜了，没菜了"，母亲只好又夹菜给她。

就是这样供着她，她还不满意，又闹着要到七叔那里去。她还记得当年家里几十万没了时，七叔担保的话，说娘、杨宪益、大公主的生活还是照旧，该怎么花钱还是怎么花。我母亲很生气，叫丫头来凤送大公主到上海延庆路七叔那里。七叔提前退休，领一点退休金，郁郁寡欢的。七叔七婶、堂弟、堂弟媳一家，家里已经是八口人，房子也不大，就两个卧房，很挤的，突然冒出个大公主，怎么过？没过几天，大公主受不了，又被送回来。

送回来后她就更疯了，后来我姐夫回国工作，被调到北京，母亲、我姐都过去，耀华里的房子给姐夫的哥哥住。没法带大公主一起去北京了，找了过去一个丫头的婆婆伺候她，还住在耀华里，我哥哥每个月给寄钱。没过多久，大公主被查出得了乳腺癌，已经没救了，也没有决定给她做手术。

后来据说大公主非常可怜，穿着破棉袄，没烟抽，就在马路上拾烟头。还有人看见她自己用铜盆端水到露台上，从棉袄上扯下棉花擦洗身上，身上溃烂，一处处脓水。

我哥哥后来说，家里是给她寄钱治疗的，但钱都归那个丫头的婆婆管，克扣得很厉害。那个老太婆很厉害，留在天津的老仆潘爷都被她欺负。大公主身上化脓疼得叫唤，扯破棉絮堵化脓的地方，她也不管，最后就是疼死过去的。大公主死的时候叫了三天三夜，整个弄堂都听得见。据说她死时“砰”的一声从床上掉在了地上。老太婆后来买了口棺材抬出去草草埋了。我听母亲说，耀华里的邻居都觉得我们抛弃了她去北京做官，没管她，其实我哥哥为供她也花了不少的钱，我们也觉得委屈。

大公主是查出癌症半年后死的，1950年，要不就是

1951年。虽然我一直讨厌她，没好感，但回想起来，还是觉得她很可怜：一开始太有钱，死的时候又太凄凉。记得有一次我们在天津西湖饭店看选美，在跳舞场看到了大公主和《北洋画报》姓郑的主编一起跳舞。她看到了我们也不打招呼，我当然也没理她。我猜测当时大公主喜欢郑主编，人家并不喜欢她。她是大小姐，到哪里都喜欢出钱，人家当然也不会拒绝。她每天都想法子玩，反正有的是钱。那时候她还是很时髦的，外表也看不出来有病，但是嘴里已经有点念念有词。那时候再想不到，她的结局会那么惨。

二姐

和“大公主”不一样，二姐在我心里一直保持着美好的形象，虽然我和她在一起的时间很少，而且她早早地就过世了，死的时候只有十六岁。

二姐是娘生的，按照我们这一房的排行，我叫她二姐。她属猪，应该比我大七岁。她长得特别好看，脾气也非常和顺。大宅里的人都说，二姑娘长得最“俊”。大公主很傲慢，二姐待人却特别谦和，眼睛里的一丝笑意让我们几个做妹妹的感到温暖、亲切。不单是我，我想大宅里的人说起二姐，有意无意，都有大公主在那儿做对照。

已经想不起二姐的穿戴了，只记得她从不穿鲜艳的衣服，也从未见过她有时髦的装束，好像也没涂脂抹粉的时候。印象里她总是上身穿黑缎镶白缎牙子的月白素花织锦缎袄，下面是带花边的长裤，一条大辫子垂在身后，一笑起来就从腋下抽出细麻手绢捂着嘴，像是从旧时画上面走下来的美人。大说大笑是没有的，说起话来轻声细语，带点扬州腔——娘是扬州人嘛。

她开口说话的时候就不多，干什么事都轻手轻脚的。说起来她也是孩子，撒娇、任性在她却是没有的事。她也没怎么带我玩过，相比我的好动，二姐太安静了，我都不知该让她带我玩什么，所以虽然她那么脾气好，我也没缠着她带我玩。我跟她在一起最多的，反而是她念书的时候。她和我哥跟着家里请的魏老先生念书，我太小，还没发蒙呢，他们毕恭毕敬地听讲，我会爬到机凳上盯着她看，觉得她真是好看。

二姐喜欢读书，但是娘没让她进学校。她不会自己提要求的，总是不声不响，就像当年无声电影里的画面。现在有个词叫“存在感”，她可是真没什么存在感的（她好像也不需要），在与不在，都悄没声的。有一次她跟娘去北戴河避暑，过了好一阵我才发现她不在家。那时兴起来的有钱人家夏天到海滨去，二姐却是余大夫特别嘱咐了要去的，她得了“干血痨”（就是后来说的肺结核），低烧、咳嗽，出虚汗，人越来越瘦。余大夫是留过洋的，新派的法子，说二姐得去海边疗养，多晒太阳，呼吸新鲜空气。娘就带着她，还有厨子、佣人、丫头一大拨人，跟着七叔一家浩浩荡荡去北戴河，过了一个多月。

后来听说的，二姐在那边很不习惯。她不肯出门晒太阳，因为海滩上走着的，大海里浮水的，沙滩上帆布椅上躺着的，都穿得那么少，少得让她不敢看。总之她不肯出门，不愿见人，而且话更少了。

从北戴河回来之后，大厅楼上那个大房间打扫出来，让二姐住进去养病。那房间是长廊通到我们住的后面的上房的，但不许我们过去玩，说是二姐的病会传染。我唯一去过的一次，是伺候母亲的张妈偷偷带我去的。二姐穿着纯蓝色的缎袄，靠在枕上，没力气的样子，刘海有点乱，好像已经没劲起来梳头了。

张妈说："二姑娘，六姑娘看你来了。这两天身子好吗？"其实是她自己要来，拉上我的。二姐勉强微笑，叫我到她跟前去。以往她常会摸摸我的头，表示喜欢我，或是让我安静，我还记着她软软的手放在头上的感觉。我想走过去，但站着一步都没挪——动不了，张妈紧紧拉着我，大概是怕我靠得近了会传染。张妈就这样隔老远和二姐说了几句话就告退了。没想到，这就是和二姐最后的告别。

没过几天，家里就忙碌起来，不知从哪里搜罗出来那么多的绸缎（最多的是素色的里绸），堆在大厅里。潘嫂指挥着大宅里的老妈子、丫头们裁剪各式衣服：小袄、大袄、内衣、披风……各种颜色的：杏黄的、葱绿的、水红的、藕荷的……我从杌凳爬到桌边上看，眼都看花了，忍不住说："真好看！给我也做一件！"话刚出口，马上就有人来捂住我的嘴，低声呵斥，叫我别瞎说。衣服是做给二姐的，平时她们干活都有说有笑的，那次都不吱声了，沉着脸，还不时有人摇头叹气。后来我才明白，这些衣服是给二姐入殓进棺材预备的。里三层，外三层，要把二姐打扮成仙女一样送上天。

我忘不了的，还有一桩怪事：娘不知听了谁的话——一到这种时候，叽叽喳喳出各种怪主意管闲事的人总是特别多——请了个装神弄鬼的道士到家里来做法事。我还记得，那人叫"杨好古"，他做出的各种夸张可怕的表情我更是想忘也忘不掉。有天晚上，大厅的楼上忽然之间热闹开了。听到那边乱哄哄的，丫头来凤偷偷带我从长廊过去。走到当二姐临时病房的那间屋子，就看见佣人搬来的香案上，大把的香插在香炉里点着，呛人鼻子，乌烟瘴气的，弄得灯光都变暗了，让人只觉迷糊。杨好古手里摆弄一把供香，眯缝着眼又说又唱。唱了一阵，老仆人潘爷恭恭敬敬捧上来一只黑色的大公鸡，又递上一把雪亮的菜刀。杨好古唱了一阵，忽然抓起公鸡，举刀对准鸡脖子咔嚓一声，折断的鸡脖子那儿顿时就喷出一道血来。鸡的双脚送来时是捆着的，这时他把捆绑的细绳割断，朝前一扔，鸡还在挣扎扑腾，一下飞到二姐的床前。我从来没见过这样吓人的场面，躲在来凤身后直哆嗦。来凤也吓得不轻，使劲拖着我往回走，边走边小声叮嘱我，千万别告诉你姆妈！

虽然害怕得不得了，我还是惦着二姐怎样了，忍不住回头看一眼，就见二姐躺在那里，满脸死灰，挂着两行泪，身子瑟瑟地抖。她眼睛里的惊恐我一辈子也忘不了。

也就是一两天之后吧，有天一大早，从前院传来娘凄厉的哭喊声。一个很大的大红锦缎做的棺罩，在众人的吆喝声里抬进大门，绕过了雕花大影壁进来，架在院子里，有人忙着在棺罩四角上方悬起四只大圆玻璃罩灯笼。

发过话了，不许下楼，门窗都得关上。我们这些小辈和妇女只能待在内院上房里，隔着窗玻璃看动静。娘在下面哭得撕心裂肺，楼上窗户后面站着的女人在抹眼泪，但都不出声。在一片静默中，娘的哭声更扎心了。她的哭喊断断续续，重复着“我的心肝宝贝！我的小闺女！”眼看着她就哭得瘫下去，几个女佣一边劝一边搀扶。

棺材是从后楼抬下来，漆黑，笨重。从楼上可以看见娘哭喊着朝棺木扑过去，被佣人拉回来，过一会儿又扑过去。当年大户人家死人，会有吹吹打打的班子，和尚、尼姑、道士、洋鼓、洋号一起上，还会有人扛着一棵棵白花花的纸柳，漫天撒纸钱，纸糊的房子、家具、佣人、丫头，浩浩荡荡的，招摇过市。二姐的丧事没这些仪式，但娘真是伤心，舍不得她，据说娘给二姐穿戴得雍容华贵，不单是佩戴珠宝翡翠，还在她嘴里放了一颗很大的珍珠。有些其他房的亲戚闲言碎语就来了，说杨家大房又走了一个，还这么瞎讲究！

我听说二姐的棺木存放在郊外，很远很远的一个什么省的会馆里，可能娘还打算以后把她和其他长辈一起迁回南方的祖坟。但据说二姐的棺木在放进会馆后不久就被打开了，那些首饰不翼而飞。

二姐死后，娘沉默多了，好些天没打牌。过去娘经常打牌到深夜，散了之后意犹未尽，回房之后又把二姐吵起来，跟她唠叨牌桌上听来的闲言碎语，又是哪位太太赢了、输了、气了、乐了，等等等等。二姐总是睡不好，觉得很累。但她不说，直到她病重我母亲去看她，她才悄悄说起。不知道二姐走了以后，娘会不会想起这些。母亲当然只能把二姐对她说的话咽回肚里。那一阵她一再嘱咐我们，不许说起二姐。

亲爱的哥DER

我哥杨宪益比我大五岁。他出生不单对我们这一房，对整个杨家，都是不得了的大事。父亲是长子，他是长房长孙嘛。可不是现在这样简单的老大老二老三老四的概念，那就跟太子似的。当年没有“小皇帝”一说，但我哥是真正的小皇帝，关起门来，就是个小溥仪。还很小的时候，说句话家里人就都得听。

“母以子贵”，母亲当然沾了他的光，因为生了我哥，她在家里的地位上升了，家族里对她的态度也有变化。但他首先是属于娘的，生下来就抱走了，娘住楼上，他就住楼上，娘搬到楼下了，他也住到楼下。有很长一段时间，他不知道姆妈才是他的生母。有一次，那时娘带着他已经长住楼下了，我和我姐要从楼上下来，就见他拿了根麻秆在楼梯口拦着，嘴里喊：姨太太生的，不许下来！我还小，对这事一直不太敏感，他堵着，我就骑在扶梯上，滋溜滑下来，我姐气得要命，记了一辈子，到老了提起来，还说：你说哥哥可气不可气？！

再大一点，他知道了，知道了以后对我姐和我就特别亲。但是这事谁也不说破，就当不知道一样。他从外面回来了，还是先到娘那里去说一声，我回来了，而后才过来跟母亲说。母亲带我们去看电影，会跟娘说，我带他们仨去看电影了。平时带我或我姐出去，也会说一声，那就是打个招呼，要是里面有我哥就不一样了，要特别说明的，像正式的禀报，小少爷哪能随随便便就带出去呢？娘倒也从来不拦着，都是许的，大家心照不宣。

我哥说什么姨太太不姨太太的，是出于男孩的顽皮，并不是真的歧视，他是没有等级观念的，到后来就更是反感。他对我从来就特别好，我比他小五岁，小时候是很大的差距了，他就当我是小不点，喜欢想出各种花样带我玩，逗我。我也喜欢跟着他，到哪儿都跟着，他说什么我都信，都听。结果家里人都笑话我，说我是我哥的跟屁虫、哈巴狗。

有什么好吃的、好玩的，我哥都会想着我。他的早餐和我们都不一样的，丰盛得多，他常让潘爷悄悄到楼上喊我下去到他房间里，拿这拿那给我吃。我到他房间，往往他正在起床，那也是挺可笑的。伺候他和伺候娘是一个等级的，起个床，两个佣人在边上，给他端洗脸盆，给他拧毛巾，拿漱盂接着他的漱口水。还要帮他穿衣服，里面的穿好了，裤子系上了，最后是拿了上衣站他身后候着，他要做的就是两条胳膊往袖筒里一伸，所以他到好大了都不大会自己穿衣。老式的房子没有卫生间，都是床边有个帘子，后面是马桶痰盂，他穿好衣服就进去小便，佣人在帘子外面候着。我不懂，还好奇，有次要跟进去看看，让佣人给拦下了。

母亲对我特别严，对我姐就不说那么多，对我哥则是另一回事，他不会有错的。母亲尽夸他，比如我哥眉毛长得不好，八字眉，往下耷拉，到母亲嘴里就是好的，还成了标准，说谁谁眉毛长得好，就说，跟你哥眉毛一样。说我长得不好，标准也是我哥：你长得一点不像你哥。你怎么就不像杨家人呢？其实我长得像她，但她把自己看得很低，杨家的才是好的。我姐和我哥长得比较像，她又要说，你长得就是没你哥好看，他黑眼珠比你大。

哥哥到哪里都是前呼后拥。他是跟随着娘的，娘带他，我们当然是跟着母亲。我们住楼上，娘难得上来一趟，都是前前后后许多人。我哥要上来动静也大，还没抬腿，下面已在大呼小叫的："少爷要上来了！"

我最爱跟在他后面去逛街，逛书店。我哥出去逛，都是佣人跟在后面，他看中了什么，就去付钱，而后就是大包小包的拎东西。他是根本没有钱的概念的，反正要什么买什么，我的待遇连他的零头都不到，要这要那的，母亲绝对不允许，但跟在我哥后面，就是另一回事了。每逢我想要书、玩具或别的什么，我就在后面拉拉他的衣服，他回头问一句，想要？我点个头，他吩咐一句，要这个。就全解决了。

那时法租界有个天祥市场，类似于上海的大世界，有吃的有玩的有唱戏的，什么都有。越往里走越热闹，几层楼里挤满各种摊位，戏园子、茶馆，吆喝声此起彼伏。又有一处叫"中原公司"的，完全洋味，有电梯上下，听不见吆喝声，只听见店员按电铃叫人。这里的亮堂、安静和天祥市场的乌暗、嘈杂正好是个对比。有一天我跟着我哥就是逛的那儿。

那次在中原公司楼里一通瞎逛，走到一个摆满各式外国洋娃娃的大货架跟前，看见一个德国造的，天蓝色的缎子衣裙，金色的披肩，卷发上扎着缎带蝴蝶结。我马上就走不动了。我哥瞅我一眼，咕哝一句“想要么？”而后就对跟着的佣人做个手势，店员将那娃娃装进盒子，我赶不急地抢过来抱在怀里，就这么一路抱回家去，再不肯让佣人帮着拿。

直到吃完晚饭，我还是一团高兴，却见我哥坐在那儿发怔，闷声不响，好像还眼泪汪汪的。过了好多年我忽然悟出他是玩累了，大概打过哈欠，弄得“热泪盈眶”了。当时没想到这些，马上像发现了新大陆似的大叫：“哥哭了！”就这一句，顿时全家大乱。问他问不出名堂，男女老少就一起来问我，刨根问底，要弄明白我哥为什么不高兴，有人欺负他了吗。

我哪知道呢？挡不住一个一个的追问，只好把下午的事说了一遍。他们怀疑是不是只顾了给我买洋娃娃，他自己想买的忘了买，生气了，于是进一步细细盘问，去了哪儿，在哪儿停过，看过些什么？我想起在中原公司卖电器的地方，我哥曾让店员递给他一个很大的手电筒，挺讲究，装三截电池，开关推上去，雪亮雪亮的。他还拿在手里掂了掂，不过摆弄一阵，又还回去了。大人一听，觉得这案子破了，老仆人潘爷连忙坐了家里的黄包车奔中原公司，个把小时后气喘吁吁回来，手里一个大纸盒，里面正是我描述的手电筒。谁知我哥拿过来掂掂，咕哝一句，真重，我才不要哩！

这等于宣布白忙活了，全家都很沮丧。他不开心，事情就不算完，又重新紧张排线索，这时我忽然又想起一茬，大叫："还看过一个小巴儿狗，在天祥市场。"于是又一通关于那狗长相的盘问，什么白色带黄花，狮子卷毛这些特征都问清楚了，再派了个年轻仆人直奔天祥市场卖狗的摊子，果然一条狮子狗抱回了家里。那狗颈上系着红缎带，带上还拴只小铃铛，两眼黑亮黑亮，东看西看，真是漂亮又可爱。我高兴坏了，可我再喜欢也没用的，得我哥喜欢才算数。那是只母狗，我哥说："我喜欢公狗。"

直到几天后，家里又买了条黑底白花的小巴狗来，这番折腾才算告一段落。这回是个"壮丁"了，我哥挺认可，还给起了个名，叫它"小花"。训练"小花"成了我和哥哥的一个乐子，我们费好大劲教它两条前腿一拱作揖，作完了就给它块饼干，还教它盘腿坐着拜，甚至还教它保持沉默，不许它乱叫。等它长得肥壮了，我哥让我抱着，在屋顶露台上用他喜欢的柯达方盒子相机照了张相。也算是"小花"在我们家留下痕迹了。

父亲去世得早，家里没男的，气氛是不一样的。有句话叫"生于深宫之中，长于妇人之手"，那是说皇帝，杨宪益当然不能说是"生于深宫之中"，但可以说是"长于妇人之手"。家里上上下下围着他转，一味地呵护他。养尊处优是一方面，另一方面他是没自由的，比我姐和我更没自由，哪儿也不让去，也没人玩，整天关在家里。二姐到北戴河去治病，娘也过去避暑，这事我们是没份的，杨宪益也不叫去，则是怕他游泳出事。他气得不得了，在家里闹，后来他出国留学前我们一家子到北京香山避暑，就是那次给他许的愿。

我还记得一件事：难得的，有一次许他到李家花园去溜冰，我一起去的，潘爷跟着。李家花园是天津有名的李善人家的，他家每到冬天都在门口摆一口大缸，施粥，当然还做其他的善事。李家花园好大，里面有水面很大的水塘，要不就是有小河，冬天结冰，就成了溜冰的地方。我哥到了上面不知所措，潘爷就怕他摔着，那还得了？就弄了张椅子来叫他扶着。这还怎么滑？他干脆就一屁股坐在冰面上，这也让他开心。我们是带了照相机去的，他就伸直了腿坐着让我给他照，还说照片洗出来要拿给娘和母亲看，就说是摔倒了。其实并不是摔倒，他故意要我那么说，是淘气，也是他对家里成天管着他的一种反抗吧。

后来果真我就拿给母亲和娘看了，都照他说的。这下坏了，她们问我怎么搞的，还把佣人找去问。都说没摔跤，我也“招供”了，说是我哥让我那么说的。没摔跤怎么坐地下了呢？大冷天，冻着了怎么办？就这样，以后再不许他溜冰了。溜冰鞋是定做的，挺贵的，就用了这么一次，再没穿过。

他念书，起先也是请先生到家里教的，不让他上学，怕路上遇到坏人，怕在学校里磕着碰着。到他十岁，总算让进学校了，他很兴奋。每天早上上学前，母亲都要检视一番才让走，天冷的时候，给他戴上厚厚的帽子，再围上围巾，穿上大衣，最后还要拿手绢给他抹一下眉毛，而后说，去吧。这是她的习惯，像个仪式似的。

捂得那么严实，是怕他着凉。其实哪会？后来我们也是坐黄包车上学，车上有车毯，搭在身上，一点也不冷，他是车毯之外还有条狗皮褥子，暖和着哩。在学校，他裹成那样都被同学笑话，他烦这些，又拗不过大人，后来每次往学校去，在门房那儿就把帽子围巾大衣都给甩了而后再上车。黄包车在外院门口等，母亲是在内院送他，不会到外院，所以也不知道。等放学回到家，他重新穿好了再进屋里见母亲和娘。

上高中时，他看同学打篮球，跃跃欲试的，但家里不让，怕撞着碰着，说要打的话在家里打。很快买了篮球架，竖在院里。篮球几个人一起玩才有意思，家里没别的男孩，他一个人玩很无聊，四哥、五哥来了他就很兴奋。有一次他们在院里玩，天气好，娘好兴致，让佣人端椅子到外面，坐着看他们打球，丫头端来水烟什么的在边上伺候。她才看一下，就让四哥他们别跟我哥抢。看他们互相传球，又急了，怕球扔过来打着我哥，要打在脸上还得了？就让不要扔，要走过来把球递给他。这球还打个什么劲呢？我哥就是这样被重点照顾，常被管得垂头丧气的。

老被管，又没人玩，我倒是受益者。我姐只比他小两岁，比较严肃，不爱玩，又有自己的主意，经常不听他的，我就不同了，听话，他说什么是什么，所以他喜欢带我玩。四哥、五哥来和他玩，我也跟在后面。有次他们来，让我骑在四哥腿上，五哥掏出一把指甲钳，作势要夹我，那时候指甲钳还是新鲜的洋玩意儿，我没见过，吓得直往后躲，他们就笑得不停。好像就是那次，他们又问我会不会用英语叫我哥。他们都在上中学，又都在外国人的学校，我还没上学，当然不会。他们就教我，要我喊杨宪益Dear brother，我不会。他们说，那就中西合璧，叫"DEAR哥"吧，我怎么也发不出DEAR的音来，一说就说成DER，他们笑得不行。后来要捉弄我，说，干脆你就喊"哥DER"。北方话里是常有儿话音的，这发音和"格登"很像，格登本是象声词，说上楼梯的脚步声，就会说"格登格登"，还有"心里格登一下"之类的。他们觉着这么叫好玩得不得了，我哥也觉得有趣，后来我当真经常就这么叫了，一直叫到老。写信给杨宪益，抬头也会写"亲爱的哥DER"，就为这么写好玩儿。他过九十岁生日，我给他的生日贺卡上也是这么写的。

我对我哥是有些依赖性的，不光是老跟着他，还崇拜他，有什么事都问他，觉得他什么都懂，是天底下最好的哥哥。三五年他去英国留学后，我老想他，在家里觉得越发的寂寞。我母亲都看出来了，要安慰我，给我买了桌上高尔夫球，很贵的。以前哪有专门给我买那么贵的东西呢？那是因为我和我哥有次到国民饭店，在楼上玩过室内高尔夫，玩得很开心，回家兴奋地跟母亲讲过。但是哥哥不在身边了，哪有什么东西能替代的了呢？

四姐和二姨太

我哥行三，下面是四姐，二姨太只生了她一个。我老是想起她，不止一次想写她，种种原因，最后还是没写。老想起她，是因为她的经历太惨了。家里很多人都是悲剧，其实说“悲剧”这个词，我首先想到的便是四姐，其他有的人也许说有悲剧色彩吧，有的是以现代的眼光看，或者是某一段不如意，比起来四姐的一生，包括最后的结局，整个就是悲剧。

说四姐，要从她母亲二姨太说起。二姨太进杨家的时候只有十四岁。她原是别人家的丫鬟，那家人要巴结差事，送给父亲的。父亲原本并没有再纳妾的意思，对二姨太一直比较疏远，看她没母亲懂事，像教母亲念书这样的事是没有的，父亲病中也不要她伺候。二姨太和父亲只生过一个女儿，父亲去世前立下的遗嘱，说二姨太年纪轻，别让她守着了，女儿是杨家的骨血，留下来，她可以再嫁。但是后来宣布遗嘱，这条没了。也许家里还是觉得杨家的妾嫁人了，没面子。

二姨太在花园街住了好几年，如果不是三叔与人合伙贩私盐弄没了我们家钱的事，她就一直这么过下去也说不定。出了那事后，她跟我母亲说，该去闹，头撞墙什么的，定要讨到一个说法，意思是父亲留下的遗产，不能就这么没了。我母亲不肯，说她不管别的，只要能把三个孩子养育成人，家里管这个就行。

二姨太不干，还要闹。这时有人给她出主意，让她去找妇女救济院。她当真就到天津妇女救济院去求助。妇女救济院给她出头，让她就在那边住下。报上也登出来了："前中国银行行长杨毓璋一小妾不堪大妇虐待……"指名道姓的，这就太让我们家丢脸了。

也不知怎么就扯到"大妇虐待"上。"大妇"当然是指娘，其实娘是脾气很好的人，也没主意，你让她虐待她也不会。而且她对二姨太挺好的，有一阵，因为母亲生了我哥，无形中似乎威胁到娘的地位，娘对二姨太还多少有点笼络的意思，"虐待"真是无从说起。二姨太这么一闹，得罪了娘，也得罪了整个杨家，不好收拾了，她自己倒浑然不觉，住在救济院，还等着家里叫汽车接她回去。我们家没汽车，当时天津有个"四大"车行，中国银行办的，可以租汽车，家里要用车的话，就打电话过去，车到家门口候着。

也不知听了谁的，二姨太以为她这么一闹，有妇女救济院给她撑腰，家里拿她没办法。她也不想想，接她回来，她有面子，不就算她闹得有理了吗？这边怎么可能去接呢？她有面子，这边的面子往哪儿搁？都被她气得不行哩，没人理她，由她在那边待着。

最着急的是她的女儿，我们叫她“四姐”。二姨太跑到妇女救济院，住在那里，四姐一人待在花园街家里，没人对她不好，但她当然难受。她替她母亲向娘求情，跪在娘面前，哭得泪人似的，大姑妈是她干妈，她也向大姑妈哭诉。最后是谈好了条件，二姨太离开花园街自己过，其实也就是和杨家断了。二姨太得到了两万元钱，这也是原来父亲遗嘱里说的数：二姨太一万，四姐的嫁妆钱一万。立了规矩的，第一年只准用利息，不准动本。另外，原来是要留下四姐，让二姨太一人离开杨家的，四姐自己还是要跟着母亲，这样她们母女就搬了出去，在张庄大桥租下一处两楼两底的房子。

从救济院回到花园街到搬出去过这段时间里，二姨太接待过一个来客，说是朋友，住救济院时认识的。二姨太在妇女救济院认识了各种各样的人，包括窑姐。那次带来的人，一看穿着举止就不对头。也是想到大户人家来看看，开开眼吧。来了就待在二姨太屋里说话，别处是不让她们溜达的。那个窑姐躺沙发上，看着房间里的陈设，很羡慕，说这样人家，你还要往外跑？

她领朋友来，也就那一次，家里上上下下都看着不顺眼，老仆潘爷是瞅见那女的躺沙发上的，说，什么样子，没一点规矩，都把什么人弄家里来了？！当时那种情况下，二姨太还把人往家里带，简直就像挑衅了。娘发了话，说，以后不准领家里来。当然，就再没来过。而且不久以后二姨太就搬出去了。

二姨太人比较活泼，大大咧咧的，她屋里时常会传出她唱歌的声音。我母亲是没什么声音的，相形之下，二姨太那边就热闹了。她守寡时年纪轻轻，爱热闹，唱唱歌，再自然不过。她也没什么等级观念，对下人没架子，也许和他们在一起，她更自在些。只是她没脑子，容易受周围的人影响。她在妇女救济院待过一阵，接触了一些人，回来后就唱些小调，这就让家里更不待见她。她自己后来弄得一团糟，把四姐也给害了。

四姐叫杨聪如，大我四岁，大我姐一岁，也是念的中西女校。虽然在一个学校，我姐和她却很疏远，从来不在一起玩，觉得不是一路人。四姐长得很漂亮，特别爱打扮，穿着很时髦，成绩又好，毛笔字是她那届的第一名。气味不投之外，我姐多少也有点嫉妒吧。小时候她常和我们一起玩，特别是一起扮戏。我太小，都是跟我哥我姐和四姐后面。只有一回，我哥要扮《游龙戏凤》，没别人，就让我充个数。那出戏是说明朝正德皇帝下江南微服私访的事，他在梅龙镇投宿李龙家，被李龙妹妹吸引了，就调戏她。杨宪益去正德皇帝（“去”就是扮演的意思），我就去凤姐。里面有凤姐绣花袋子掉地下皇帝踩着不放的情节，母亲还特地找了个绣花布包当道具。我什么也不会，只会拖着声叫一声“来——了——”。

四姐在的时候就复杂了，穿戏服，还系了珠花什么的制作行头。扮过《武家坡》《四郎探母》……当然都是她去主角，在她眼里，我们都是小儿科，教我们该怎么着怎么着，她正经学的嘛。她学戏挺起劲、挺认真我们都是知道的，但谁也没想到她后来真的唱戏了。

她本来念书念得好好的，搬出去后没多久就不上学了。那时她已经念到高中了，把精力都放在了票戏上，成为天津有名的票友。当时《北洋画报》捧她，登了整版，相片里有写真，也有戏装的，“前中国银行行长杨毓璋女公子杨维娜”什么的，称她是“著名票友”。四姐的英文名是VERNA，“维娜”就成了她的艺名，唱戏都是用这名，“杨聪如”是不用的。那一版上还有她的毛笔字“艺术至上”。画报主编捧她，除了银行家女儿的身份，还有猎奇的成分，唱戏的通常文化水平不高，四姐是教会学校的，能讲英文，又写一笔好字，也算是个异数了。

四姐票戏，会请家里人去看。我跟着母亲去看过两次。看《武家坡》那次，七婶、姑姑都去了。开演之前，二姨太看到我们，赶紧就到我们座位上来招呼，觉得很有面子。就是那次，七婶看出她有点不对头——她老用斗篷遮在肚子那儿。她一走几个大人就嘀咕，怀疑她有身孕了。

七婶没看错。按后来知道的情况推断，二姨太怀上的应该是陆二的孩子。陆二是我父亲的年轻男仆，就是旧小说里说的“小厮”那种。他父亲就在我们家做的，类似《红楼梦》里说的“家生子”。父亲去世后他还在我们家，和我哥的奶妈姘上了。那个奶妈长得极难看，一张马脸，真是像马，陆二倒长得白净清秀，还有点文化。两人这种关系，家里绝对是不容许的，于是两个人都被打发走了。二姨太和陆二原先在我们家里就认识，搬出去后不知怎么就到了一起。陆二和那个奶妈并没断，后来居然都住在一起，靠二姨太的钱过活。

在花园街时，我母亲和二姨太关系不错，她们是姐妹相称的。二姨太闹财产，还有之后的种种作为，母亲都不赞成，不过她最可惜的是四姐。有一次她带我去看四姐演《女起解》，四姐扮苏三，带着枷一出场，母亲看着就流泪了。和剧情没直接关系，她就是觉得四姐跟着二姨太现在这样，很不幸。

这以后她就再没看四姐演戏，说看了难过。看《女起解》回来，她还想着四姐，娘不管，以她的身份，也不好过问。她就指望我们，说四姐这样了，你们一起念书的，要劝劝她呀。母亲是最看重念书的，四姐好好的就从中西退学，在她看来太糟糕了。于是我哥我姐就给四姐写信，我姐一下写了四五页纸，我哥写了两页。都有了，我哥又对我说，你也写两句。我还是小学生，不知怎么劝。我哥说，就写多想想再做决定。我忽然想到老先生才教的“四书”，写了句“子曰：三思而后行”。就这么秃头秃脑的一句，后面写上名字“杨静如”。

我们的信当然不起什么作用，四姐没回我们的信，也没再回到学校，反倒比票戏更进一步，干脆下海了。这在杨家，等于又是一桩丑闻。有钱有地位的人家其实是看不起“戏子”的，票戏是玩玩，不能当真，真拿唱戏当饭碗，就失了身份。《北洋画报》上登四姐的照片，她还是“名媛”的身份，虽然她们已经离开杨府，但她毕竟是杨毓璋的女儿。如果当时她已下海，恐怕就不会用一个整版来捧她了。

既然唱戏丢人现眼，中国银行就跟戏院打招呼，不许捧四姐。银行界捧戏子是有名的，不让捧谁，戏院也得买银行的账。虽然不是封杀令，但杨大爷发了话，比较像样的戏院就不敢让四姐演了。我们那次看四姐票戏，是在“春和”，中国大戏院建好之前，春和差不多是天津最好的戏院，四姐下了海，就再不能在春和唱了。春和在法租界，日租界的戏园子要差一等，后来她在日租界的戏园也站不住脚，只好到中国地儿“下天仙”这样的地方唱——听名字就知道，那是下等的戏院。

在天津唱不出名堂，四姐只好到外地去唱。我知道她去过南京，还到过山东的济南。但是她不懂唱戏是要拜码头的，而且她还拒绝唱堂会，达官贵人喝着酒吃着饭，让她在那儿唱，她不干。也不是没唱过堂会，但都是唱完了就走，陪酒什么的就不干了。好像是在山东，据说韩复架还是什么人，反正是个军阀，土皇帝式的人物，让她去唱，像叫条子似的，她就拒绝了，说她“卖艺不卖身”。她还到过伪满洲国，又不肯给日本人唱。这样在哪儿都站不住脚，又回到了天津。回来之后比之前情况更糟了，只能在等级最低的小戏园唱。

这时她已不能不唱了，因为一大家子都指着她。那个奶妈和陆二有两个孩子，陆二和二姨太又生了俩还是仨，那么多口人，全靠她养着。她们刚从花园街搬出去时，住的地方在英租界，当然贵，后来就住不起，也不知搬到了哪里。

二姨太的钱早花完了，四姐要置办行头，要请人教戏，都要花不少钱。她不是童子功，只能靠苦练，学刀马旦的戏很苦，一直就那么撑着。最后一次唱戏，早上刚打了胎，晚上就登台。

打胎是因为她和一位北昆名角好上了，怀了他的孩子。其实一直有人追她，追她的人里，还有大学生，她有文化，会说英文，会唱戏，人又长得漂亮，挺拿得出去的，但是她偏偏喜欢上了那个名角。那人是北昆的头牌，早有家室，和四姐明媒正娶是不可能的，有了孩子，只能打掉，何况她也不能不唱戏养家。

那天晚上唱完了戏，到后台她就倒下了，大出血。她躺在地板上，用草纸垫着，十刀草纸也不够用，全浸透了，简直就是躺在血泊里。四姐就这么没了。

这些都是解放后听说才知道的。抗战后我们家都到了内地，二姨太、四姐她们，完全没了音信。事实上二姨太她们搬出去后，和杨家基本上就断了来往，只是在四姐票戏那阵子，来请了，去看过她的戏，四姐当真下海唱戏，就彻底断了。

我最后一次见到四姐还是三八年离开天津以前，是有天下午，我去中西，算是对母校最后的告别吧。坐家里的洋车去的，车夫小本儿（因为驼背，也喊他“罗锅”）拉着车忽然慢下来，对我说，看，是四姑娘吧？一辆洋车过来，车篷拉着的，因是迎面而来，我还是马上认出了四姐。从看她票戏《女起解》之后，几年了，再没见过她。我吃惊不小，她变化太大了。她大概是下了戏回去，很浓的妆，脸色憔悴，显老，穿着旗袍，下面是缎子带花边的大脚裤，颜色搭配很俗艳，有一种风尘感，就像人们印象里的那种下等戏子。

我们对视了一下，她肯定是认出我了，但装作没看见，我没和她打招呼，小本儿也只是顿了一下，很快就过去了。回家后他把遇到四姐的事跟我母亲说，母亲叮嘱他，下次老远见着就绕道走，还跟我说，如果再见着四姐，也别招呼。虽然如此，母亲心里其实一直挺可怜四姐，替她惋惜，后来不止一次跟我说，当年二姨太离开时，若是硬留四姐，也就留下了（父亲遗嘱里说她是“杨家骨血”嘛），要是留下来，她就不会下海，更不会死得那么惨。

当然这都是假设，人的命运经常是料不到的。母亲的叮嘱对我也是多余的了，因为我很快就离开天津，再也没见过四姐。我怎么也不会想到，那次街上的相遇，是我见四姐的最后一面。几十年过去，我好多次想起她，也曾想把她的故事写出来。那时我姐还在，她不反对我写二姐（事实上我也写了），写四姐她却不赞成，觉得有点家丑外扬。我倒不觉得这算什么“家丑”，四姐，还有二姨太，都是那个时代的悲剧。不过也就没写。没写，还是老想起，她在家里扮戏的情形，《北洋画报》上她的照片，最后是她坐在洋车上的样子，那是最后的定格，连细节都清清楚楚，就像电影画面一样。

“吾姐”和罗沛霖

我姐姐杨敏如比杨宪益小两岁，比我大三岁，按我们这一房的排行，行五，我在家里叫她“五姐”，从小叫惯了，改不过来，年轻人听了不解，我还得解释。后来我开玩笑，在信里谐音称她“吾姐”。叫她“吾姐”其实特别对，她和我是亲姐妹。

我们同胞兄妹三个当中，在家里我是最不受待见的。我刚出生不久，父亲就去世了，“妨父”这个罪名，不定什么时候就拿出来说事。虽说我母亲、我娘后来对我都很好，年老之后，我姐还对我说，其实母亲最喜欢的是我，可我不这么认为，小时候更不会这么想，因为母亲一直对我很严厉。我印象中她从来都是不苟言笑的，总是训斥我。我们三个当中，她和哥哥比较远，因我哥一生下来就抱到我娘那儿去了，平时碰都不让她碰，我就没见她抱过我哥。她和我姐最亲，是她自己带大的，自己喂的奶——男尊女卑，我哥抱到娘那儿去了，女孩是不会有这待遇的（虽然这待遇对我母亲是一种残忍）——等于是她的头一个，当然不一样。除了上中西住堂，还有在北平上燕京那段时间，我姐一直和母亲一起生活，我姐成家后，母亲跟她过，直到去世。

在花园街那个家，她们睡在一个房间。朝南的一个大房间，两张德国产的席梦思，她们一人睡一张，我一度羡慕死了。后来四九年的时候，我在拍卖行看见一张席梦思，不太贵，和小时我见的一模一样，我马上就给买下了，也是圆自己当年的一个梦。

母亲什么事都跟我姐说，在一起就一直说一直说，也不知哪来那么多的话。两人也会吵架，有时还吵得挺厉害，母亲会对我说，你看你姐多凶。但她们就是亲。

我姐性子急，好胜心强，比我自信多了，我一直是比较自卑的。她喜欢读书，中西、燕京一直念下去，成绩比我好，所以母亲一直认定她和我哥是读书的料，我贪玩，母亲总说，比不了你哥哥，学学你五姐呀！她在我姐面前也是有点自卑的，我姐念到燕京的研究生，她只念过两年小学，她喜欢的那些，比如大鼓书、地方戏什么的，我姐觉得是小市民的东西，不屑一顾，所以凡是看这些，母亲都是带我去，我姐是不去的。

因为大我几岁，我姐总是管着我，我也总是很顺从，一直到老都是如此。“文革”后我开始写散文，有些是回忆家里的事，她看到了会说我，写这些干什么？有些事情，比如四姐的遭遇，还有二姨太的事，她认为是“家丑”，不该“外扬”，我虽不以为然，却也不大和她辩。一些想写的人与事，怕她看见了不高兴，也就不写了。邵燕祥曾经对我说，你写了不让她看就完了嘛，我想想还是罢了。就像到老都怕我母亲一样，我习惯了听我姐的。虽然我们其实关系很亲密，她去世前几年，我们隔三岔五通电话，一说就是一个小时。

虽然怕她，有时我也不服的，跟她抬杠，她就更气。我喜欢唱歌，她不喜欢唱，我在家里唱她就嫌烦。有次我唱当时流行歌曲《关不住了》，“我们永远地相爱，地老天荒也不分开……海枯石烂也不分开……爱情在心里大叫，它说是春天来了，爱情哪爱情，心扉也关不住了”，叠句就是“爱情在心里大叫，心扉也关不住了”，我姐听了就大叫：妈，小妹在唱靡靡之音！母亲掀帘子出来看看，说，她想唱就叫她唱去，你管她呢。母亲不管我就得意了，原来还是哼着唱，这下放开嗓子大声唱。其实流行歌曲很好玩的，我觉得有意思，一点也不恶心。当然我姐更生气了。

虽然偶尔跟她抬抬杠，一般情况下我还是不敢惹她的。我哥不管，就是要逗她急。我姐特容易哭，他就偏要逗她哭，成功了他就得意。有天晚上我们在一起玩，我哥挑了张唱片让我放，我就到唱片柜那儿，从厚厚一摞里找出来，*See My Tears Falling Down*，一首很悲的歌，向上帝祈祷的：看我的眼泪正在往下流，生命多么残酷，我的心都碎了，求求你，只有你能救我……我们都会唱，我姐也喜欢。我哥摆摆手示意安静，一本正经说，让我们来听音乐。那时还不是电唱机，要用手摇的。我姐没听几句眼泪就下来了，过会儿发现我们没动静，一看，我哥和我笑嘻嘻的，我哥还朝我挤眉弄眼的，马上知道是在捉弄她了，大叫：妈，哥哥和小妹又欺负我！母亲从卧室里出来说，你们又逗她做什么？我哥一脸无辜：没有啊。又使眼色让我去拿手绢，我从抽屉里拿了手绢给他，他用手指头捏一个角，提溜着到我姐跟前说，哭吧，哭吧！我姐恼得更哭得一塌糊涂了。过后我哥还跟我说，知道吧？这也是一种玩法。

从很早起，家里的事，母亲就总是和我姐商量，让她帮着拿主意。事实上因为家中没有男的，我哥当他的少爷，上上下下围着转，后来又出国了，大公主在家事方面是不能指望的，所以好些事都要靠我姐，比如娘那边要记账，就都是她的事。到后来，她在家里就更重要了，和外面打交道，经常是她出面，最后大公主都怕她几分。

我姐一直念的是教会学校，但最后的专业是古典文学。最早和杨宪益在家跟老先生念古书时，她就喜欢上文言文和旧体诗词了。她特喜欢引经据典，跟我转文，有时问她问题，她就拿文言答我，我想，教我们的老先生都不这么跟人说话，不是欺侮我吗？夏天我们都用扇子，为了不出汗。她不肯说“凉快”那样的大白话，说那难听，要说“冰肌玉骨，自清凉无汗”。我不懂，不知“冰肌”是什么鸡。我因老是跟在我哥后面，他常笑话我是他的小狗，哈巴狗。有次又说，逗我，我急了，说我不是，他说整天我到哪儿你到哪儿，不是小狗似的？我就说，五姐说了，我是“冰肌（鸡）”。还问他，“冰鸡”是什么样的，他先也不明白的，等知道是“冰肌玉骨”，笑坏了。有次我学她转文，她不知为什么事笑，我就说五姐“MA然一笑”。繁体字的“妈”很像“嫣”的，我识字不多，“嫣”给念“妈”了。他们都乐坏了，到处讲“妈然一笑”。

我不喜欢古典文学，和我姐有很大关系，她老卖弄，捉弄人，让我对古典文学也反感了。

说我姐就不能不说姐夫罗沛霖。他们是1934年在北京香山熊希龄的别墅听云山庄认识的——就是我哥出国前母亲领我们三兄妹去避暑那次。

熊希龄在香山有好几处别墅，最有名的是双清别墅，因为毛泽东住过。据说主席一向喜欢住得高，香山别墅里，数听云山庄位置最高，靠“鬼见愁”最近，就想让他住那里，后来发现别墅年久失修，太破了，卫生间也没有。双清别墅不一样，熊希龄避暑，都是住在那里，所以维护得很好，后来就选择了双清别墅。

其实三四年我们在听云山庄避暑时，那里已经比较旧了，不过重新裱糊了一下，还不错。那次租下听云山庄，我们去了好多人，母亲、我哥、我姐、我、池太太、厨子、保姆，还有一个烧饭的，真像是安营扎寨。七叔家的人一拨一拨轮着来玩，池太太的丈夫周末也会从天津过来。罗沛霖是我七叔的儿子、五哥杨占武（大排行行五，生在上海，我们又喊他“沪哥”）在南开的同学，正放暑假嘛，五哥就带他到听云山庄来找我们玩。那是头一次见到罗沛霖，他长得很帅，也不知什么发型，脑门上桃子似的。他特别聪明，十七岁就考上上海交大，喜欢音乐，能唱男高音，会吹长笛，小提琴也会拉一点。但是容易害羞，动不动就脸红，不大说话。

那天吃饭一大帮人，总有十几个，下饺子。吃完了年轻人坐一块儿聊天，表演节目。五哥就说罗沛霖歌唱得好，让他唱。他忸怩了半天，站起来唱*Only Rose*。这是首爱情歌曲，only rose I give I give you……后面还有only word，声音就轻下去，像云飘走了，没唱出来的词当然就是love了。我觉得他是喜欢上我姐了。我发现了什么都会跟母亲讲的，就跑母亲跟前说，罗沛霖喜欢她，她喜欢他。我姐那时十八岁。母亲是愿意的，门当户对嘛。

罗家在天津也是大户人家，罗沛霖的父亲当年和我父亲算是共过事的，都在东北的电话电报局，我父亲是局长，他父亲地位稍微低一点，副局长什么的，我父亲叫杨毓璋，他父亲叫罗云璋。后来我父亲办银行，他父亲做了其他什么生意，做得挺大，两人还共过事，这不是巧了吗？不光门当户对，好像还知根知底了。

回天津后，罗沛霖就请我们兄妹到他家去做客。他家在特别行政区，就是原来的意租界，很大的房子，中西合璧的，有个大大的阳台。比我们家房子大——那时我们已搬到兆丰里了，看了都很羡慕。

但其实罗家早已给罗沛霖订了婚了，是冯国璋侄子的女儿。订婚时罗沛霖才十二三岁。他是受新文化影响的，思想很进步，当然不愿意，要反抗。他的做法有意思：也不和家里闹，却比大闹还厉害。他熬到十八岁，法定成年人了，正在上海交大念书呢，突然给家里来了一封信，宣布解除婚约。其实不是信，也不是他写的。他在上海找了律师，好像是中国第一位女律师，很有名的，信就是她写的。就是一封律师公函嘛。里面写令郎已满十八岁，对婚姻有自主权，过去的婚约系父母之命媒妁之言，违背本人意愿，今决意解除。大概是这意思。律师出面，就是告知一下，不是来商量的，不答应就要打官司了。

律师函不是走邮局，而是有人专门送来的。送来的那天正好是罗云璋做寿，大宴宾客，打开一看，气坏了，罗沛霖人没出现，却等于大闹寿宴。罗沛霖在罗家是最宝贝的，因为他是正室生的，偏偏闹出这么档子事。但也拿他没办法。这事就这么过去了，照说罗沛霖喜欢我姐，前面的婚约黄了，就该议这事了，没想到这次轮到家长不答应了：他母亲反对。他们打听过了，知道我姐是姨太太生的。我母亲知道后不服气：怎么就门不当，户不对了？当年你爸爸还是他父亲的上司呢。

母亲这么说当然没用，人家没说这个，计较的是正出、庶出，我姐因此一辈子都有个情结，她说她要的是“平等”，这里面首先就是母亲的姨太太身份带来的歧视。但是罗沛霖是真的爱上我姐了，家里根本拦不住。他和我姐交往，谈起了恋爱。他们一直通过书信谈恋爱，到四一年在重庆结婚，好几年时间，一共也没见上几面。我还记得有一年他从上海回来，到我们家来找我姐，两人要一起出去，母亲对我直使眼色，她对两人发展关系虽然支持，却又不放心，让我在后面跟着。正好我在中西的好朋友颜枬生、崔莲芳、吴华英在我家玩，就一起跟在后面，保持一段距离。他们在前面走，并排走，却隔了老远，也不拉手，更不要谈勾肩搭背了。母亲只叫我们跟着，跟着干什么呢，也没交代。老跟着，没事干，也无聊，我们就打打闹闹，哇啦哇啦唱歌。后到家母亲问，听见他们说什么了，我说隔得远，听不到。母亲就生气：你们跟后面干什么了？我说，唱歌呀。现在想想，他们这恋爱谈得真是好玩。

其实直到结婚，他们两人见面的机会并不多。我姐在北平念书，罗沛霖在上海念书，只有放假见几面。还有一次，燕大的唱诗班到南京金陵女子大学去演出，唱亨德尔的《弥赛亚》（两所学校都是美以美会的），我姐是唱诗班的，也去了，罗沛霖从上海到南京看她，见了一面。再往后罗沛霖毕业去了广西参加抗日，又从广西到南京，从南京到西安，从西安到延安，又受命从延安到重庆，在国民政府的资源委员会任职，到处走，根本没机会在一起。

他们谈恋爱，只能更多在纸上谈了。好玩的是，罗沛霖写给我姐的信，我看过。我想不起是什么缘故了，我姐在燕京念研究生时，罗沛霖来的信会寄到家里。母亲就拆开看，还让我念给她听——信寄到家里，她都要看。有次是用银色的墨水写在蓝色的信笺上。母亲凑到灯下看也看不清，还说，这个小罗沛霖，浅淡到这样，让我怎么看？我想人家那是情书，谁让你看了？但我们的信她是要检查的。我姐虽然平时老顶母亲，这上面也不敢反抗，说起来倒是因为信的内容，在母亲面前少有的理不直气不壮的。

母亲让我念，我不敢不念。信上有几句我还记得，大概是写我姐到车站送他："时间一分钟一分钟地过去，你一点一点地离我远了……”母亲一边听，一边要点评：“‘一分钟一分钟’——还要数哩？新鲜！”我姐放假回来，我就背几句给她听，她听了又急又气，但这事她不敢跟母亲急。

姨太太们

我曾经想写篇文章，题目叫“姨太太们”。母亲是姨太太的身份，虽然她痛恨这身份，“姨太太”却像标签粘在身上，想摆脱也摆脱不了。讲等级的圈子里，姨太太来往的大多也是姨太太，我随母亲接触过不少，也听说过不少姨太太的故事。

有一件事当时是引起轰动的。有个已经洗手不干了的军阀，叫褚玉璞的，就住在日租界，离我们家不太远的一栋洋房，忘了原来当过军长什么的。他有个姨太太姘上了戏子，这姓褚的一介武夫，不管三七二十一就叫人去把戏子绑来，那人刚唱完戏，还没卸妆就被绑了，而后被弄死，有人说是枪毙了，有人说是活埋了。姨太太后来也被弄死了。报上登了这事，传得沸沸扬扬。因为就在我们那一带，家里也免不了议论，挺吓人的。

这种人我们家是不会有来往的。倒是有个姓宋的，干过旅长，他的姨太太因为常到花园街陪娘打牌，和我母亲熟起来，是有些走动的。他们家离我家不太远，也在租界（因为生活条件好，退休的军人官僚都喜欢到天津租界当寓公），我跟着母亲去过，来凤等佣人也带我去过，很像样的一栋小楼，宋旅长和太太住楼下，姨太太住在楼上。姨太太长得很漂亮，后来和一个小白脸好上了。那人住在一个旅馆里，姨太太常偷偷去幽会，我们认识的大王姨曾经在他们家帮佣，姨太太会叫她到旅馆里送纸条什么的。我母亲知道了，就对大王姨说，这事可不能干。这事最后有没有东窗事发我不知道，即使姓宋的知道了，大约也不会下褚玉璞那样的狠手。这人我见过，文质彬彬的，不大像个武人。有次姨太太和他吵架，在二楼叫骂，声音好大，他也没办法，一个人在楼下唉声叹气的。

虽然有来往，我母亲和这样的人是不会成朋友的，母亲最好的朋友是五叔的姨太太。五叔是杨士骧的儿子，杨士骧就是做过直隶总督的那位，他们家是真的有钱，五叔后来一直在上海，住着豪宅，什么事也不做。五叔的姨太太是蒙古人，长得漂亮极了，原来是个丫头，成了姨太太后生了儿子，五婶死得早，后来就把她扶正了。我们称她"五叔家的姆妈"，就像我们喊母亲"姆妈"。出身、境遇很相像，我母亲和她就特别投机，到一起什么都谈。比如有一阵传说五叔又要讨小了，她说，随他去，再讨个进来，我倒省心。我母亲也是这态度。

解放后五叔家当然不好过，但开始还可以，过得挺滋润，到“文革”就不行了。谁也不知道五叔是怎么死的，估计是自杀。七二年我到上海，去看过五叔家姆妈，她跟着女儿过，房子被占了，家里一塌糊涂。她女儿，我的堂妹，医学院毕业的，因家庭出身不好，只能在一个工厂里做厂医，一干就是好多年。堂妹一直没结婚，我姐给她做媒，成了中南海保健医生的续弦，对方就是大名鼎鼎的吴阶平。吴阶平的弟弟住在三里河，和我姐在一个大院，认识，吴阶平的太太去世了，他就托我姐物色合适的人，我姐就想到了五叔家的堂妹。他们就通信、见面了，双方都很满意。吴家老太太是讲究门当户对的，对堂妹喜欢得不得了，因为是杨家的，性情又好，特别温文有礼，又是搞医的。二人互相通信，还写诗，过段时间就结婚了，婚礼在北京饭店办的，盛大的婚宴，只是没穿婚纱。来了很多要人，因为吴阶平身份特殊嘛。五叔家姆妈没参加，虽然她是扶了正的，她还是有点惧怕那样的场合。

这么看来我姐的媒做得太成功了，谁知后来是那样的结局。

婚礼过后就是办调动了，上面的意思，当然一切不成问题。什么都办妥了，厂里准备开欢送会了，临走之前她去看了场电影，电影散场，她还坐在那里，工作人员一看，已经死了，服了安眠药。为什么要自杀呢？她是不想去北京，进中南海，她母亲也不肯去，又不能让母亲一个人在上海，她要照顾母亲。她是不会反抗的，结果是自杀。在她的手包里，装着吴阶平的信，还有他们写的诗。后来我们议论她的死，都说这真像是杨家人的方式。

厂里要开的欢送会，这下成了追悼会。吴阶平从北京过来参加，他是规规矩矩的丈夫身份，很伤心。她在厂里好多年，工人姐妹在追悼会上闹事，哭诉，你有什么委屈就说出来，为什么就这么走了呢?

她的死是谁也没想到的。

和娘一起打牌的人里面，还有个张姨太，家里很有钱的。她没孩子，跟母亲说要认我做干女儿——我姐姐他们都认过干妈了，就我没认过——我妈没答应。张姨太是窑姐出身，是小老婆，我妈当然不肯。还有一条，是她没文化，我妈最看重读书了。张姨太见到我，就让我喊她干妈，还拿好吃的逗我，说喊“干妈”就让吃，我就是不喊。

我看她们打牌，钻来钻去的，好玩。有次发现张姨太衣服里面垫着好多草纸，把肚子弄大起来。我跟妈说，妈让我不要瞎讲。后来才知道，张姨太是在装怀孕哩。对外就说她怀上了，过一阵又来打牌，就说打牌时把孩子生大娘那里了。再过些时候就抱着一个领来的孩子回到张家。从装怀孕到说在娘那儿生，当然都是事先安排好的。长大后我还又见过张姨太一次，我坐在黄包车上，罗锅拖着车，就听有人喊：“六姑娘！六姑娘！”我回过头来认出是她，蓬头垢面的，我还想打招呼，罗锅不停下来，反倒跑得飞快。

八叔和四哥

我的祖父特别开通，几个儿子都让出去留学了，父亲和三叔留日，七叔留美，八叔是留法。八叔进的外交部，应该是没多久就不干了，后来就一直赋闲。杨家有好多这样的，整天什么也不干，靠吃祖产过活。当然八叔靠什么过日子，我其实不知道，只知道他们家是在北京的王府里。

八叔娶的是唐绍仪的女儿。唐是第三批留美幼童，北洋政府里当过内阁总理，家里洋得很。他女儿差不多就是在国外长大的，习惯西式的社交，比如跳舞什么的，都喜欢。是家里订的亲，不是自由恋爱，婚后两人一起出的洋。八叔虽然出洋留学，骨子里是很封建的，特别反对八婶跳舞。一到这时候八叔就特爱国，一切都要按中国规矩，所以两人从很年轻时就吵。有次在邮轮上八婶又跟外国人跳舞，八叔气得不行，又拿她没办法。咽不下这口气，就闹离婚，最后也离了。八叔从来不说离婚，只说是把八婶“休了”。他们有一个儿子，就是四哥。当时离婚，没有归母亲的，四哥就跟着八叔。

四哥长得漂亮极了（八叔原本就是兄弟中长得帅的），像好莱坞明星鲁道夫 · 瓦伦蒂诺。八叔却一直不喜欢他，不过八叔好像谁都不喜欢。离婚以后他很快又娶了，这个新的八婶他也没什么感情。他们家就那么几人，仆人倒有一大堆，住在王府里，整天冷冷清清的。四哥没人玩，闷得慌，后来有了个妹妹，叫小满，他很高兴，对妹妹亲得不得了，不闷了嘛。但小满得肺病，十来岁就死了。小满活着的时候，八叔不让她出去读书，不让出去和人见面，请人在家里教。还在小满死之前，她妈妈就死了，不知是什么病，反正和抑郁有关。

四哥在家里是没一点温暖的，八叔看到他就有气，因为想到他母亲，对他母亲的气全撒在他身上。母子见面是绝对不允许的。八婶想见四哥，毕竟是亲儿子，四哥大了懂事了，也想见母亲，母子偷偷见面，谁知被八叔知道了，结果是一顿毒打。冬天，下着雪，吊在院里树上用棍子抽，不许放他下来，直到打够八叔才离开。家里人都说，四哥后来病死，病根就是那次落下的。

四哥家在北平，我们在一起玩是他到天津念书以后，他进的是英国人办的新学书院，我哥，还有七叔家的五哥都上这学校。他并没住花园街我们家，也许是住校吧，但常到我们家来玩，来了总是很开心。一是在自己家里从来没玩伴，现在有我哥、五哥一起玩，还可以逗我玩；二是我们家气氛比他家轻松多了，娘是好脾气，不大管的。四哥特别喜欢逗我，没事就拿我寻开心，他们上的新学书院是全英语教学，满口的英语，就教我玩，让我叫杨宪益“哥DER”，就是他捉弄的我。

但是好景不长，四哥后来出了车祸。他和好多男孩一样，也是活泼好动的，骑自行车、玩摩托、打篮球，都起劲。有一阵他和西湖饭店老板雍剑秋的儿子迷上摩托车，没事就开着兜风。有天又开着玩，是那种带挎斗的摩托，雍家少爷驾车，他坐在车斗里，结果和一辆车撞上了。没出人命，但四哥胸部受了伤。当时似乎并不很严重，也不太重视，但从那以后，四哥的身体就不行了。在我们家打篮球，没打几下就喘得不行，还咳得厉害。再后来吐血，就住院了，先是在北平的协和，后来到天津的一家德国医院。

我母亲是特别同情四哥的，因为他没有母爱，八叔又是那样的。她带我悄悄去医院看他——要悄悄去，是要背着娘，娘认定肺病是传染的，怕传染给家里人，不许去看他。四哥住的是单人房间，病情已经很严重了，坐在床上，不住地咳，神情很落寞。房间里像宾馆似的，只有他一个人，想说话没人说，想出去德国医院管得严，不让出去。他永远是一个人。我母亲劝他，四少爷，你要想开点，等病好了多来天津玩玩，和小虎子（杨宪益）玩，又不是没有地方住。边说就边擦眼泪。

也不知八叔是不是觉得四哥的病反正治不好了，他又回到北平家里。那个家对他的病肯定是不利的，没一点生气。八叔根本是容不得人高兴的。最后四哥就死在家里。死了八叔也不放过他：他喜欢穿西装，在西山养病的时候还穿马裤，八叔非让他长袍马褂戴着瓜皮帽入殓，还在他胸口放了一本《金刚经》，说是要让他永世不得翻身。哪有这样的父亲？！

四哥死的时候才二十岁，是放暑假的时候，听到母亲和我姐在屋里哭，说四哥不在了，真可怜。后来看巴金的《家》，我会联想到我们家的许多事情，这里面也包括四哥的死。

老姨太与狗叔

据说祖父挺新派，儿子都送出去之外，他也不喜欢娶姨太太之类的事。但像旧时代他那种身份的人一样，他也有一位姨太太，我们称她为“老姨太”。老姨太是丫头出身，进门时祖父已有儿子了，所以并不是因子嗣的问题，没准又是什么人送的。进门时要搜身，还体检，所有衣服都换掉。姨太太也是要看出身的，丫鬟出身，就更被人轻视。

老姨太生了两男两女，要是祖父男孩少，她自然会受重视些，前面若是没有男孩，地位当然就更不同，但那时杨家人丁兴旺，你想想，祖父有八个儿子。父亲是长子，祖父死后，老姨太和子女自然就由父亲养着。父亲去世后，财产是由七叔管着的，老姨太他们就由七叔照应，住还是和我们这一房在一起。他们在花园街大宅子里有一个单独的小院，有门通到街上，可以不通过大门进出。我对那里印象很淡，好像只是过年时去给老姨太拜过年。平时不大去，娘似乎不愿有来往。到后来干脆禁止他家男孩到我们前院来。这跟他们害怕狗叔惹出事来有很大关系。

狗叔大排行十八，就是说，我祖父兄弟几个的儿子顺着排在一起，狗叔最小，排在第十八位，是我的十八叔，因为属狗，就被叫成“狗叔”。虽然长一辈，他其实比我哥只大一岁，是可以玩到一起的。都到好大了，姑妈跟我说，别“狗叔，狗叔”的了，多难听，叫“小叔”，无奈喊惯了，到现在我也改不了口。

狗叔没有同龄人玩，一个人闷得很，又不像我哥有一堆人围着，要什么有什么。八叔的儿子四哥，七叔的儿子五哥，还有纮武，都会来找我哥玩，不会到老姨太院里去找他。看着这边热闹，他当然很想到前院里来。因为我哥，这边玩的名堂也多，他要打篮球，就给买了篮球架；要放电影，就买放映机；要唱戏，就买戏服……但是我哥他们和狗叔玩不到一起，他们都是上了名校的，狗叔没念什么书，共同语言不多，他们嫌他粗野、流里流气也说不定，不然我哥后来也不会在回忆录里说害怕他，称他是“小霸王”。也许他们之间有过冲突吧，我不清楚。我知道的是有一次打篮球，潘爷拦着不让狗叔一起玩，狗叔挥拳作势，说要绑我哥的票。

也就是说说狠话，吓唬吓唬，泄泄愤。不想这话传到娘耳朵里，她马上紧张了，担心真的出事，居然雇了个保镖，整天跟着，这边出了家门，那边离了校门，我哥走到哪儿保镖跟到哪儿，寸步不离，我哥看电影，保镖也跟着看。我哥那边一放学，就看保镖在门口站着，他的同学都笑话他，他觉得太丢脸了。好在时间不长，没什么事，也就罢了。

和狗叔有关的另一桩事一度是家里的“丑闻”。他因为在家里闷得慌，常到二姨太那里串门。二姨太没心眼，没等级观念，和下人可以打成一片的，对他也没那种歧视，所以他喜欢往她屋里跑，二姨太待他也挺热情。有一天他在二姨太屋里，冬天，生着取暖的炉子，二姨太在给他织毛衣，他在旁边跟她说话，织毛衣要数针子，得专心啊，就没怎么搭理他。他不知怎么就气起来，过去劈手把织着的毛衣夺过来，往火炉上就这么一扔。二姨太屋里有个赵妈，在旁边伺候着的，连忙过来抢救毛衣，狗叔不让，一拳打过去，赵妈就倒下了，鼻子还有什么地方出血了。

二姨太住两间房，就在二楼，和我们在一起的，平时门都不关，只有门帘子是放下的。我在家里无聊，常东看西看的，这天撩了门帘往里看，恰好看到这一幕，现在想起来还跟看电影似的。赵妈流了很多血，地下都是，我吓坏了，赶紧跑开。赵妈躺在地下不起来，嘴里直嚷，狗少爷打人了，狗少爷打人了！把血弄得满脸都是。后来还是叫了其他佣人来，把她架到后院去了。后院是佣人住的地方。

父亲去世后，家里没了男的，我哥还小，娘性子特别弱，没人镇得住了。狗叔打了赵妈，事情还能怎么着？赵妈就闹起来，每天搬一把椅子坐在后院，高声叫骂，哭一阵，骂一阵，小叔子勾搭嫂子什么什么的，前院都听得见。当然，她就是骂给主人听的。过去都说“寡妇门前是非多”，骂这些，是最让人出丑，最被人议论的。拿她也没办法，其他人劝也没用，她反倒越骂越来劲。后来还是谈了条件，给她些钱，打发走了。

狗叔和二姨太之间根本没那种事，只是他十八九岁，正是情窦初开的时候，二姨太年纪也不大，对他又不错，有点模糊的好感，也是自然的。但是不管有没有不正常关系，赵妈这么一闹，名声总是不大好。避嫌也罢，讨厌他也罢，总之是不许他到前院来了。

虽然大宅子里上上下下都说狗叔的不是，我对他倒没什么成见，他对我也挺好，我们挺亲的。他后来自己去考试，做了《庸报》的摄影记者。

中旅剧团在天津演出时，他去报道，和演员陶金也成了好朋友，他们之间还通过信。抗战时他到了西安，不知因为什么原因，听说他被抓，坐了牢，可能是思想左倾，不然怎么国民党抓他？后来不知怎么又被放出来。最戏剧性的是，快解放那阵，他的相机被一个熟人骗走了。那是他的吃饭家伙，很好的相机，自然急得不得了。听说那人到了香港，他就追了过去，追回来没有不知道，他原来到香港只是为了追回相机，没打算久留的，不想后来就一直待在香港，在那边生活了。他靠自己打拼，还是干摄影这一行吧，在香港站住了脚，娶妻生子，和天津的联系完全断了。他在天津是有家小的，家里包办的那种婚姻。

晚年他到加拿大跟子女过了，和亲戚间又有了联系。他跟杨敏如通电话，听说我骨折了，哭起来。我姐转告我，感到很奇怪，说他怎么还哭起来？我说你跟他疏远，我和他关系可是很好的。再后来我们也联系上了，通电话说起旧事，他忘不了当年每月一次到我七叔那儿去拿钱（老姨太家我们长房养着，每月给生活费），七叔脸色很难看，总是说现在挣钱也不容易，教训一通。他为了拿到钱，每次都硬着头皮站那儿挨训。

狗叔有个哥哥，我们叫他“瑗叔”。瑗叔比狗叔大不少，早就结婚生子了，儿子叫小牛。瑗叔长得很体面，书却没念好，跟些狐朋狗友，花天酒地的，但他太太（我们叫她瑗婶）人却很好，长得也好看。可惜年纪不大就得病死了。是肺病——杨家人夭折多半都是肺结核。后来瑗叔续娶的是小姨子，起初还好，有了自己的孩子以后对小牛就不好了。夫妻关系也成问题。解放后她跟她生的子女在昆山过，不管瑗叔了，瑗叔只好到东北跟小牛过，小牛夫妇讨厌他无所事事，结果把他送进了养老院——只能说是孤寡老人待的那种，条件很差，与现在养老院不是一回事，不虐待就算不错了，根本谈不上“养”。

瑗叔待得受不了了，大概是六四或六五年吧，他去上海投奔自己的亲妹妹，我的姑姑杨丽川。没想到在火车上被偷，钱和衣物全没了，只有我的地址。他就在南京下了火车来找我。那时我已搬到二号新村，有天正在厨房里忙饭，厨房有门通到外面的，就听到有人喊我。他穿得破破烂烂，我几乎认不出来，几十年没见，当年风流倜傥的，现在是地道的糟老头子了，而且一副落魄的样子。我该让他赶紧洗个澡的，赵瑞蕻拉着脸，不吱声。我西红柿冬瓜地下了一大碗面，真是一大碗，他吃了还不够。赵瑞蕻的脸色更难看了。我只好给了他十元钱，让他买去上海的火车票。

过了段时间赵瑞蕻去上海，到我姑姑那儿去，又遇到瑗叔，他有点变样，因姑姑给他买了一身新衣。赵瑞蕻不跟他说话，他也不理赵瑞蕻。赵回来问我，上次来的那个要饭花子似的是什么人？我一直没跟他说是怎么一层关系，因为太复杂了，他没有我的大家族生活经历，说了他也闹不清，我也懒得说。

瑗叔在上海没待多久，还是回到了东北。回去之后给我来过一张明信片，上面居然写着求求邮差大人，一定把信送到我手里。当然是说他情况很糟糕，但我能有什么办法呢？据说他最后就是在养老院冻饿而死的。

大姑妈与四姑妈

大姑妈是杨士骧的女儿，嫁到扬州的吴家。吴家是谁，也许是吴棠家，我闹不清，只知道她守寡回到了天津。四姑妈也是丈夫死了回来的，都住在花园街。大姑妈嫁的人家地位高，生了三个女儿，四姑妈没有子女。撇开其他不说，大姑妈也更有发言权，因为是“大姑妈”，行大就不一样，长子不用说了，长女家里人也要让三分的。娘有什么事，若要找人商量，女眷里面，头一个就要找“大姑太太”。

大姑妈主意也多，比如父亲去世后，就是她认为母亲应该殉节。但她不出面说，让四姑妈说。四姑妈对我母亲说起来都是大姐说什么什么，她自己心很善的，我母亲也只恨大姑妈。大姑妈有钱，根本无须娘家养她，后来自己住个小洋楼，还是挺阔气。四姑妈无儿无女也没钱，带一个陪嫁老妈子，住在很普通的房子里，过小家户的日子。

大姑妈、四姑妈和我们平常没什么来往，过年我们是肯定要去拜年磕头的。到大姑妈那儿，磕了头给一个大洋的压岁钱，还有银耳莲子羹吃，沙发前的茶几上摆着好几碟糖果点心。四姑妈那儿就寒碜了，我们一到她总是喊，猴精，大房家的大姨奶来了，还带着孩子。拿碟子来！过去待客的糖果糕点都是用碟子装的，“拿碟子”就是拿零食待客。“猴精”是四姑妈的陪嫁老妈子侯妈。她不叫“侯妈”，戏谑性地叫侯妈“老猴精”，叫起来还挺得意。她们一直就两人过，有时也不怎么讲究主仆的界限了，侯妈当着面就驳四姑妈：拿什么碟子？哪有什么吃的？！

但事实上侯妈对四姑妈一直忠心耿耿的。我们背后叫她“老猴精”，我对她印象很深，她高个子，嗓门粗，像男的。抗战胜利后母亲回到天津，听说四姑妈和老猴精都已经不在了，主仆二人一起饿死的，到最后老猴精也跟着主人，伺候四姑妈。亲戚间议论起来，都说老猴精是“义仆”。

杨家的人最后饿死，似乎不可想象，但四姑妈主仆真是饿死的。据说大姑妈也是饿死的，如果不是日本人来，怎么也不会是这样。因为日本人发行储备券，只有储备券能用，大姑妈四姑妈她们一下变得一贫如洗了。她们的钱都存中国银行了。这是受我父亲的影响，他不信翡翠黄金，美元也不信，只信中国银行，钱都存那儿。

姑姑杨丽川

老姨太家的人，各房都有点疏远的，没想到比起来，我后来倒是和他们这一支来往多，最密的，是姑姑杨丽川。在花园街时，我太小，对这个姑姑几乎没印象，也是因为老姨太他们在后院是个独立的小院，不许我们去，狗叔起先还会到前院来，姑姑是基本不露面的。

我早先关于姑姑的记忆，就是她结婚。像她这样尴尬的身份，出嫁也是桩难事，因为要门当户对不易，杨家也没人给张罗，她又没机会自己认识人。她的姻缘还是瑗叔牵的线，不是他有意牵线：后来的姑父是他的中学同学，到家里来玩，就这么和姑姑认识了。姑父姓宋，家里是苏北的地主，杨家嫌他家土，何况他在老家已经有太太了。

但是姑姑已经怀上了他的孩子，不结婚不行了。老姨太那边和家里谈判——其实也说不上谈判，是求家里答应这桩婚事。起先不答应，问到三叔，三叔说，不行。问到七叔，七叔也说，不行。姑姑就跪地下哭着求他们。求娘，求七叔，都是跪在跟前哭。最后总算是答应了，焦点是迎亲怎么走。老姨太的小院有通到街上的小门，但出嫁怎么能从那儿走呢？像是偷偷摸摸的。起先是不让走大门，也不让穿过大院的，最后说妥了，不绕着大院走小院的门了，铺红地毯，从大门一直铺到他们小院，大门进，大门出。

婚礼是在国民大饭店办的。我们在家里地位低，边缘的，没叫去。伴娘是俞大杰，俞大维的堂妹。当然是有面子的了，姑姑到晚年还跟我说起过。

姑父没念过大学，结婚后就进了中国银行做练习生，行里给分了一小套房子。姑姑到上海银行做事，我有印象的是姑父那时常往我们家跑，在那里吃午饭。他后来由练习生到行员到襄理，最后做到一家小分行的头。抗战时到内地，好像是在中国银行西安的分行待过，最后是天水分行的行长。胜利以后他们到了南京，我也到了南京，从那以后我和姑姑才熟起来。杨家的许多旧事，我一是从母亲那儿知道，再就是听姑姑、姑父说得多了。

姑姑他们本来是准备在南京安家的，在芦席营那儿自己盖房子，独栋的小洋楼。那时买房子、盖房子都不贵，他们在银行做事，也有点钱。姑姑喊我去看，我本就喜欢看，就跑了去，看着房子一点点盖上去。后来房子弄好了，他们住进去，我又去做过客，沙发啊什么的都就位了，挺像样的。没想到不久中国银行又招他们到上海去了，他们就在上海一直到退休。南京那房子后来是姑父老家的人住，来了一大帮子，逃难似的，因为乡下闹土改。姑姑让我常过去看看，照应照应。我去过一次，发现小孩在沙发上乱蹦，房子里搞得一塌糊涂。我也不好说，以后就不去了。

解放后我常到上海去，不是住在巴金家，就是住姑姑那儿。姑姑他们住在南京西路上的德义大楼，那楼原来是什么洋行的，后来卖给了中国银行当宿舍，在当时也算是高层建筑了。他们住在七楼，乘电梯上下。德义大楼质量很好，看上去也挺气派，当时南京有电梯的房子数得过来，有电梯就已显得很洋气了。但楼里住了太多的人家，厕所、厨房都是公用，后来有间房被人占了去，他们只剩下一大间。有人来了要住宿，就在房间里搭个行军床。我有次去，不知是还没有行军床，还是派作别用了，甚至只好和姑父、姑姑挤在一张床上睡，现在简直难以想象。

和姑姑在一起，少不了说杨家事。老姨太家虽然在花园街实际上是受歧视的，姑姑还是很关心杨家的事。五叔因日伪时在山东当教育厅厅长，被判汉奸罪关在南京老虎桥，她就去看过。后来放出来，不久病死了，她也让我跟我哥说，该去吊唁一下，杨家人总要去嘛。我跟我哥说的，我哥很干脆，说他是汉奸，不去！

“文革”以后气氛没那么紧张了，有一次她跟我说，爷爷在淮安当官时，周总理的父亲曾是杨府的师爷，周总理读书，是杨家供的，你父亲在东北做电话电报局局长，周家也到了东北，不然周总理怎么在东北念中学呢？我说，怎么早没听你说？她说，过去谁敢讲啊？！她这么说，我是不太信的，不然怎么没听母亲和我姐讲过？但我没兴趣也没本事去考据。

母亲倒是说过五十年代初，有个叫“增寿”的，和他母亲从淮安来投奔，说是周家的什么亲戚（与周总理到底是什么亲戚关系，闹不清楚），在耀华里住了蛮长的一段时间。他们想到北京找周总理给增寿谋个事做，我姐说，不要去，总理日理万机的。母亲让他们去，说怎么也是周家的人，不会不管的。结果还是去了，我们家早不是过去了，我姐负担挺重的，总在家里住着也不是个事。到了北京，不知他们怎么找的，反正是没见着总理，增寿的事自然是没着落，他母亲给介绍到一个人家去帮佣了。我母亲就嘀咕：亲戚嘛，给增寿找个事又怎么样？我姐一听就打断她，让她别瞎议论。母亲不服，说，我说说还不行？

来凤

下人们对我特别好，当然，他们里面和我最好的是丫头来凤。来凤后来活到九十多岁，住在离我这儿不远的四条巷。他们是日本人占天津后逃难到南边来的，在浦口，后来一直在南京。她先生在铁路上做事，晚年就跟儿子在四条巷，儿子是工程师，在四条巷买的房子。我还到他们家去过，到一起就说当年的事。她问好多小时候的事，问我是否还记得，我都记得。但有一段是不能回忆的，她也不说，就是被在我家做饭的二师傅强暴，并且一直霸占的事。她就是犯了这事离开我们家的。

来凤进我们家时已经很懂事，总该有十岁了，从南方买来的。一起买来的有三个女孩，来的时候都被剃了光头，怕带来虱子，把衣服脱了拿去烧了。当然不是当着人脱，都是家里年纪大的老妈子带着去洗澡。这件事给我印象特深，特厌恶这种买卖人的事，恨那个家，这也是原因之一。

三个女孩子取名叫来喜、来寿、来凤，来喜有一点小麻子，不是特好看，来凤大眼睛，白白的，她和张妈伺候我和姐姐上学。我们上学，来凤要起来的，不是她一个人要起，还有别人，我们这房还有一个张妈，凶得要命，拿眼睛一瞪我我就发抖。我母亲不会这么早起，一般早上九点多才起。我们早上吃包子，我姐姐只吃包子馅，把皮扔给我，到现在还是，我和姐姐在北京吃饭都是这样。我吃包子皮多，而且我也喜欢这样吃，因为我总觉得饿。母亲奇怪，甚至于还问医生我肚子里有没有馋虫，怎么什么都吃。医生说饿了想吃就吃。所以后来就让放开吃。我后来得伤寒病也是吃东西吃的。

来凤会偷偷拿东西给我吃。我放学回来，来凤就问我饿不饿，那时候她也小，我想吃什么就给我拿。有时她拿面粉做炒面给我吃，自己也跟着吃。听到我母亲从楼上下来，我们就躲在门后头站那里赶紧吃。我母亲大概也看出来了，就问："你吃什么？"我说来凤给我的酱，于是来凤又倒霉了。我母亲就说她，你给她吃什么呀？！有一次我放学回来，我母亲打牌去了不在家，来凤就说，想吃什么？结果买了我最喜欢吃的大饼，炒一个辣椒炒大头菜。吃这个我特别开心，因为我们饭桌上没这种东西。吃完那天回来已经不舒服了，晚上就发高烧，后来就得了伤寒病，差点死掉。

我和来凤特别好，她可以带我去看评剧，还带我去看变戏法，都叫我别说出去。可是我在中西的小学教育就是不能说谎的。不问我我不说，问了就要说，说出来了来凤就要倒霉。但是我母亲对来凤也是舍不得打，就是拿手指头戳一下，说："就你会带六姑娘怎么怎么。"然后再说我。反正我们两个总是串通一气的。

有天早上上学，天特别冷，来凤没有出现，我吃了早饭就听说来凤不能伺候我了，病了。

那时候我在上小学，听说来凤病了我去看看。她直哭，我想下午就好了吧？就走了。等到我放学回来一看，家里面不得了了。我那时候十岁，也确实是懂一点事情，但只是半懂不懂，就觉得家里有一点紧张。娘在楼下很大声地不知骂谁。估计是骂我母亲，怪我母亲没管教好，养的丫头怎么没看出来。

那天我母亲早上起来上马桶，看到来凤在哭，心想有病养着好了，哭什么？来凤还是哭个不停，说对不起我母亲——这都是我母亲跟我姑姑说的。姑姑跟我也好，为什么我们后来回忆那么多，就是因为后来我们在上海和姑姑来往得多，姑姑就和我讲起来。这些事我母亲也没处去说，只能和我姑姑说，心里头特别别扭。很快家里上上下下都知道来凤生下孩子了，这是不得了的不名誉的事，就非要叫来凤走，而且不能白天走。

到这时二师傅霸着她已经几年了。她是十三岁那年被强暴的，家里人都被瞒着，出了事才知道。她不敢对人说，也不懂，怀了孩子都不知道，别人都看出来她有肚子了，她还叫人摸，弄出孩子来我母亲当然根本没想到。她有了肚子以后那阵子，正好日本鬼子在闹，北京的亲戚都来我们这里住。六婶这个人很坏，经常在我家拿着水烟袋讲是是非非的，就说来凤有病，吐啊什么的。六婶在我家一住好几个月，那时来凤肚子也大了，悄悄问过六婶，所以六婶早就知道。

那天早上来凤就哭着说对不起我母亲。母亲以为她来例假了，因为地上有血。我母亲还说哩："你看你弄得一地血，这也没什么，值得哭吗？等好了起来弄弄干净就行了。"等她说出实情，我母亲听完两眼一黑，站都站不住了。问来凤是跟谁生的，是不是跟四少爷？

四少爷就是我八叔的儿子，比她大，长得非常漂亮。来凤喜欢四少爷，四哥也喜欢她，要不然我怎么说我们家和巴金《家》里写的像啊？《家》里和鸣凤好的，正好也是四少爷。来凤就说不是，也不是五少爷（五少爷是七叔家的五哥）。来凤添饭什么的，总想着给四少爷留着好的，到老了她跟我回忆旧事，还老说起她当时叮嘱其他佣人："给四少爷多放点虾仁。"这个连我五哥都看出来了，所以一出事，我母亲先就问是不是四少爷。当时还想会不会是我哥哥，心里就更害怕。

到底和谁呢？说是二师傅。我母亲追问，怎么和他？！二师傅也是安徽人，给大师傅（大厨）打下手的，年纪有三四十了。后来老妈子就汇报了——本来不报的，既然我母亲已经知道了，不说也不行了。我母亲就气老妈子为什么早不说。事实上生的时候老妈子在厨房拿手指头捅破了窗户纸看到了，孩子就是在厨房里生下的。

在老房那里生的，老房就是二师傅。他住的地方就在厨房后面，喊了外面缝穷的（北方那种给人缝缝补补的，串大户人家。不是给上房的人补衣服，是给这些下人补）

接的生。老房事先就和缝穷的说好了，让缝穷的那几天都来转转，恐怕要生了。那段时间我母亲只是觉得来凤越来越懒，不主动做事，只会长胖。缝穷的人给她接生，怕人知道，疼了还不能喊，想来很遭罪。结果生了个男孩。

那个血流得真多。厨房后有个后楼梯，再往后有个小院是老姨太他们住的，他们住得有点挤。生完以后老房赶快把小孩送走，怕有声音让人知道。而后搀着来凤到楼梯那里，老房也不敢上去，来凤自己爬上楼梯，回自己的房间。楼梯上都是血，一路都是血，弄得一塌糊涂。老妈子都看见，就汇报了——是向娘汇报。老妈子姓陈，扬州人，外号陈大肚子，谁也惹不起，就跟潘爷地位一样。老陈汇报了娘，娘气得要命。她一生气就不梳头不洗脸，穿着梳头褂子，骂我母亲：你养的好丫头，你怎么不知道？丢脸啊！我母亲也不敢说话。娘叫来凤走人，我母亲急得不得了，幸好有电话，就打电话叫我奶妈来（我的奶妈就是后来来凤的嫂子）。我母亲和奶妈商量，要是赶出去了，以后怎么办。外头冰天雪地的，很冷，不能让来凤送死。我母亲的意思是该送来凤去医院，但是娘不允许，只好和奶妈说好，晚上雇一个马车把来凤接走。

走的时候好多人在院子里看，我也站在那儿看，印象深极了。我当时觉得来凤走了再也看不着了，舍不得，没想到后来又见到了，老了还在一起说旧事。

来凤走的时候十八九岁，二师傅当然也被赶走了，当天赶走的。走的时候不是要来辞行嘛，行了礼，我娘骂他一顿，拿着小包袱就走了。这都只能是晚上走，不能白天，家丑嘛。我看到来凤的马车从后门口走了，就哭。我母亲在楼上不声不响地擦眼泪。对于我来说这是我们家第二个悲剧，大悲剧就是二姐死了。后来像大公主那种破事我就觉得是闹剧了。

来凤让奶妈接走以后，我母亲还惦记着，楼上她住的地方没电话，在楼下打就有人向娘汇报，所以很不方便。娘是不许家里再和来凤有联系的。来凤在我奶妈那里坐月子，奶妈那里有个小叔子，小叔子也有太太，小家户的。小叔子太太结婚五六年也没有孩子。有一天我奶妈来我家讲，说来凤和小叔子恋爱了，说时很生气。

奶妈是个寡妇，别人认为她和小叔子在一起也有点暧昧关系，事实上并没有。她和小叔子夫妇三个人处得挺好的，都是旧式的。来凤一去，他们觉得是公馆里来的，不能怠慢，我母亲给了钱又千叮咛万嘱咐的，所以对她特别好。奶妈是一家之主，天天给来凤做饭。来凤那时才二十来岁，坐月子照顾得很好，天天相处，小叔子由同情变成喜欢她了。奶妈知道后气得不得了，向我母亲汇报，我母亲也很生气，我母亲一生最恨的事就是做小，因为她自己就是做小，而我的姨妈后来也做小——这又是一个故事。

没想到小叔子夫妻俩（小叔子叫王庆祥，他的原配我们后来称“大王姨”，来凤自然就是“小王姨”了）和来凤一起跪倒在奶妈面前，求奶妈接受来凤。奶妈就觉得大王姨没出息。大王姨觉得几年了没孩子，对不起王家，她能接受来凤，来凤也甘心做小。就这样事成了，结果一直还挺和谐。来凤头一个生的女儿，后来又生了一个儿子。大王姨原来不生养的，没想到后来生了两个儿子，照过去的观念，来凤是福人，给王家带来了运气。

王庆祥在火车上当茶房，现在叫服务员，津浦路上跑，后来日本人来了，就在南京浦口安了家，也算逃难。他是带着来凤走的。大王姨没走，留下来看家。我母亲把来凤过去存的首饰都带给大王姨，让来凤带着逃难，她可能也扣留了一些。母亲还偷偷和来凤见过面，是在电影院。我们家都是叫男佣人去买电影票，母亲叫佣人买的时候旁边空一个位子，等到电影演的时候，来凤就过来。那次带了我去，见到来凤，我挺开心的。我母亲让我回家不要说。到那时我母亲还生来凤的气，她曾经给来凤做媒，找了一个银行的，没想到来凤去做小。在电影院我母亲不停擦眼泪，那以后就没见面，一直到1934年，那时她们在浦口，我哥哥出国，坐火车经过南京，在浦口我母亲又偷偷跟来凤见了一面。

说“偷偷”，是因为怕传到娘耳朵里。我是1947年到南京后又和来凤见面的。她从浦口过来看我，那时候和我来往多得很。抗战结束后，大王姨也搬到了浦口，三个人一起过，直到大王姨的儿子大学毕业在重庆工作，把她接过去，那以后她就跟儿子过了，再没回来。大王姨小王姨的孩子兄弟之间都还有联系。

潘爷

我们家的佣人中，潘爷的资格是最老的。他是绍兴人，一口绍兴话，到老不改。他是祖父从绍兴带出来的，后来跟了我父亲，父亲死后，他就留在我们家伺候。

他的地位在佣人中是最高的，没有管家的名分，实际上却是佣人的头。大面上的事，都是他管着。起初我对他的印象，是客来的时候他大着嗓门通报谁谁来了。那还是在花园街的时候，客人来了，他从门房那儿就喊“某老爷”，穿过月亮洞的门，一路喊过来。不像有些电影里让来人把名片搁在盘子里，是一手高举着，一手撩着长袍的下摆，一溜小跑，颠颠的。

厨房里要问第二天吃什么菜，也是潘爷领着厨子到上房来，厨子是不能进房间的。来了就站在门口，等主人点菜，都是潘爷问：“太太明天吃点什么？”娘他们住楼上，从那儿问起。问完了太太问小少爷，后面是大公主、四姐，而后就轮到我们：“大姨太吃点什么？”“五姑娘吃点什么？”最后看看点得还不大够，才会问到我：“六姑娘也点点儿什么吧。”问的顺序是决不会错的。问时他毕恭毕敬，上身往前，姿势有点夸张，身后的厨子就站不成那样。

父亲去世后，我们家每况愈下，潘爷一直没离开，直到快解放时，耀华里的家跟早先完全不能比了，他还在那里。关键时刻，都会用上他的，比如大公主嫁到广东时跟去的男佣小田闹出事了，就只有派他跑了去接回大公主。抗战时我们一家都到大后方去了，就是他在照应着娘他们。照过去的说法，他就属于对主人忠心耿耿的“义仆”了。

其他的佣人都是两人或三人一间屋，潘爷是一人一间，佣人都怕他。我不知道他是什么时候结婚的，他太太我们叫“潘嫂”，南方人，长得小小巧巧的，他自己长得丑。除了在我们家当差，他还当二房东，我们家有一处房产，一个大宅院，叫“春荫堂”，他管着，由他再往外租。

潘爷爱喝酒，每顿都喝，有人说，他生了个傻儿子，就是他酗酒造成的。

他挺势利的，每有来客，他都会从上到下把人打量一番。有些人他是不肯往里放的，像《诗讯月报》的副主编张洛英来找我，他就把我叫到门房里和人家见面，我们说话，他还不走，就站一边看着。这当然也是因为不能让小姐和男的单独相处。同时也是因为对方穿得寒酸。过后他就说：六姑娘，像这样的人不要跟他来往。若是有钱有地位的人来了，他就很恭敬，还透着兴奋、很赞赏的样子。该和谁来往呢？他说，像颜家了、沈家了、孙家了……这都是些他知道的天津的大户人家。

四九年我离家十一年后回到天津，发现潘爷明显老了，早没了早先的殷勤麻利劲儿，当然家败成那样，他原来的那套本事也用不上了，但他的神情还是那样。他对我不大好，大概是我带着俩孩子投奔母亲让他觉得肯定是落魄了，有一次居然对我说："六姑娘这么多年，好像也不怎么样嘛。"

滑稽的是，我的地下党朋友解放后在天津当了官，有天开了吉普车要带我和赵瑞蕻去起士林吃西餐，他们在下面喊，我在上面应，潘爷看见了。回来之后，他就问起，而后就冲我直竖大拇指。

我回南京，是潘爷去送的，我带着俩孩子嘛。临走前，母亲叮嘱我，要记着给潘爷赏钱。我惦着这话，到了火车站就给他，他立马就单膝跪下，一手触地，说："谢谢六姑娘！"清宫戏里奴才说"嗻"的架势，吓我一跳。这还是过去领赏钱的一套，已经解放了，车站里当着那么多人，这是哪儿跟哪儿呀？！

潘爷死的时候是孤零零一个人，潘嫂跟女儿到西安去过了，也不知为什么留下他一人在天津。老了，没人管他——大公主都没人管，谁还管他？我们家穷了，他也没钱，只剩下一个我父亲给的金表，没事拿出来看看，后来金表也没了。潘爷死在大公主之后，也很惨，说是从床上掉下来，眼睛睁得很大，表情狰狞。

池太太

池太太的丈夫叫池石青，是个医生，小有名气，自己挂牌开诊所。我们家在耀华里一条，他的诊所在六条。夫妻俩都是广东人。池太太是中西女校毕业，想着要帮助弟弟妹妹，就出来做事，当家庭教师。那时我们几个都念书了，都是英文学校，姐姐和我在中西，哥哥进了新学书院。家里原来有个老先生，这时辞了，要补习英文。母亲的要求是，不要男的，女的要年纪大些，池太太正合适。

池太太叫徐剑生。还没见过面，我哥就拿她名字对上对子了。学作诗，先要学对对子，他喜欢，来得特别快。那天是有人来告知，教英文的先生请好了，母亲就问叫什么，回说叫“徐剑生”，我哥听了，脱口就说，可以对“快枪毙”。我姐特爱说这事，一是佩服哥哥，一是她有点讨厌池太太。后来对对子这事传来传去，不知传成了什么样，有部电影里把它安到古人头上去了。我哥看到乐坏了，说那是我说的嘛，我成古人了。

池太太长得很漂亮，广东人的那种漂亮，照片上看，像香港电影明星。她平时倒是不怎么打扮的。她特别喜欢我哥，对他特别好，算是一种恋爱吧。我哥那时十七八岁，没什么反应。好多年以后我姐对我说，当时我无意中为家里办了件好事，立了一大功：池太太教了我们一段时间后，有天母亲问我们，先生怎么样啊？我说她偏心，就对哥哥好，我们的生词，她在下面画了道让我们自己去查，哥哥的她都给查好了，注上中文。我当然没别的意思。母亲留了个心，防着她和哥哥之间单独接触。

母亲让我哥认池先生和池太太做干爹干妈，我哥后来分析就是为断了她这个念头。好像池太太起头还不愿意，她觉得自己这么年轻怎么就当干妈了。我母亲叫徐燕若，她非叫我母亲改成徐剑若，因为做了干妈就是要平级啊。我母亲很不高兴，徐燕若是我父亲起的名字，因为母亲个子小，也缠脚，所以是“身轻如燕”，怎么能乱改？

有一年夏天，我们去北京香山避暑，母亲带着我们兄妹仨，还有池太太，借住的是熊希龄的别墅。那段时间池太太和我哥老在一起，弄得我哥不大跟我们玩了，我和我姐就特别烦她，也是一种嫉妒吧。有什么不对头的，我姐就及时汇报给母亲。

那天早上骑驴，我们雇了四个驴子，最好的驴子是给我哥哥骑，我们一人一个。我哥哥老跟池太太两个人骑驴在前头，我和我姐姐两个人在后头。有一次又是这样，一转眼两个人就没影了，气得我一个人骑驴瞎走，一个人到了鬼见愁（鬼见愁离我们住的山庄很近），我就在上头大哭，在家里是没有资格大哭的。哭哥哥给人抢走了，我又不能嫉妒（我曾经信过教，按照教义，嫉妒是一宗罪），我只能生气。哭够了以后就拿一个小树枝在地上写“人生自古谁无死，留取丹心照汗青”，非常幼稚可笑的。后来我姐姐找到我，一看地上我写的字，就问我怎么了，我生气但是又说不出来。姐姐要我跟她回去，我从来都是怕她的，就乖乖地回去。回去以后姐姐也没和别人说。我是一时犯怪，也不是真的要自杀，就是觉得池太太老是缠着我哥哥。

在香山，母亲和我哥一个屋，我和姐姐加池太太住一个屋。有天晚上月亮特别好，池太太喊我哥出去看月亮，我哥套上衣服准备出来了，母亲说，不许去。就没去。之后母亲还把我哥大大地教训了一通。

1934年我哥哥去英国，池太太也要送，还有我哥哥出去穿的睡衣啊什么的，她都张罗着做。后来我想一个人老是给男的张罗着做睡衣这种，是一种不正常的爱，关心得过火了。我母亲也别扭，就说你不要操心。我们家那时候也见过许多外国人，也懂得这些，我母亲就觉得弄这么多睡衣去了外国也不一定合适，不如去了买。

后来送我哥到上海，从那儿乘船去英国，池大夫池太太当真去送的，和我母亲一起。哥哥出国后池太太给他写信，好多封，他都没回。之前母亲叮嘱过的，不许和池太太通信。当然我哥心思也不在这上面。

池太太便给我写信，信里说哥哥不回她的信，她怎样寂寞，很多感伤的话，还说现在我是她最亲近的人了。我没回信，心里想，我一人在昆明，没大李先生（李尧林）的音信，我还寂寞呢。

得知池太太死讯时我也很难过，也有一点内疚吧，还写过一首十四行诗纪念她。

她是自杀的。

中西毕业后她和池医生结婚，婚后感情大概一般般吧。池大夫挂牌子出诊，很有名的。池太太教书，本来还兼别的家教，后来也不做事了，家里也很富裕的。池大夫有一帮上海同学都在天津的德国医院，也都成了家，池大夫既在德国医院上班也出诊。夫妻俩经常吵架，因池大夫老是不着家——也不是在外过夜，但是会回来很晚。池家有一个陪嫁老妈子，还有一个姓赵的车夫。后来车夫就告诉陪嫁的老妈子，说是大夫经常到一个地方，那家只有一个女的。老妈子就告诉池太太了，池太太当然要追问，池大夫就完全坦白了。池大夫原来在上海做大学生的时候，这个女的是个舞女，他和舞女恋爱同居了，还有个孩子，孩子后来死了。他们不可能结婚，那时候他已经和后来的池太太订婚了。

问题是池医生后来在天津又遇到了初恋情人，那女的有段时间是在舞厅里做大班，赚了些钱，不干了。不知怎么又和池医生遇上了。她身体不好，池医生有时就给她看病，可能也没什么的。池太太当然不这么想，就打听、跟踪，堵上门去闹。池医生说，都是过去的事了，现在她有病，病总要看吧。池太太还是闹，两人关系就更糟糕了。池太太认定池大夫结婚前就和那女的好，她特别在乎处女处男什么的，一想就伤心，一伤心就闹，有事没事当一个话柄亮出来，还和池大夫的朋友们说。朋友们都是同学，本来也都知道。他们夫妇一直没孩子，这时池太太怀上了，也没跟先生说，就自己把孩子打掉了。池先生很生气，以后就常在外面打麻将，不回家。池太太越发不好，精神上也出问题了，老要自杀，吃安眠药。家里开着诊所，根本不用外面买去，诊所里雇了个护士，说睡不着觉，跟她讨就是了。池先生说不能吃多，她也不听——本来就想死嘛。大概有六七回这样的事。有一次池先生晚上又在外面打麻将，下人来说，太太吃安眠药了，他已疲掉了，没当回事。拖一阵回去，池太太人已经过去了，没救过来。

那天正好是八月节，池太太穿着当年结婚的中式黑缎子绣花礼服，化了妆的，是真的寻死，也真的死了。这么一搞那就不得了，报纸上也登了。池大夫哭得不得了，把头剃了，说要做和尚，总之很伤心，很后悔。池太太死后搞大出殡，排场很大。这事之后他的诊所就走下坡路，门前冷落。他的诊所和家在一处，死人的地方晦气，瞧病的都不来了。

雷音写《杨宪益传》，写到了池太太，似乎她是我哥的初恋。我哥对她好感是有的，她对他好嘛，恋爱恐怕说不上。香港记者就更离谱了，把两人的关系扯上《红楼梦》里的贾宝玉和秦可卿，非要说成“初试云雨情”似的。哪有这回事呢？我哥也懒得辩，他一向是这样的，总说“爱怎么说怎么说”。

梅夫人与程夫人

吴 钢

梅兰芳与程砚秋有师生之谊，两人的夫人又是儿时玩伴。

京剧四大名旦中，梅兰芳与程砚秋的关系最为密切。程砚秋拜过梅兰芳，是给梅兰芳磕过头的徒弟，正是由于有这个缘分，梅程两家人的关系更近一些，梅夫人福芝芳与程夫人果素瑛也是从小一起长大的好朋友，两位夫人一辈子相交相知。

我曾经拍摄过梅夫人与程夫人在一起的照片，右侧还有马连良夫人陈慧琏。那是在1979年的春节聚会上，梅葆玖、梅葆玥、屠珍、马小弟等都在后面坐着。这张照片十分珍贵，因为一年后梅夫人去世，这也是三位夫人的最后一次相聚。

前排左起：程砚秋夫人果素瑛、梅兰芳夫人福芝芳、马连良夫人陈慧琏。摄于1979年。©吴钢摄影

梅夫人福芝芳

福芝芳是梅兰芳先生的第二位妻子。梅兰芳的第一位妻子叫王明华，梅兰芳与王明华婚后生有一儿一女。后来王明华罹患妇女病，梅兰芳请了法国医生来检查，诊断为子宫肌瘤。这位法国医生是梅兰芳的好朋友，建议说："你们已经有儿有女了，还是把子宫摘除为好。"梅兰芳听从了医生的建议。不幸的是摘除手术之后，王明华的两个孩子却都患了麻疹先后去世。梅兰芳"绝后"了，一家

人陷于悲痛之中。为继承梅家的香烟，亲朋友好们开始筹划着为梅兰芳再续娶一房妻室生儿育女。

此时梅兰芳的老师吴菱仙新收了一位女弟子，叫福芝芳。福芝芳的外祖父是一位家境败落的满族，把女儿嫁给一个做小买卖的，婚后夫妻感情不和，福氏女带着身孕独自回娘家，在娘家生下了女儿福芝芳。福氏女在北京的大杂院里带着女儿生活，以手工削牙签的微薄收入维持生计。福氏女虽然贫穷，却为人豪爽，乐于助人，邻居们都称她为“福大姑”。

福芝芳随着福大姑在大杂院里生活，从小喜欢与邻居的女孩子一起绣花、剪纸。福芝芳的玩伴里，就有后来嫁给程砚秋的果素瑛。

福芝芳学戏之后，有一天随着老师吴菱仙到梅兰芳家索取《武家坡》的剧本，年轻的福芝芳引起了梅家人的注意，觉得这位秀丽温顺的女子可以作为梅兰芳继室的人选。

根据美籍好莱坞影星卢燕女士回忆，为相看福芝芳，梅兰芳亲自到天桥看了一出福芝芳与卢燕的母亲李桂芬演出的《武家坡》。李桂芬是京剧女老生，与福芝芳常在北京南城的小戏园子里一起演戏。梅兰芳在天桥看戏，相中了福芝芳，梅兰芳的家人也觉得福芝芳丰满富态，有宜男之相，将来可以继承梅家的香烟。于是在1921年，由吴菱仙与罗瘿公（梅兰芳与程砚秋身边的名士）亲自到福家说亲。福大姑早就知道梅兰芳人品好，又是当红的名角，便一口答应了婚事，但是提出两个条件，一是福芝芳不能做二奶奶，过门后，与王明华平起平坐、不分大小；二是自己孤身一人，婚后要随女儿一起到梅家居住。梅兰芳与王明华接受了这两个条件。

福芝芳与梅兰芳结婚后，先后生了九个孩子，可惜五个都在很小的时候就因病去世。其中最可惜的是第三个儿子梅葆琪，葆琪和梅兰芳长得最像，梅兰芳从小就给他说戏，准备培养他接班，谁知梅葆琪八岁时得了白喉去世。梅兰芳的子女在世的只有1925年生的老四梅葆琛、1928年生的老五梅绍武（葆珍）、1930年生的老七梅葆玥（女儿）、1934年生的老九梅葆玖四个孩子长大成人。梅葆玥前面和后面病逝的都是女孩子。

梅葆玖小时候也曾经患病，医生检查后说是白喉。福芝芳听说是白喉，急火攻心，当时就五官痉挛抽搐着晕死过去，后来经抢救醒过来，医生才安慰她说："幸亏现在发明了盘尼西林，不要紧的。"在一旁的冯六爷（冯耿光，曾任中国银行总裁、梅兰芳的老朋友）插嘴对医生说："您后面这句话应该先说才好。"经过这次惊吓，福芝芳就落下了一紧张就眼角抽搐的毛病。

这里要说明一下，福芝芳可不是个软弱的人物，身为梅兰芳的夫人，面对社会中的各种诋毁谣言、抗战时日本人的凶恶嚣张，乃至大红大紫的"三房"孟小冬的名分要求……她从来没有退让过，但是这次却倒在了白喉面前，可见疫情之凶残。梅兰芳的两位夫人王明华和福芝芳共生育了十一位子女，只有四位成活。以当年梅兰芳的地位、名望、财力和医疗条件，尚且在疫情中损折一大半子女，寻常百姓就更加艰险了。

梅葆玖得病后，在上海马斯南路四楼隔离，一个月后隔离结束，第一个不忌传染而进屋去看望他的是姐姐梅葆玥。后来葆玖身体一直特别好，没怎么生过病，也许是因为这次大病后，身体里有了抗体和免疫力。

梅兰芳的第一位夫人王明华后来得了结核病，由于这个病当时天津的治疗条件最好，所以她就到天津去治疗，1929年在天津病逝。

福芝芳的母亲福大姑，一直随着女儿住在梅兰芳家。1932年，梅兰芳全家避难到上海，住在法租界马斯南路二十多年，梅葆玖就是在这里出生的。当年，福大姑带着葆玥、葆玖一起住在四楼，梅兰芳与福芝芳住在三楼。孩子们都称呼福大姑为“啦啦”，大概是“姥姥”的发音受到上海方言的影响，又是童声发出来的叫法，再下一辈都称她“老祖”，梅葆玥的儿子范梅强就是“老祖”给带大的。

抗日战争开始，梅兰芳住到香港，福芝芳自己住在上海，惦记着北京的老伙伴李桂芬，就邀请李桂芬带着女儿卢燕到上海来。于是李桂芬带着卢燕在梅家生活了多年，并且教授梅兰芳的女儿梅葆玥老生戏。李桂芬是梅葆玥的开蒙老师，卢燕则认梅兰芳为义父，因此卢燕与梅葆玥、

1981年8月24日，卢燕等人到后台看望参加纪念梅兰芳演出的梅葆玖。右起：卢燕、梅葆玖、吴祖光、陈正薇。©吴钢摄影

梅葆玖从小就在一起，情同手足。后来卢燕到好莱坞发展，回国访问、演出时，还时常与梅家人相聚。

1951年，梅兰芳从上海搬回北京后，政府划拨了西城区护国寺街9号的一处四合院给梅兰芳一家居住。梅兰芳先生其后一直居住在这里，直到1961年逝世。

1959年，梅兰芳买下了西城区西旧帘子胡同29号的一所宅院。这所四合院原是银行家曹少璋的住处，梅兰芳把房子买下来并没有搬过去住，梅家还是住在西城区护国寺，曹少璋先生没有后人，仍旧住在西旧帘子胡同的房子里。

当年护国寺梅家的客人很多，大都在外院的房子里接待，熟识的人就让到里院客厅。梅夫人的卧室在客厅旁边，打开门就是客厅。梅兰芳在客厅接待客人，聊得时间长了，梅夫人在卧室里面进出就不是太方便，于是梅夫人搬到了已经买下来的西旧帘子胡同住。梅夫人为了不打搅曹少璋先生，提出自己住在西房。曹先生说："那哪儿行呀！"坚持请梅夫人住在北屋正房，自己则住在外院南屋。

梅家这时候有三辆汽车，一辆绿色伏尔加牌轿车是中国艺术研究院配给梅兰芳院长的，还有一辆黑色老道吉牌轿车是中国京剧院配给梅兰芳先生的。梅夫人不愿意坐公家配给梅兰芳先生的车子，正巧印度驻中国大使乘坐的一辆奔驰轿车出卖，梅夫人就把车买了下来，自己乘坐。因此梅家经常有三位司机，梅家自己的司机是张良才师傅。梅夫人坐着张良才开的奔驰小轿车住到了西旧帘子胡同29号，车子就在胡同里的一间车房里停放。而梅兰芳先生还是住在护国寺街公家分配的房子里。

1961年，梅兰芳先生去世，由福芝芳选址，将梅兰芳与早年去世的王明华合葬于北京香山的私人墓地。

"文革"刚一开始，福芝芳家自己买的奔驰车就被造反派抄走了，后来一个朋友有点儿路子，找到这辆车又给开了回来。之后车子就一直停在胡同的车房里，没有汽油指标，也没有行车执照，很多年不能开，也不敢开。在那个混乱的年代，梅兰芳先生生前住的护国寺街四合院被红卫兵强占，将一直住在里面的梅兰芳秘书许姬传赶到张自忠路的小房子里。后来护国寺街的房子几经易主，主演样板戏《红灯记》中李玉和的浩亮（钱浩梁）任文化部副部长时也在这里短暂住过。1986年，这所房子重新修建恢复，改为梅兰芳纪念馆。

梅夫人福芝芳与家人在“文革”期间都住在西旧帘子胡同。粉碎“四人帮”之后的1977年末，有人来按西旧帘子胡同的门铃，梅葆玥的儿子范梅强跑出去开门，看到门外停着一辆大“红旗”，下来几个人。来人对范梅强说：“请跟梅夫人说一声，是统战部童小鹏副部长和文化部部长黄镇来访。”范梅强赶紧把两位部长引入北房，梅夫人出来接待，许姬传先生也到客厅来陪同。双方见面后坐下，黄镇部长说：“我们来看您，是宣布为梅兰芳先生平反的。”

梅夫人在十年浩劫期间受到过多次批判斗争，从来没有掉过眼泪，此时听到“平反”二字，不觉流下了眼泪，因为激动，眼角也开始抽搐起来。大家一阵紧张，等到她逐渐平静下来后，大家喝茶聊天，两位部长又提出：“梅葆玖应该恢复演出。”这句话十分重要，也令梅家人分外感动，说明官方已经表态，支持了男旦演员的复出，也意味着梅兰芳的艺术有希望传承下去了。

由于中央正式宣布了为梅兰芳先生平反，1978年的春节，梅夫人受邀参加人民大会堂举办的春节联欢会，梅夫人坐着自家的奔驰小轿车去了人民大会堂。当时的国家副主席是李先念，李先念的夫人林佳楣是梅兰芳的大儿媳林映霞的姐姐，算起来是梅夫人的小辈亲戚，因此她亲自在人民大会堂的门口迎接梅夫人。梅夫人到了之后，考虑到地方大，梅夫人年迈，大会堂的工作人员特意准备了轮椅，于是林佳楣亲自推着轮椅，陪梅夫人入内参加活动。梅夫人回来后非常高兴，对家里人开玩笑说："今天我还真有面子，国家副主席夫人亲自为我推车。"

1979年岁末，有朋友从香港辗转给梅葆玥带来一盘京剧女老生孟小冬演唱的盒式录音带。孟小冬是余（叔岩）派老生传人，人称"冬皇"，曾经与梅兰芳有过一段同居生活并闹得沸沸扬扬。因为梅葆玥也是唱女老生的，所以她经常在房中播放孟小冬的这盒录音带。梅夫人福芝芳在自己的房中可以听到，但是不动声色。一天梅葆玥外出，梅夫人与许姬传来到梅葆玥的房中，把录音带拿到梅夫人的房间，用一台俗称"砖头"的老式盒带录音机播放。听了几段唱，两个人都不言语，后来听到《搜孤救孤》——这出戏是讲述赵氏孤儿的故事，也是余派戏里经典中的经典——梅夫人听到动情之处，不觉赞了一声："唱上几口还真有点儿味儿。"许姬传先生接着话茬也跟了一句："要是能生个一男半女就好了。"

我们知道，福芝芳对孟小冬一向不认可，此时梅先生与孟小冬的事情早已成为过去，梅兰芳先生在1961年逝世，孟小冬也已经于1977年在香港去世。梅夫人的这一句赞赏来之不易，虽然来得太晚，也是她对孟小冬最后的评价了，因为两个月之后的1980年1月29日，福芝芳逝世。

梅夫人福芝芳去世后，与梅兰芳、王明华合葬在北京香山。

我时常到梅家拍摄照片，有一张是梅家老幼比较齐全的。当中的许姬传先生跟随梅兰芳先生多年，梅家上下视老人为尊长。

1987年，梅兰芳的后人在西旧帘子胡同。中为梅葆玖、梅葆玥在排演《武家坡》，右一为梅葆玥的儿子范梅强在模仿动作。后排正中为许姬传。后排左起：梅葆玥丈夫范丙耀、梅卫平夫人钱锦春（梅家的长房长儿媳）、梅葆琛夫人林映霞、许姬传、梅葆琛大儿子梅卫平（梅家长孙）、梅绍武之子梅卫东、梅葆琛的二儿媳沈菁、梅葆琛的二子梅卫华、梅葆琛。右二、右三是常来辅助许姬传抄写文字的原京剧演员邹慧兰和为梅葆玖配演小生的姚玉成。©吴钢摄影

喜欢摄影的范梅强曾经在《大众摄影》杂志上发表文章，记述我去梅家拍照的情形："那时刚刚恢复传统戏，我妈妈和我舅舅每天都在四合院里吊嗓、练功、排戏，姥姥总坐在廊子下看着。那时的吴钢大哥就很有头脑和眼光，他骑着一辆三轮挎斗军用摩托车（我的葆玖舅舅也骑了一辆日本大摩托车），隔三岔五，他就来我家西旧帘子胡同29号，给他们拍照，还经常和梅兰芳的秘书许姬传先生攀谈，一边聊过去的掌故，一边给他拍照片。那时内地没有摄影背心，他从香港带来，穿在身上很帅，无论走到哪儿他总是提一只铝皮箱，每次他来拍照片我都喜欢在一旁看，摸摸这儿、碰碰那儿，给他打下手……"

多年以来，梅兰芳在戏班里的官称是"梅大爷"。北京人一般称父亲的哥哥为"大爷"，这里大爷的"大"字发音重，"爷"字发音轻。而称梅大爷则是"大"字发音轻，念作"的"字音，而"爷"字发音重，而且是向上挑着念，发音是"梅的爷"，显得特别亲切，也有尊崇和钦佩的意思。大家称梅兰芳为"梅大爷"，也就顺理成章地称梅夫人福芝芳为"梅大奶奶"了。

梅大爷在世的时候，梅大奶奶主内，梅大爷不在了，梅大奶奶主所有事，一切依然按照梅大爷在世时候的规矩办，特别是对待戏班的老人、老合作伙伴，像自己家里人一般体贴照顾。我们以两件事情为例，说明"梅大奶奶"不是白叫的。

第一件事情，与马连良夫人陈慧琏有关。梅兰芳与马连良常年在一起配戏，两家人感情很好，梅绍武、梅葆玥叫马连良先生“干爹”，马连良的儿女马小弟、马小曼叫梅大奶奶“干妈”。梅葆玥一直跟着马连良先生学习马派老生戏。马连良夫人陈慧琏在“四人帮”肆虐的时候，被赶出来住在北京和平里十区一间很小的房子里。梅大奶奶听说之后，就派人把马夫人接到西旧帘子胡同的家里来，住在北屋客厅的东边，用一个屏风隔开。马夫人在这里一住就是六年，两家人共同度过了最艰苦的岁月。

1972年，“文革”后期，梅大奶奶与马夫人商量着把马连良先生的骨灰安葬下来，梅大奶奶便找到了香山的当地生产队负责人商量，把梅兰芳墓地旁边看坟的三间房子给了生产队，置换为香山上的一块地，就在梅兰芳墓地附近的山坡上，安葬了马连良先生。

直到1974年，马连良家属分得和平里十四区十三楼的房子，马夫人才从梅家搬出来住，梅大奶奶还经常到和平里看望马夫人。此时我们家住在和平里十四区十四楼，梅大奶奶也顺便到我们家里看望我已经患病的母亲新凤霞。母亲曾拜过梅兰芳，是梅兰芳的学生，与梅家关系一直很好，当年母亲拜师的主持人就是许姬传先生。

第二件事情是在1976年7月28日凌晨，唐山大地震，波及北京，很多老房子都震坏了。住在西旧帘子胡同四合院里的梅大奶奶被震起来，不敢在屋里住，在院子里搭了

“抗震棚”躲避余震。梅大奶奶是经过事情的，首先想到了跟随梅兰芳先生多年的秘书许姬传先生，许先生年纪大了，独自住在张自忠路的小房子里，不知道情况如何，于是打发外孙范梅强和孙子梅卫东（梅绍武的儿子）去看一下许爷爷。两个人当天就骑着自行车，从西城赶到东城的张自忠路许姬传先生家中，一路之上，看到街上、广场上到处都是躲避灾情的市民。两个人到了许家，见许爷爷还平安，就帮助老人收拾了一下，把许爷爷接到了西旧帘子胡同梅宅。许姬传先生在这里一住就是十多年，梅家人从梅大奶奶起，待许先生如家人一般。梅大奶奶逝世后，许

1985年，许姬传先生住在西旧帘子胡同的北房中，梅葆玥、梅葆玖姐弟过来问安。“文革”期间，马连良夫人陈慧琏曾经在梅家避难，就在许姬传先生座位后面的屏风后住了六年。©吴钢摄影

姬传先生继续住在梅家。

我亲眼见到，许先生住在向阳的北屋上房，梅家子女则住在厢房和南房，每个人都像对待长辈一样尊敬许爷爷。直到许姬传的儿子把张自忠路的房子换成了单元房子，才把许先生接回去住。

我说的这两件事情，都是发生在“四人帮”肆虐的时代，当时梅家作为反动权威，受到批判斗争，自身难保，梅大奶奶还能够尽力帮助别人，这得需要多么大的勇气。况且那是个物资极度匮乏的时代，食物和生活用品都是定量供应，不要说鱼、肉、油、蛋、糖、酱（芝麻酱），就连买块肥皂、买包洗衣粉都要票证，梅大奶奶自己一大家子人，还要接待朋友，十数年如一日地管吃管住，风雨同舟。这些在梅大奶奶看来，都应该是分内的事情。扶危济难、帮助他人，原本就是梅大爷的家风。

程夫人果素瑛

程砚秋先生的夫人是果素瑛。说起来，程砚秋的婚事还是梅兰芳给张罗的。程砚秋拜过梅兰芳之后，每天到师傅家学戏，跟着师傅演出，虚心好学，勤勤恳恳。梅兰芳的原配夫人王明华也很喜欢这个徒弟，看到程砚秋逐渐长大，还是孤身一人，就开始为徒弟张罗婚事。

当年的戏曲界是比较封闭的小社会，基本上都是同行里面相互通婚。唱戏的都是亲戚里道的，组班演戏能够一心一意、互相帮衬。旧社会戏曲演员地位低下，虽然在舞台上风光，私下里还是属于“下九流”，被人看不起，互相通婚，按照现在的说法就是“抱团取暖”的意思。王明华为徒弟程砚秋选媳妇，自然就在京剧圈里踅摸。

不久，王明华就留意到了京剧男旦演员果湘林家的大小姐。果湘林的夫人余素霞，就是晚清“同光十三绝”中余紫云的大女儿，也是著名老生余叔岩的大姐，因此果家也是京剧世家，与程砚秋十分般配。王明华征求了程砚秋的意见后，就到果家提亲，当时的目标是果家的大女儿。这时正巧是梅家老太太的寿诞之日，到梅家来祝寿的人很多，王明华安排了果家人过来暗地里相看程砚秋。看过后，果家人对程砚秋的印象不错，亲事也就定下来了。

要说王明华还是真心向着徒弟，定亲之后她发现果家的大女儿不如二女儿漂亮，而且二女儿与程砚秋同岁，年龄也更加般配，于是又去果家，为果家的二女儿提亲。果家自然不高兴了，说：“聘闺女又不是买东西，怎么可以随便换来换去的。再说我们家大女儿未嫁，不好把二女儿先嫁出去呀。”

程砚秋这一年十八岁，不知道是好奇心还是爱情驱使，他希望能够亲眼看一下自己未来的媳妇。但是封建礼教时代规矩多，婚前相看人家女孩并不容易。正巧北京的泰方照相馆有为果家拍摄的全家福照片，程砚秋仔细看过照片上的果家女儿之后，对果家二小姐更加中意。作为师娘的王明华为了徒弟程砚秋，硬着头皮再次去果家，为果二小姐提亲，果家人看到她诚心诚意地多次跑过来，也不好驳梅夫人的面子。

为难之际，还是果家夫人余素霞有心计。余素霞觉得两个闺女都是自己的，反正将来程砚秋是自己的姑爷，手心手背都是肉。既然他看上了二女儿，如果勉强让他娶大女儿，将来都是一家人了，打头碰面的也是麻烦，不如做个顺水人情，于是就答应了程砚秋与二女儿果素瑛的亲事。

1923年的春天，梅兰芳亲自张罗了徒弟的婚事，还精心画了一张画作为新婚礼物送给程砚秋夫妇。画上题诗一首：

翡翠尤能艳，芙蓉不解颦，凭将秋色好，并入洞房春。

玉霜仁弟新婚，如山先生属绘此与贺

癸亥三月十一日，梅兰芳并记

题款中的“玉霜”是程砚秋的字，而“如山”就是与梅兰芳亦师亦友的齐如山先生。此画用锦缎装裱，十分珍贵，现在还保存在程家。

成婚这年，程砚秋与果素瑛两个人都是十九岁，欢欢喜喜地拜堂成亲。旧时代的婚姻是媒妁之言，父母包办，结婚之前，程砚秋与果素瑛竟然没有见过面。当时程砚秋还是个名不见经传的小演员，结婚之后，两人情投意合，一个在台上，一个在台下，开始了艰苦创业的历程。程砚

梅兰芳亲笔作画，祝贺徒弟程砚秋新婚之喜。程家后人供图

秋从小演员做起、从小角色演起，慢慢地被观众认可，逐渐声名鹊起，直到步入四大名旦之列，创造出了举世闻名的程派艺术。

程砚秋生活严谨，一生只有果素瑛一位夫人，两个人相亲相爱，甘苦与共。成名之后，为避免闲言，程砚秋甚至给自己定下了不收女学生的规矩。果素瑛生有三男一女，长子程永光、次子程永源、幼子程永江、女儿程慧贞。程砚秋虽然不是梨园世家出身，但是从小演戏，深知学戏、唱戏、演戏的不易，因此绝对不许自己的子女再唱戏，程砚秋也是四大名旦中唯一没有让自己的子女承袭父业的。

程砚秋成名之后，曾经住在东单牌楼东面的西观音寺街34号的宅院里，他1932年1月14日启程赴欧考察，就是从这所宅院里出发的，程夫人果素瑛拉着幼小的长子程永光为程先生送行。送行的还有梅兰芳和各界人士数百人，北京前门的老火车站彩旗招展，百姓围观，十分隆重。

程砚秋经西伯利亚铁路到欧洲，访问了德国、法国、英国、意大利、比利时和瑞士六国，历时一年多。程砚秋说："此行真是大开眼界，美不胜收。此番回国，我一定要尽心尽力把京剧改革一番，吸收西方舞台的精华，此志不变。"程砚秋旅欧期间，程夫人果素瑛在北京的家里照顾老人，抚养子女，还要管理剧团里的各种杂事。程砚秋于1933年4月7日返回北京后，也是住在西观音寺34号。

程砚秋先生住的这所宅院，位于现在的长安街东单路口东面。当年长安街很窄，也很短，只通到东单牌楼就止住了，再往东就是一片平房。这座老宅因为扩建长安街而拆毁，现在如果我们乘车在长安街上从东向西往天安门方向开，快到东单路口时停下车来，车下面就是西观音寺34号的旧址了。

我之所以对这处宅院十分熟悉，是因为小时候与爸爸妈妈就住在西观音寺34号，也就是程砚秋先生一家原来住过的地方。这个院子分南北两个院落，各有大门通向西观音寺和栖凤楼两条胡同，也可能之前两个院子是隔开的。我的父亲吴祖光在他的回忆录中有文字介绍过当年这所住宅："那时候演员戴浩与虞静子夫妇在东单西观音寺34号（后门是栖凤楼61号）租了一所老式的大洋房，进门是一排六间平房，相连一栋宽大的楼房，分租一间楼房给盛家伦，楼下一大间住的是音乐家邬析零全家，另外还有一个跨院的两间平房由黄苗子和郁风租住。我则租住了进门六间一排的平房。"

我小的时候，我们一家三口人就租住在一进大门前院东边的六间平房里，后院有一栋二层小楼。照看我的保姆秀贞住在后院的小屋里，从后院的后门出去就是栖凤楼胡同。秀贞阿姨经常抱着我从后门出去买菜，因为从这个后门出去离王府井更近一些。栖凤楼因为有一个"凤"字，与我母亲新凤霞名字暗合，所以我们习惯称栖凤楼，以至于一些来访的客人经常埋怨："你们家又是西观音寺又是栖凤楼的，怎么这么麻烦？"

近日蒙程砚秋先生的孙子程受琦先生提供程砚秋先生访欧洲归来后在东单西观音寺34号拍摄的几张照片，对照我小时候的照片看，砖墙、台阶和门窗都很相像，尤其是从房顶上通到地上的下水管道都是方形的，而北京的下水管一般是圆形的。无论从地址还是照片上看，说明我们与程砚秋先生竟然住的是同一处房子。不过，我们两家住在这里的时间相隔了二十年，变化很大，我们住的时候，从照片上看得出来，台阶两旁的石栏已经拆除，房门也往前面移动过了。这所房子的前面院子里只有我们住的六间房，院中有一棵大槐树，遮住了房中西晒的日光。当年程砚秋先生就是在这个院子里的大树下练功、跑圆场的。

我家住在西观音寺的时候，程砚秋先生一家早已在二十年前就搬到了东四的什锦花园胡同6号，后来又搬到西四报子胡同18号（现改名为西四北三条39号）的三进大四合院，程砚秋先生在这里逝世，程家后人一直住到现在。不过，搬家后的程砚秋还是经常到西观音寺34号来，找我们后院的盛家伦研究音乐和唱腔。盛家伦是一位学贯中西的音乐家，早年因演唱过电影《夜半歌声》的主题歌而出名。我小时候朦胧记事时对这位会吹口哨的叔叔印象很深，男孩子对吹口哨总是很向往的。后来知道，盛家伦叔叔的音乐创作大多是先用口哨吹出旋律来再记谱子，程砚

程砚秋访欧回国后，在西观音寺34号房门前与家人合影。前排左起：程永光、程永源、程慧贞，后排左起：程砚秋、程永江、程砚秋母亲托氏、果素瑛。程受琦供稿

程砚秋在西观音寺34号房门前与程永光、程永源合影。几个月后，程砚秋亲自送程永光前往瑞士留学。程受琦供稿

新凤霞与家人和同事在西观音寺34号房门前合影。左起：吴钢、新凤霞的母亲李玉珍、新凤霞、新凤霞的妹妹杨玉敏。吴祖光摄

吴钢儿时与家人在西观音寺34号房前的大槐树下合影，这就是程砚秋先生家住过的院子。左起：吴祖康（作者的二叔）、吴祖强（六叔）、杨秀敏（三姨）、袁玲（二婶）、吴钢、吴祖光、新凤霞、杨玉敏（五姨）、吴冬（四姑）。吴钢供稿

秋创造的程腔程韵，也从盛家伦处获益良多。

我的父亲吴祖光为程砚秋拍摄电影《荒山泪》之前，买下了王府井马家庙胡同9号的四合院，我们才退掉了西观音寺的房子搬到王府井居住。程砚秋先生时常到我们的四合院来商量拍电影的事情，有时留在家里吃便饭，有时就到饭馆里去。父亲平时不喝酒，但陪着爱喝酒的程先生总是会喝上几口。父亲曾回忆与程砚秋先生的交往："唱了一辈子旦角的程砚秋却有着典型的男子汉大丈夫的气派，这也表现在他日常生活和嗜好方面。譬如说他抽烟抽的是粗大的烈性雪茄烟，有一次我抽了一口，呛得我半晌说不出话来。喝的也是烈性的白酒，而且酒量很大，饮必豪饮。我劝他，抽这样的烟，喝这样的酒会坏嗓子，应该戒掉。他淡然一笑，说：'嗓子不好的，不抽烟不喝酒也好不了；嗓子好的，抽烟喝酒也坏不了。'"

父亲对程砚秋先生的评价是："程砚秋先生资质颖异坦率天真，虽年事已高，却富有青春气息，使我终生难忘。"

从1932年到1933年，程砚秋在欧洲访问了一年多的时间，最后一站是瑞士，他曾经到瑞士的国际学校讲课，历时一个多月，他看到学校里有日本、韩国、印度等亚洲国家的学生，唯独没有一名中国学生。程砚秋感受祖国在教育上的落后状况，于是对正在巴黎考察的中国政府负责教育的李石曾先生提出建议：由他本人回国义演筹集学费，资助中国学生到国际学校上学。

程先生从欧洲回国后，积极筹措到了资助中国孩子留学欧洲的经费，除了资助一些工人子弟上学外，他还决定送自己的长子程永光与这些孩子一起到瑞士留学。当年程永光只有九岁，从上面的照片上看，身高只到程砚秋先生的腰部。程永光从小在家里娇生惯养，父母疼爱，仆佣环绕，此时却要离开父母和这一切优厚的条件，行程万里，到一个举目无亲的地方独立生活，孩子是如此幼小，身子骨又单薄，父母如何舍得？程砚秋夫妻依然下此决断，主要原因是程砚秋游历欧洲之后，感受到西方的发达与进

程砚秋在瑞士国际学校参观时与非洲孩子在一起。程受琛供稿

步，希望儿子能够接受西方的教育，长大之后报效祖国。而且也希望长子永光能够为弟妹做出表率，学习西方的先进科技，远离戏曲这个行业。

1934年6月1日，程砚秋到上海，亲自送九岁的程永光赴瑞士读书。程永光离开了富裕的生活，离开了程门长子的光环，只身前往一个遥远的陌生国度。程夫人果素瑛拉着儿子的手不忍放松，心如刀绞。

程永光在瑞士国际学校上学，生活和学习上遇到的困难是可想而知的。学校有一本校志上记载，程永光念书时候的名字是TECHNG-YUNG-KUANG。也记载着学校里来了一批中国学生，他们遇到的最大困难当然是语言，其次是饮食的习惯。不过，程永光很快就克服了这些困难，学习成绩优异。后来因为战乱等原因，其他人都没有能够读下去，只有程永光一个人升入了大学。程永光在学习期间，结识了法国女同学嘉科琳娜（Jacqueline），两个人后来相爱结婚。嘉科琳娜的父亲是一位法国北方的矿工，性格豪爽，与他的中国亲家翁程砚秋性格相似，喜欢喝大酒，曾经在一次法国矿工们喝啤酒比赛中豪饮而拿到了第一名。程永光与这位会喝酒的矿工的女儿婚后生下了四位子女，取名：受璋、受琨、受琛、受珈，他们都长期在法国生活，与法国人结婚，二子受琨现已去世。

程永光晚年在巴黎定居，后来在巴黎逝世。我与程永光先生的长孙，也就是程砚秋先生的长房长曾孙、程受璋

程永光在瑞士国际学校的实验室里做试验。程受琛供稿

程永光与夫人嘉科琳娜在瑞士。程受琛供稿

先生的长子程嘉庆比较熟识，因为他与我在巴黎住在同一栋楼房中，我住在六层，他住在三层。世上竟然有如此巧合的事情，感叹世界之小。前面介绍过，几十年前，我小时候曾经住在程砚秋先生一家、包括程先生的长子程永光住过的北京老房子里；几十年后，我又与程永光先生的长孙住在巴黎的同一栋楼房里。

不过，嘉庆已经是第二代中法混血的孩子了，不会说中文，对京剧的认识几乎是零。2016年，在我们组织的第七届巴黎中国传统戏曲节期间，我带他去看了程砚秋先生的名剧《锁麟囊》，是由中国京剧院程派传人李海燕饰演薛湘灵。我安排嘉庆和我坐在第一排当中的位置上，他是第一次看京剧，看得非常认真，通过法文字幕完全看懂了剧情。演出后，我带他上台，见到了主演李海燕。程砚秋先生生前最看重的戏就是《锁麟囊》，此次在巴黎上演全本《锁麟囊》，又有他的长房长曾孙来现场看戏，程砚秋先生九泉有知，一定会十分欣慰。不过，程先生与程夫人也绝对想不到，在法国有这么一个面目全非的曾孙子。

前面介绍了程砚秋在法国的后代的状况，主要是这方面报道不多，我因为在法国工作生活多年，与他们经常往来。还是回过头来继续说程夫人的事情。

程砚秋先生曾经有一次在上海演出，因为演职人员众多，开销太大，经济上遇到一些问题。住在上海的梅大奶奶福芝芳得知了此事，非常关心，想要帮衬一下。于是梅大奶

2016年，程嘉庆（左）在观看完《锁麟囊》的演出后，上台与李海燕会面。©吴钢摄影

奶吩咐家里人："把老四媳妇叫来，大家一起商量商量。"这里要解释一下，因为当年程砚秋正式拜过梅兰芳，戏曲界有"师徒如父子"的说法，师傅就把徒弟当作自己家里人，与自己的子女同样看待，因此梅兰芳和夫人私下里都叫程砚秋"老四"（程砚秋兄弟四人，在家里排行第四），公开场合则要"绷"着点儿，称程砚秋为"砚秋"。

程夫人果素瑛来到马斯南路梅家，梅大奶奶热情招待，说了很多老话老事儿，然后对果素瑛说："老四来上海演出，和大爷也没有说上话。好不容易来了，不如让剧团先回去，你们俩就多住几天吧。"说着就把钱递到了果素瑛手里。因为梅兰芳与程砚秋有师徒的情分，梅大奶奶福芝芳与程夫人果素瑛又是从小一起玩着长大的"闺蜜"，再说剧团这么多人也都惦记着早点儿回北京，果素瑛也就没有推辞，接下了这笔钱。从梅宅回到剧团驻地，果素瑛安排剧团的人都高高兴兴地回了北京。

这件事情是由两位夫人出面安排，梅兰芳和程砚秋都没有插手。梅大奶奶之后也再没有提这件事。程夫人回到北京后，拿出两根金条，买了一套上好的法国柚木家具送给梅大奶奶。梅大奶奶十分珍惜，一直把这套家具放在自己的卧室里面。现在这套家具还完好地保存在梅宅，也成为福芝芳、果素瑛老姐妹俩一辈子友谊的见证。

程夫人果素瑛虽然不唱戏，但是一张嘴就是最正宗的程派唱腔。为程砚秋的事业，她默默地承担了许多剧团的后勤服务工作。我的父亲吴祖光在北京电影制片厂拍摄程砚秋的舞台艺术片《荒山泪》期间，录音工作十分复杂，一段唱有时需要十几遍才能完成，经常加班，父亲曾著文描述过这段录音工作："第二天，当大家工作到晚上十点多钟的时候，突然看见程剧团的两位同志挑着两副担子，一共四个大圆笼的食品盒来到录音室，放下挑子，打开圆笼，原来是四笼精致的还冒着热气的消夜点心。程先生殷勤地劝大家吃夜餐，使大家都窘住了。我告诉程先生说厂里食堂每晚都为大家准备夜餐，不能接受这样的款待，但是看见程先生显得因此而不高兴了，大家终于接受了程先生的盛情。"

程砚秋先生拍电影的时候年事已高，且拍摄工作繁重复杂，这些送餐服务等辅助工作自然是程夫人来完成的。

电影拍摄完成之后，程砚秋与夫人邀请全体剧组人员和家属到颐和园游园，并且在听鹂馆宴请大家。这也都是由程夫人在幕后安排，剧组的人们称她是"后勤部长"。在那个供应紧张的年代，以工资为收入的程砚秋宴请这么多剧组成员，也是一件十分破费的事情。我与程家后人仔细核对过这张合影照片，程夫人并没有安排自己的儿女参加宴请，只有程夫人身前的小女孩，是她的外孙女程受珍。程砚秋夫妇有三子一女，女儿是程慧贞，程受珍是程慧贞的独生女儿，是程夫人带大的，因为幼小，所以带在了身边。程砚秋先生不让自己的子女们参加这样的聚会，

程砚秋主演的电影《荒山泪》拍摄现场，左二为导演吴祖光。吴钢供稿

1956年，《荒山泪》剧组在颐和园听鹂馆。后排左起第十一人是程砚秋，第十二人是果素瑛，第十五人是吴祖光，果素瑛下方是她的外孙女程受珍。吴钢供稿

还有一个原因，就是程砚秋不准自己的子女们学戏，因此也不准他们接触戏曲界的人。

电影《荒山泪》拍摄完成两年之后，程砚秋先生于1958年逝世，果素瑛带着孩子们依旧住在西四报子胡同的三进四合院里。“文革”期间，许多戏曲界艺术家都被造反派从原来住的大房子里赶出来，当年有一句口号是“扫地出门”，而程砚秋先生住过的老宅却完整保留了下来，一直到现在，程砚秋先生的后人还是住在里面。这是什么原因呢？因为有两位大人物起了作用。

一位就是周恩来总理。周总理是位程派戏迷，他曾经对我父亲说：“在延安的时候，我们对京剧的爱好也有两派，梅派和程派。”我父亲问总理他自己是哪一派？总理很认真地回答说：“我是程派。”正是因为周总理对程派的热爱，1949年刚刚解放后，周总理曾经亲自到西四报子胡同拜访程砚秋先生。不想程先生当时出门理发不在家，家里只有夫人果素瑛与程砚秋的弟子王吟秋。王吟秋开门一看，来的几个人穿着干部服，以为是政府来借房子的，也没有让来人进屋。周总理亲笔给程砚秋先生留下了字条。

关于周总理的这个字条，有两种不同的说法，据王吟秋回忆是“砚秋先生：来访未晤，适公外出，甚憾。此致敬礼。周恩来”。而据后来见过这张字条的中国戏曲研究院评论家齐建昌回忆，留字是“砚秋先生：特来拜访，值公出，不便留候驾归为歉。周恩来 六月廿三”。

关于字条的两个版本，王吟秋是亲手接过字条的人，而齐建昌是在中国戏曲研究院党委办公室工作时，在程砚秋的入党档案中见到过这个字条，而且强调自己当年二十几岁，牢记下了字条上的每一个字。这两种说法到底哪一个对？承蒙程砚秋先生的后人给了我这个字条的复印件，证明了齐建昌的说法是准确的。周总理亲笔，历历在目。

程砚秋理发归来，看到周恩来留下的字条后，深为总理的礼贤下士所感动，埋怨徒弟王吟秋慢待了总理。不过后来周总理与程砚秋见面，两个人成了好朋友。周总理多次关心过程砚秋的电影《荒山泪》的拍摄。程砚秋去世后，周总理与邓颖超曾在家里宴请程夫人果素瑛和程派传人赵荣琛等。“文革”开始后，周总理指示对程砚秋的家

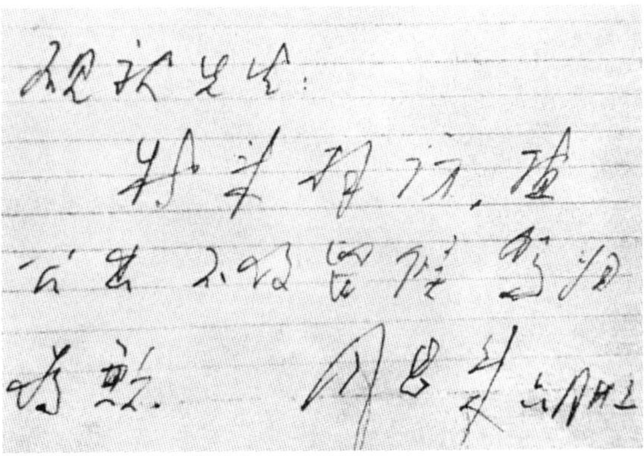

1949年，周总理拜访程砚秋先生时的留条。

属要加以保护。

另一位对程砚秋的家人给予间接保护的就是江青。“文革”开始后，江青是革命领导小组的负责人，一天晚上，她与姚文元在钓鱼台看了舞台艺术片《荒山泪》，深为程砚秋的演唱和表演所感动，马上指示下面人打听程家人的情况和住址，并决定立刻去程宅探望程砚秋夫人。此时已近深夜，江青是独断专行的性格，也不管对方是不是已经睡下休息，上了汽车就往西四报子胡同开去，总算摸着黑找到了程宅，已经是夜里一点钟了。敲开程家大门，程夫人果素瑛从床上爬起来，朦胧中看到是“大人物”江青和姚文元，吓了一跳。江青连忙安慰说是刚刚看了《荒山泪》的电影，很欣赏程砚秋的表演，希望能看一下程砚秋的演出剧照。果素瑛这才定下心来，赶忙找出程砚秋早年的剧照，江青与姚文元仔细看过后，又说了一会儿话，才离开了程宅。第二天，消息传出，街道领导和造反派们都知道了，从此不敢为难程家。

江青年轻时曾经学过戏剧，也唱过京戏，她欣赏程派艺术，并亲自登门拜访程夫人，对程家人和程宅的保护起到了间接的作用。从这里也可以看出，程派艺术的魅力真是遍及社会各个阶层，无所而不在。

1983年，有关单位举办纪念程砚秋逝世二十五周年演出，我当年所在的单位《中国戏剧》杂志社是主办方之一。经过主办方与程派专家和程夫人果素瑛商定，由程派

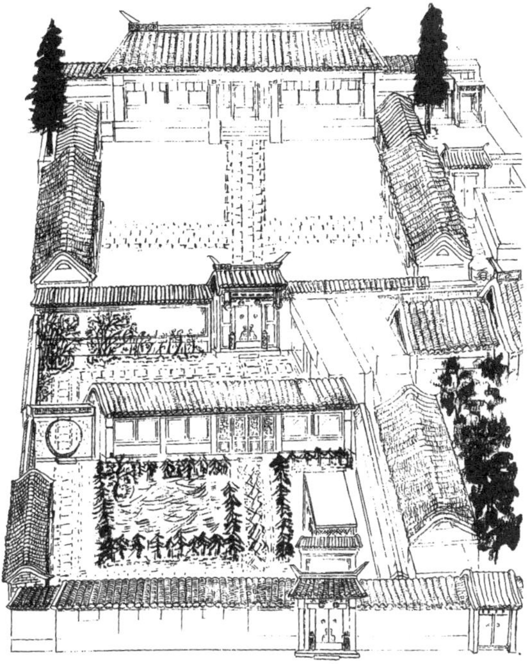

程砚秋先生的故居西四报子胡同18号（现在改名为西四北三条39号），三进四合院俯瞰图。程永江绘图

第二代传人合作演出一场《锁麟囊》。《锁麟囊》是程砚秋先生最为成功的一出戏，也最受观众欢迎，但这出戏解放后就被禁演，程砚秋先生临去世时还在惦记着这出戏的复出，可以说这是程派的代表剧目。

这场《锁麟囊》的演出方法不同以往，计划由多位程派弟子合作演出，分别在剧中扮演女主角薛湘灵。

按照之前举办的名人纪念活动的惯例，演出的日程、戏码、演员搭配等等，需要尊重家属的意见。程砚秋先生的传人不少，都是从旧社会过来的，徒弟之间难免有些磕磕绊绊，遇到如此重要的演出，也都是各有各的想法，各有各的心思。既然是合演《锁麟囊》，由哪几位来出演？谁排名在前面？谁排名在后面？谁演先、谁演中、谁演后？唱段和表现的机会有多少？乐队用谁的……尽管争议很多，但最终拿主意的是程夫人果素瑛。每有矛盾之处，争论起来，程夫人一句："我还活着呢！"大家也就不言语了。

这场合作演出影响巨大，其他人的问题还容易摆平，最难办的是如何安排江苏的程派演员新艳秋。多少年来，新艳秋以演出程派戏而著称，但她从来没有拜过程砚秋，程砚秋也从来没有教过她。或者说新艳秋的程派戏是她"偷学"过来的，"偷学"过来就演，演得还有模有样，观众也承认她就是程派演员。新艳秋还曾与程砚秋唱过对台戏，在同一个城市、同一个晚上，在两个剧场唱同一出戏，程砚秋对此非常不满。新艳秋趁着程砚秋先生访问欧

1983年，程夫人果素瑛（右）与新艳秋。©吴钢摄影

洲的机会，把程砚秋的几位主要合作伙伴挖到自己的剧团中，大演程派剧目。程砚秋先生回国后，恢复演戏遇到了困难，需要重新组班子。后来新艳秋回忆此事也说：“对不起程先生。”

正是以上原因，这次纪念演出，很多人对新艳秋提出异议，但程夫人虚怀若谷，本着程派大团结精神，尽弃前嫌，邀请新艳秋来京参加盛会。程夫人一言九鼎，力排众议，如此令新艳秋十分感动。新艳秋是过来之人，深知果素瑛与程砚秋结婚后就一起携手创业，是从最苦难的时候相帮着走过来的，程砚秋的艺术成就和程腔程韵的流行，也有程夫人的一半功劳，而且程夫人最知道什么人帮过程先生、什么人“阴”（戏曲界指“暗算”的意思）过程先生、什么人“刨”（暗地里挖人、挖活儿、拆台等，戏曲界谓之“刨”）过程先生了。通过这次纪念活动，新艳秋得到了与程派弟子共同怀念程砚秋先生的机会，她对程夫人分外感激，这份感激之情也是发自内心的。

1983年3月16日，在北京人民剧场演出程派名剧《锁麟囊》，演出圆满而且轰动，多年过去了，这次五人合演的《锁麟囊》被称为“五老”《锁麟囊》，也被誉为程砚秋之后最为经典的《锁麟囊》演出，程夫人果素瑛功不可没。

对这次盛大的演出，我有幸拍摄了台前台后的纪念活动和演出盛况。

这次纪念演出非常成功，是程派艺术的一次大展示，也是程派传人的一次大聚会，我也拍摄了一张大合影。这张合影十分难得，程夫人在前排当中落座，众位程派弟子围绕在程夫人周围，或者说这是一张程派演员们的家庭照、全家福。前排就座者除了程砚秋夫人和五位《锁麟囊》的演员，还有荀慧生先生的长子荀令香。1932年1月1日，程砚秋在北京丰泽园饭庄首次开山门，十一岁的荀令香拜程砚秋为师，这是程砚秋第一次收徒弟。也就在这一天，程砚秋登报宣布，将自己的名字程艳秋改为程砚秋。

四大名旦的夫人们之间，关系都非常好。我曾经拍摄过一张程砚秋夫人果素瑛与尚小云夫人王蕊芳、荀慧生夫人张玮君的合影，这是为尚小云先生平反昭雪后，1980年

1983年纪念程砚秋逝世二十五周年的大合影。前排居中者为果素瑛，前排左起：林玉梅、吕东明、李蔷华、荀令香、赵荣琛、果素瑛、俞振飞、新艳秋、王吟秋、李世济、江新蓉。第二排左一为钟荣、左二为张志云、左五为李文敏、左七为张曼玲、左八为涂沛、左九为王凤莲、左十为王英兰。后排右起为戟长玲、迟小秋、陈庆芳、张丽丽、刘桂娟、王学勤、陈琪。©吴钢摄影

1983年，纪念程砚秋逝世二十五周年演出《锁麟囊》，“选女”一折中，薛湘灵由李蔷华饰演。©吴钢摄影

《锁麟囊》“春秋亭”一折中，薛湘灵由李世济饰演，饰演梅香的是赵丽秋。©吴钢摄影

《锁麟囊》“遇水”一折中，薛湘灵由赵荣琛饰演。图中饰演周大器的是唐小皓，饰演梅香的是赵丽秋。©吴钢摄影

《锁麟囊》“三让椅”一折中，薛湘灵由王吟秋饰演。©吴钢摄影

《锁麟囊》“团圆”一折中，薛湘灵由新艳秋饰演。©吴钢摄影

1980年10月，荀慧生夫人张玮君（左）、程砚秋夫人果素瑛（中）、尚小云夫人王蕊芳（右）出席尚小云先生追悼大会。©吴钢摄影

10月在北京举办的尚小云先生追悼大会上拍摄的，可惜梅兰芳夫人福芝芳在几个月前去世，否则一定会来参加的。本应是四位夫人的合影中缺少了一位，甚为遗憾。

由于我的父亲吴祖光拍摄过《梅兰芳的舞台艺术》和程砚秋《荒山泪》两部影片，与梅程两家结下情谊，与梅兰芳先生多年的秘书许姬传和程砚秋先生的编剧翁偶虹也是多年好友。我做戏曲摄影记者四十余年，与许姬传和翁偶虹两位先生是忘年之交，拍摄了两位老人家不少照片，也了解到很多梅程两家的事情。

我与梅程两家的后人来往密切，按照戏班的说法是“父一辈子一辈”，因此也熟知梅程两家的故事。我每次

2019年，程家后人程受琦（左）、本文作者吴钢（中）、梅家后人范梅强（右）合影。陈仲元摄

从巴黎回到北京，有时间就会与范梅强、程受琦相聚。梅兰芳先生唯一的女儿是梅葆玥，范梅强是梅葆玥女士的公子、梅兰芳先生的外孙，也是梅家第三代中唯一的专业戏曲演员，工余派老生，喜爱摄影。程砚秋先生唯一在世的儿子是程永源，程受琦是程永源先生的公子、程砚秋先生的孙子，职业摄影师。我们每次聚会，谈得比较多的是摄影，也说一些戏曲界的老人老事。我将多年前拍摄的这些照片，配合文字来纪念梅程两位夫人，也感谢范梅强、程受琦二位贤弟的支持与帮助。

最后一课

何雨珈

“时间记得，故事未完，生活循环往复。”

2020年8月下旬，何伟（Peter Hessler）在武汉采访，而他远在成都家中的双胞胎女儿，娜塔莎（Natasha）和阿里尔（Ariel），在住家附近府河边的草丛中发现了一只大概一个月大的奶牛猫，把它抱回家并取名“Ulysses”，尤利西斯——她们认为这只小猫一定环游过世界。

到2021年中，尤利西斯已经一岁了（两个女孩将6月26日定为它的生日），即将开始猫生的第一次远游。7月4日，它将飞往美国科罗拉多，等待着它的，是广袤的高原草场和一座看上去布满大窗户、十分舒适的别墅。

但新生活的前景也不尽然美好，别墅里早就住了一只霸气的埃及豹猫，名唤穆尔西（Morsi）。这位“主子”即便是慵懒地趴在柜子上，眼神里也透着凌厉，一副颇不好惹的样子。他是何伟一家在埃及生活的五年中领养的一只猫儿，算来比尤利西斯年长近十岁，根据观察，气场也强出不少。

何伟特地为他写过一篇文章，《家猫名唤穆尔西》（*Morsi the Cat*），发表在2018年5月7日的《纽约客》上。

2021年7月1日，何伟在四川大学上的最后一堂“新闻与纪实文学导论”（Introduction to Journalism and Non-fiction），与学生们讨论的文章正是这篇。

他们养穆尔西，是因为两个女儿接连被老鼠咬伤，而穆尔西一入家门便战绩斐然，咬断了两只老鼠的头，从此这些烦人的啮齿动物就在他们家中绝迹了。但穆尔西的凶猛对鼠也对人，把当时只有两三岁的娜塔莎和阿里尔也抓出了血，还把女主人莱斯利（Leslie，张彤禾）抓得去打了疫苗。

等一家人结束埃及生活回到科罗拉多后，穆尔西神威不减，在高原上继续制造着无头鼠尸案。

何伟问学生们：“你们觉得两只猫见面以后会怎么样？”又自问自答，“穆尔西会整死尤利西斯的。反正她们是在我不在的时候捡的这只猫，不关我的事。”

这是他的又一个冷笑话，语气严肃，表情认真，不了解他的人会一时反应不过来。我倒是熟悉了他的套路。之前他跟一个朋友见面，对方问尤利西斯还好吗，他面无表情地说：“那个猫得了癌症，我们只能淹死它。”在场的两个女儿也很聪明地配合，装出一副忧伤的表情。当时的尤利西斯应该正在他家高层的阳台上上蹿下跳呢。

有一次我帮一个读者找他签书，说这位读者专门要求他写一句赠言，他一挑眉毛问我："什么赠言，'我爱你'？"彼时我已经对这样的玩笑波澜不惊："不是的，读者希望你祝她早日找到男朋友。"

这种冷幽默时刻总让人在恍惚间重回他的作品。《江城》（*River Town*）里写到当地的空气污染，他擤鼻涕时纸巾上总会有一团"黑色油腻腻"的东西，后来他的解决方案是"擤过鼻涕之后不再去看纸巾了"。

无论从字面意义还是内在含义上，这都是"黑色幽默"。这样的幽默在他的作品中俯拾皆是，课堂上也是一样，两个半小时左右的课程不时响起学生的欢笑。

他讲在埃及住的公寓条件很差，时常断水断电，就展示了一张黑灯瞎火的照片，模模糊糊的能看到一张桌子，碟子和水杯，小小的双胞胎对坐着，各自头上戴了个电筒，像煤矿工人。"我们在吃晚饭呢。"何伟说，又指着照片一片漆黑的远端，"莱斯利坐在这里，你们看不到吧？她可美了。"

相比之下，一家四口在成都这两年，住的地方可谓"豪宅"：市中心地段，距离太古里春熙路不过两站地铁；小区严格地分了出口和入口，没有业主卡的访客需要登记自己的姓名、电话、身份证号、来访理由，还要打电话给住户确认方可进入。位于高层的公寓是宽敞的三室两厅，还有连通客厅与一个卧室的大露台，晴朗的夜晚凉风习习，可以眺望府河边星星点点的灯火。何伟喝啤酒，妻子莱斯利喝红酒，两个女儿喝牛奶，四人干杯，成都的小夜晚美滋滋的。

有读者早就猜出了他住在哪儿。2020年3月23日，他在《纽约客》上发表文章《封城生活》（*Life on Lockdown in China*），虽然没有写住所的具体位置，却详细描述了小区的周边、设施、管理，甚至写出了自家房号1901。有人在社交网络上找到我，说："我知道他住在哪儿了哦。"我转述给他，问："你不怕疯狂粉丝找上门来呀？"

"早就有人在我跑步的时候拦住我打招呼了。I don't care."

他和同为纪实作者的莱斯利一同赞叹中国读者的热情，说在美国根本不会有这么多人找他们签名，认真读他们的书，还能如数家珍地把书中细节一一罗列。由于希望在中国长期做深度报道，总接到各种活动邀约的两人尽量保持低调，不怎么接受采访，也尽量不参加大型活动。也因此，他们总是非常认真地对待读者私底下的签名要求。有的读者要求在上款与签名之外，还要写一大段赠言，何伟就让我截好图，放大，一笔一画地认真抄写。他幼稚的中文笔迹和那些严肃的话凑在一起，很有反差萌。一位读者留了纸条，说赠言请他"内容自拟，形式不限"。他老老实实地写道，"To ×××，内容自拟，形式不限。何伟"。

他写的书比莱斯利多，签名的任务自然也重一些。他的冷幽默对妻子同样毫不留情：“这种时候莱斯利总是很嫉妒我的。”此时莱斯利就笑吟吟地看着他，一脸的习以为常。

还有读者在外地见到他，拿出莱斯利的作品《打工女孩》（*Factory Girls*）让他签名，他一边说“太讨厌了，这样搞得我像专制父权大家长”，一边大笔一挥，“扛工女孩，扛工快乐！作者的老公”。“扛”字也不知道是故意写错，还是书写不好造成的错别字。

《寻路中国》英文版*Country Driving: A Chinese Road Trip*的扉页，低调而深情地写着“for Leslie”。他对妻女的爱和冷幽默一样，通过看似轻描淡写的方式表现出来，却会正中红心地戳到看懂的人。

课堂上讲的这篇《家猫名唤穆尔西》，故事围绕猫咪展开，大背景是“阿拉伯之春”时期的埃及，发表在《纽约客》上时，原标题叫《开罗：一种爱情故事》（*Cairo: A Type of Love Story*）。莱斯利贯穿始终：和他出身背景不同，却有着“某种相似的不安分”；一起制订人生计划，去一个有悠久历史和丰富语言的地方；一起养育孩子；因为埃及的政策，并不看重一纸婚书的夫妻俩在上飞机的前一天去县法院做了登记，仪式开始前莱斯利还抓紧时间到楼上交了最后一个超速罚款。

我从字里行间读到一种欣赏：我老婆清醒果断，独立自主。结婚时去交个交通罚款这种事，莱斯利做得出来。在成都的这两年，何伟教学和写作都没落下，经常要去别的城市采访。莱斯利则主要在完成关于埃及的写作，一边照顾两个上公立小学的女儿。我每次见到她，总觉得莱斯利就像我小时候想象的花木兰：典型的华裔长相，长发披肩，椭圆的柔和脸盘，一双丹凤眼自带坚毅。我们饭后聊天时，她笑得像成都的春风，亲切温暖，转眼又能用很坚定的语气对正玩得开心的两个女孩子说："时间到了，马上睡觉。说晚安。"如果第二天要上学，孩子们的睡觉时间是晚上八点，雷打不动。

莱斯利还会在席间要求她们把嘴里的东西吃完再说话，不要站起来夹菜。如果是吃我做的菜，孩子们会在吃完后来到我身边，郑重其事地看着我的眼睛，用清晰的中文说："谢谢你，雨珈阿姨，非常好吃。"这样的礼节我领教过多回，依然会每次都有些许震惊，顿一下才能回答"不用谢，不用谢"。

川大英语系学生Serena说，有一次她去找何伟请教问题，他解答完之后，突然换上少见的感慨语气说："无论你写多少文章，取得多么大的成就，到头来还是妻女家庭最重要。"

这么"肉麻"的抒情他在我面前不曾有过，但好丈夫、好爸爸的特质显露出不少蛛丝马迹。他曾经因为疫情隔离政策而放弃重要的外地采访，"如果编辑因此不满，那也没办法。我不能隔离。这样莱斯利太难了。我必须得赶回来送两个孩子去上学”。莱斯利一喊孩子们睡觉，何伟也必定帮腔，严肃地要求她们听妈妈的话。

在公共场合，娜塔莎和阿里尔漂亮的长发总是梳成两根工整漂亮的辫子，在背后得意地甩来甩去。我有一次想当然地问她们：“妈妈给你们梳头发费了不少时间吧？”她们瞪大眼睛：“你说什么呢，妈妈不会梳头，都是爸爸给我们梳辫子的！”

已经十一岁的她们无疑明白自己拥有一对非凡的父母。她们为Peter Hessler和Leslie Hessler写过一个档案：“他们做过什么：所有的事情。他们没做过什么：没有没做过的。”她们看过父母写的所有书，也有各自最喜欢的《纽约客》作家和漫画家。

常与这家人见面的朋友会戏称“龙王的女儿会凫水”，因为孩子们无论什么场合，总捧着一本书在忘情阅读。我最初和她们见面，两个九岁的小孩儿就跟我聊《第二十二条军规》，那是我大学时才看的书。最近她们在系统阅读村上春树的英文版著作。有时候一起吃着饭，她们会请我开个头，然后开心地背诵起学校里学的古诗词。一次她们把我拉进房间说一起玩，我还在担心怎么陪这个年龄的小孩子玩耍，她们却用发音语调都标准过何伟双倍的普通话说：“雨珈，你从书架上选一本书，我们一起看书玩儿吧。”我从书架上抽了一本英文版的《红楼梦》，她们跳起来欢呼道：“这本书很好看！”

一次跟我讨论完写作后，何伟突然化身炫娃狂魔：“她们很厉害的，还不到十岁，已经读完了《战争与和平》。她们已经能用中文写文章了，写得很好。如果她们愿意的话，会成为很好的作家。”等到了女儿们面前，老父亲又藏起这份骄傲，开起玩笑，“你们以后能做服务员就不错了，是不是啊？”转头又告诉我们，“我和莱斯利都没有买保险，因为要是一个人死了，另一个就能根据这个写一本书，能赚钱的。要是我们同时死了，两个孩子也能写，还是没问题的。”

孩子们在我家玩Switch，何伟在旁边忙着录像，笑得脸上褶子一道一道地凸显出来。前不久她们在家里扮演僵尸，何伟边拍照片边说：“除了你们是鬼，家里还有个鬼。你们知道是谁吗？”

我已经很熟悉他的套路，静静地看着他不说话。

何伟大喊一声，亮出双爪：“还有我这个洋鬼子！”

提起离开成都，何伟最为莱斯利遗憾。“这两年发生了太多事情”，他说自己采访、报道和搜集到的内容，足以写一本书了，但莱斯利才刚刚写完关于埃及的书，本来是打算用剩下的三年去好好探索成都和整个中国，发掘新的素材，续写之前的故事，比如探访《打工女孩》中的故友，如今计划不得不中断，“她牺牲太大了”。

但就像他在这篇“家猫”中所写，“老计划总是赶不上变化，但新计划也很容易制订……专注去做那些能控制的小事”，在得知无法续签工作签证因此只能举家暂时搬回美国后，夫妻俩非常冷静且分工明确地安排好了大事小情。莱斯利趁着何伟没课的时候去了东莞，寻回了《打工女孩》中的好些旧人（其中一个女孩现在俨然登上了人生巅峰，拥有一辆保时捷和一辆奔驰）。

而何伟则平静地来上这最后一课，从晚上六点半上到九点。

学院的选修课，大一到大四的学生都有。有些桌上摆着他的书，目不转睛；有些之前就上过这门课，今日是特地前来，也有学生忙着做别科的作业，还有个学生打开教室里配的电脑，先是在线打麻将，然后玩纸牌。

何伟爱这份教学工作，《江城》中涪陵的欢乐教学时光延续到了成都的课堂上，他谈起学生总是赞赏的态度：“他们很聪明，很优秀，做了很多有趣的调查。”

前文提到的Serena，本来的梦想是写小说（就像何伟在某本书中提到的自己），2020年先旁听了何伟的这门课，再通过申请正式选修，如今，她已经被保送了复旦国际新闻系的研究生。Serena说：“看到他就觉得自己想成为他。他鼓励我往专业方向发展，这对我很重要。”

这个眉清目秀、笑容纯粹的小姑娘又翻出何伟在她的习作中写的批注：“你应该考虑以后从事相关专业，来发挥自己的写作技巧和观察能力。也许这是一条艰难的路，但你既有天赋，又有决心。”

后来，何老师又给她写邮件：“韧性有用；耐心重要。你申请课程时表现了这两种特质；更重要的是，你在后来的研究和修改中也表现出来了。无论你如何继续自己的写作生涯，这些特质都将对你产生巨大影响。你应该满怀信心地继续下去。要记住，辛苦的劳作也是很重要的，其中很多都很枯燥乏味，也可能并不光鲜；但必须要去做；假以时日，都会以某种方式成为有价值的东西。”

今天，已经完整上过一学期课程的Serena，又特地前来上课了。“反正他就是我想活成的样子。”

最后一堂课上，何伟问学生：注意到文中的伏笔了吗？

有学生回答，你们在埃及住的公寓，有蜘蛛网状的门窗，这是一个伏笔；透过蜘蛛网状的门，能坐上像拜占庭石棺一样的老式电梯，这也是一个伏笔。在后文里，同住一个公寓楼的老太太把头穿过蜘蛛网门去电梯井找猫，石棺一样的老式电梯停在她头顶上不动，而此时有人在一楼按了电梯。

不动声色的惊心动魄，这是何伟惯用的写法。他的故事总是讲得细致、干净，没有闲笔。这种效果大部分得归功于他的洞察力。2019年他到成都定居后不久，我得知他要重返涪陵，于是拿着《江城》赶去那里见他和他的译者李雪顺。我们坐在一个宾馆的大堂里喝茶聊天。那是个散发着上世纪九十年代气息的大堂，一些玻璃圆桌边围着厚重的藤编椅子，我们感觉像在开老干部茶话会。

正聊着，何伟突然站起身来走了一圈，我以为他坐累了想休息一会儿。几分钟后他回来了，问我："你注意到了吗？每个桌上都有一个'禁止吸烟'的牌子。"

我说："是的，一般这种大堂都会有吧？"

他又狡黠地眨一下眼睛："但是牌子旁边又都放了一个烟灰缸。"

不等我笑，他伸手指着不远处烟雾缭绕的那桌："那几个人就在'禁止吸烟'的牌子面前抽烟啊，烟灰就弹在旁边的烟灰缸里。"

在之后的一年多时间里，他数次重返涪陵（仅我知道的就至少四次），不知又观察到多少这种有趣的细节。

即便是家常闲聊，他也总是在观察和记录。

一次，一个朋友谈到滑雪受伤的人会组成一个微信群，名叫"干瞪眼"，意思是因为受伤而干瞪着眼睛没法滑雪。何伟产生了浓厚的兴趣，连忙掏出自己随身携带的本子和笔记下来，又拜托我帮他做了进一步的搜索和调查。这个细节后来成为他2021年6月21日在《纽约客》发表的最新文章的开头。

本子和笔是他的宝贝，他也在以往的课堂上和很多采访中多次提到：一定要随身携带本子和笔，把一切都记录下来，"因为没有人能有那么好的记性"。他的小本子上布满了我不太能辨认出的中英文，笔迹非常潦草，“我自己过个几天都不认识了，所以要及时整理”。

我劝过他，不如用手机来记录，直接就是打印版，也好复制粘贴来整理。

他露出非常嫌恶的表情：“我讨厌科技！”一切都需要用智能手机搞定的中国显然让他很不适应，他用着一个老款的iPhone，里面装了支付宝、携程、滴滴……刚到川大教书的时候，每次和学生谈完话，他总会拜托对方教自己用一下滴滴打车，好赶快回家。有一次他在携程上订酒店，不知道为什么就是进行不到付款的那一步，打电话向我求助，我建议他下个另外的酒店应用试试。他回我：“一想到我又要在手机上多下个什么鬼App，我就想把手机扔到窗户外面去。”

我差一点就回他：“幸亏你写得特别好，不然谁惯着你。”

2021年6月21日发表的那篇文章，主题是滑雪和2022年冬奥会，算上这篇，在成都的这两年，何伟一共在《纽约客》发表了七篇以中国事件为主题的文章，每篇刊登时总会有人积极地主动翻译，发在网上。何伟委托我把比较好的翻译版本收集起来，认真地做了存档。他的电脑里，按照年份、地点、不同材料的归类，分了无数个整齐的文件夹，几十年前的资料眨眼就能找出来。

他的文章总会不可避免地引起一阵舆论争议，海内海外，中美两国，不同观点立场的人，都对他有褒有贬，由于互联网上批评的声音总是比赞扬的声音大些，说得难听点儿，他就是“两边不是人”。最常听到的一句风凉话是：“何伟写如此这般的内容，背后究竟有什么目的？”

我们谈起这些评论，他淡淡一笑：“什么目的？挣稿费啊。”

我常觉得他是个心地单纯的人，虽然因为职业原因阅人无数，很会耍小聪明，挺会糊弄，也挺会交际，但他呈现的作品，永远都是在单纯地报道记录自己所见所闻，一字一句，只做好这一件事情。我有个不成熟的理论，心地单纯的人，容易显得年轻。1969年出生的何伟，虽然总是工作到深夜，备课写文，或者在外奔波采访，看着也就是四十多岁的样子。

七篇文章我每篇都认真读过，依然是熟悉的何伟，写的全是自己亲眼所见，几乎不表达强烈的观点或立场。至于读者的解读，那是读者的事。正如莱斯利所说，“他永远写的都是自己想要写的，也绝不会因为顾忌到什么就做自我审查”。

至于写埃及的文章，大概因为与两个国家都距离遥远，反倒是一片清静。何伟又问学生，你们注意到这篇文章中有个人物，几乎在我每篇写埃及的文章中都出现了吗？

学生们会心一笑：赛义德啊！

何伟说，对，那个收垃圾的人赛义德，“所以，《纽约客》的事实核查员（fact checker）又要找赛义德了”。

看来应该是在前面某次课讲过了《纽约客》的事实核查制度。对此我也有充分的领教。他来成都定居后发表的第一篇文章，主题是我的翻译工作和译作出版情况，刊登在“成都明信片”那一栏，千字上下，并不长。正式刊登前他告诉我，你会接到事实核查员的电话。还加了一句，“会比较麻烦，提前道歉”。

我实在不应该说那句“没关系”。电话那头的人几乎是将整篇文章写了什么给我全部交代了一通，每个细节都过问一遍，包括我家是不是真的住在高层，我是不是说过某句话，何伟在文中提到的某句措辞从我的角度出发是不是准确……有好几次我都想说：这重要吗？

同样疑问后来又数次冒出。他的很多文章我都有帮忙前期调查联系，进行一些中文资料的查找，免不了被事实核查员核查。在每个他发表文章的周一前几天，我就会心里吐槽：“事实核查员又在发疯了！”每一个场景描写都必须拿出看得见的图片或视频证明，每一个数据都必须有两个以上可信赖的来源支持；到底是“很多”，还是“一些”；到底是“某个”，还是“某几个”……很多时候，我都是一边骂骂咧咧地回邮件，一边对这篇非虚构作品的真实性感到十二万分的放心。

他对学生说起这个在埃及负责收垃圾的人赛义德，脸上浮现出温情的微笑。他不是那种吸血鬼般的写作者，扑在采访对象身上“吸血”完毕，拍拍屁股就走了。他说不久前还跟赛义德通过电话，他一切都好，没有生病。

何伟似乎尽力和自己采访过的每一个人保持着联系。这两年他在数次回访涪陵时，见的还是九十年代那群学生，那些老朋友。后来他去过上海、杭州、义乌、张家口……也是处处拜会旧友，也从他们那里得到新的故事，寻获新的采访对象。我曾经根据他提供的一个手机号码，帮他重新联系上几十年前丽水的一位老友，对方一听他的名字就爽朗地笑起来，一口浙普脆生生的：“我当然记得他啊，那时候他对我们很好的，欢迎他再来玩儿啊！”

之前在中国的那些年，似乎是他某种意义上的黄金时期，这两年，我有时候帮他联系采访对象，会说他是“作家何伟，大学教授”，在做某个研究，好歹先让对方应承下来。很多人见了面才反应过来他是个老外，碍于面子，也没有拒绝采访，只是转头给我发微信：“他是个外国人啊！”我一边装傻，一边对他很有信心。他很懂得怎样让被访者说话，问对方什么样的问题，怎样随机应变。

也有一部分人一听要“采访”，就直截了当地拒绝了。我的新闻从业经验有限，有时候实在没办法了，问何伟，可不可以先找个什么理由，说你想跟对方谈个生意，先见到面再说？他语气严肃地讲，不可以，你必须要一开始就对对方说明来意，不用说太多，但是要说明。

他很少这样认真地教我做事。我后来想了想，他大概是很怕《纽约客》的事实核查员。

讲完赛义德，何老师又对学生抛出一个问题：注意到文章中成对出现的事物了吗？

文章里成对出现的事物有很多，他的双胞胎女儿，同一栋楼的双胞胎兄弟，法老与王后，上埃及与下埃及……古埃及人本来就拥有一种“双生”的世界观，就连“时间”也有两个单词，neheh和djet：

一些学者告诉我，现代人大概不能充分理解这一概念。我们已经对线性的时间习以为常，一件事发生，另一件事随后：革命爆发，接着来场政变。这些事件与重要人物做出的行为一一累积，写就了历史。

但古埃及人从未按照我们的定义来书写历史。事件（kheperut）是不可靠的，因为它们打乱了自然秩序。相反，古埃及人生活在“周期时间”（neheh）当中。Neheh关乎的是日升日落、季节更替与尼罗河每年的涨落，总是循环往复，更替接续。而Djet呢，则是静止恒定的时间。法老驾崩，便进入djet，进入诸神、寺庙与金字塔中的时间。把尸体做成木乃伊，就是人类对djet的体现，艺术也是。在djet时间中，有些东西已经完成，但不会过去；永恒地存在于当下。

何伟无疑是个会讲故事的人。写文著书如此，课堂上也是如此。他把两个时间概念放在一旁，模仿起埃及总统穆尔西（对，猫的名字是从这里来的）被关进笼子出庭受审，发疯大喊“我是共和国总统！”的样子，活灵活现。还把文章中出现的各种阿拉伯词语教给大家，一本正经地要纠正每个人的发音。

他又讲起这篇文章发表之后，一位犹太物理学家给他写邮件，说自己一家人是多年前被驱逐出埃及的，根据文章中的各种描述，他们很可能以前就住在同一栋公寓楼里。何伟请他发来照片，描述了种种细节，结果发现这一家人从前竟然就和他们住同一栋公寓，而且这位物理学家有双胞胎姐妹，名字竟然也和Natasha与Ariel几乎相同。“这是什么样的小概率事件啊！”在教室里的一片惊呼声中，何伟总结说，“对于非虚构写作，时间很重要。时间可以帮你成为一个作家，一个记者。时间可以很长，也可以很短。时间可以帮你记得一切；时间可以透露更多你不知道的故事和细节；故事永远也没有结束；生活在循环往复。”

时间记得，故事未完，生活循环往复。我在几年前就翻译过这篇《家猫名唤穆尔西》，与编辑进行了认真的打磨；后来因为种种原因，译稿未能发表。而今天的“最后一课”，他恰巧就把这篇文章作为阅读材料来分析。我因为熟悉文本，对其中细节几乎耳熟能详，听他讲其中故事与写法，体会特别深刻。原来一切的因，都必然有果，故事果然是讲不完的。

2019年夏末，我第一次在成都与何伟见面，他穿的是自己那件标志性的水绿格子衬衫，左胸口袋上别着一支钢笔，手腕上戴了一块黑色电子表。2021年7月1日这天，在大学校园的最后一堂课上，他仍然穿着那件水绿格子衬衫（他是否有多件一模一样的衣服呢？这个问题我从来没问过，也不关心），左胸的口袋上别着一支钢笔，手腕上戴一块黑色电子表。我想下次再见时，他应该还是这身水绿格子衬衫、钢笔、黑色电子表的行头；如果要我给他画像，不需具体面目，仅此三要素足矣。要我说，他这身装扮似乎就存在于djet当中，被静止恒定的时间封印。

我带着《江城》去涪陵那次，经何伟和李雪顺指点，再根据书中叙述的种种，成功找到了他以前住的那个公寓楼。曾经特地提供给外教的高级公寓楼如今已经荒废，剩下一些没有搬走的盆花，无精打采地煎熬着最后的生命。书中的“涪陵师专”也已经改名为“长江师范学院”，有了一个全新的校区。但我站在那栋楼下，隔着楼的缝隙望着碧绿的乌江水，竟然听到书中描写的轮船汽笛，“呜——呜——”，若即若离。我瞬间就有种穿越之感。城市和时代在变化发展，文字留下的感觉永存。

何伟用作品记录下的这些地方，“已经完成，但不会过去；永恒地存在于当下”。无论是九十年代的涪陵，奥运前后的北京，过去两年的成都，还是正在发生着，且未来还会发生种种大事的中国。

就像他在那番“时间论”之后给学生的赠言：“时间就在这里，事情就在发生，请你们记录一切。”

我曾在出发去写一篇特稿前，特地上门请何伟和莱斯利给我进行“紧急特训”。两位非虚构写作大师给我讲了些采访要点，问问题的技巧等等，但最重要且不断被重复的一点，就是“记笔记，录音，拍照片，记录一切”。

这里的“记录一切”，是作为非虚构写作者的工作技巧；而何伟告诉学生的“记录一切”，则是对这个时代的一种责任，一种态度，还有，他的希望。

说完这个希望，何伟平静地说：“就这些，祝你们好运。”并用一声干脆的中文“下课！”结束了他在四川大学的最后一课。

学生们迟疑了一秒，鼓掌致意，却也并不热烈。

本文原发于“故事硬核”
编辑：杜 强 武奋丰

家猫名唤穆尔西

何伟（Peter Hessler）

事件是不可靠的，因为它们打乱了自然秩序。

我们有一对双胞胎女儿，娜塔莎（Natasha）和阿里尔（Ariel），第一个被某种啮齿类动物咬伤的是娜塔莎。估计是在睡觉时被咬的，但因年纪太小，问也问不出来。娜塔莎和阿里尔一样，小时候说的大多是英语单词，但在表达特定事物时，俩人说的是埃及阿拉伯语，比如颜色、动物、一些基本的生活必需品等。面包，她们会说“Aish”；水，她们会说“maya”。我抱起其中一个打转，她会哈哈大笑，大叫着说：“Tani！”意思是“再来”，于是另一个人也就学会了这个词。双胞胎就是这样，一个做什么，另一个也必然跟着做什么。Tani，tani，tani。她们还没满两岁呢。

我给娜塔莎换衣服的时候，发现了一块牙印。就在她的肚脐眼右边，有两对难看的红色刺孔：门牙咬下的印记。那只动物可能就一直趴在她纸尿裤上四处嗅闻窥探。就算娜塔莎当时哭了，我和我的太太彤禾也都没听到。

2011年10月，“阿拉伯之春”的头一年，我们来到开罗，住在一个叫扎马莱克的地方，位于尼罗河上一个狭长的岛屿，是开罗中上层阶级的聚居地。我们租的公寓在一栋老房子的底楼，老房子和街上的很多建筑一样，很美，但也越来越呈现出破败的颓势。房子正面的墙上有美丽的装饰，但前面挡着铁栅栏，横七竖八，像蜘蛛网一样。

蜘蛛网样的图形，布满了整栋楼。我家前门上的装饰是小小的黑色网状花纹，阳台和门廊也有交织的网状栏杆。穿过蜘蛛网一般的铁门，才能搭上电梯。在黑漆漆的开放式井道中上上下下的，是老式电梯厢，用沉甸甸的雕花木头做成，很像拜占庭的石棺。蛛网铁门上的缝隙足有一个人头那么大，电梯经过时，可以伸手进去摸到里面。我们搬进来没多久，楼上就有个孩子把腿卡在电梯里了，骨折很严重，只能被送去欧洲治疗。

在开罗的老街老巷，安全从来不是什么要务，但动荡期间，一切比原来还要松懈，停电是家常便饭，时不时还会断水一整天。公寓楼旁边的垃圾堆引来了大大小小的老鼠。我在两个女儿房间的窗户下面，亲眼见过几只黄鼠狼匆忙溜进楼基上一个小洞里。

诊所的医生检查了娜塔莎肚子上的牙印后，说：“虫子咬的。”

我对这个判断表示怀疑："哪能是虫子咬的啊？"

"可能是跳蚤。"她又说。

我给一个朋友寄了照片去，她在美国一家皮肤科诊所上班，她的回复让我深深怀念美国人那种无论什么情况都能说得欢快乐观的能力：

嗨！我们今天在案例研讨会上讨论了一下，大家一致同意……是蛇或啮齿动物的尖牙咬的，希望对你有所帮助。愿两个孩子都好。

拥抱你们，苏西。

我跟彤禾打了辆车，来到尼罗河西岸。一家叫"瓦克西拉"的疫苗中心卖给我们一支狂犬疫苗。之后我们又重新找了个儿科医生。我还买了一打粘鼠板。

晚上，我在婴儿床下面架设好粘鼠板。有时我会被孩子们的喊声惊醒，她们在喊："爸爸，老鼠！爸爸，老鼠！"有一次，她们过家家的小厨房里有什么窸窸窣窣的声音，我打开那个小小的冰箱门，一只老鼠窜了出来。这鬼东西到底是怎么进去的？我成功粘到的老鼠好像都没有大到能留下那种牙印的地步。但老鼠一只又一只地来，tani，tani，tani。我一只又一只地把它们淹死在水桶里。

到阿里尔被咬的时候，牙印不在她肚子上，而是在背上。除此之外，和娜塔莎那个一模一样：四个门牙印。我们又打了辆车去"瓦克西拉"。

我不想再弄粘鼠板了。彤禾跟我去见了一个外国人，他正准备把家里一公一母两只猫送出去。决定选哪只猫很容易：公的那只体形大一些，面相很凶猛，身形柔软，在家具之间自如地穿梭来去。他的前额上有“M”形状的虎纹，恰是埃及猫血统的证明。

我们给他取名“穆尔西”（Morsi）。埃及刚刚举行了有史以来的第一次民主总统选举，当选的正是穆罕默德·穆尔西，“穆斯林兄弟会”的一名领袖。公猫穆尔西来我们家后不久，就咬了彤禾的胳膊，咬得不轻，留下了他自己的一排牙印。Tani，“瓦克西拉”，我们又来了。在开罗生活了一年，家里只剩下我还没打狂犬疫苗了。

我与彤禾在北京相识，那时我们两人都是记者。我们的背景很不一样：她出生在纽约，父母都是中国移民；而我成长在密苏里州中部。但某种相似的不安分促使我们都出了国，先去了欧洲，再到亚洲。直到2007年离开中国之前，我们两人成年以后的生活，几乎都是在国外度过的。

之后，我们订了个计划：搬去科罗拉多州的郊区，暂时远离城市生活；我们还想生个孩子。再之后，我们就到中东长居。想到能观察、描写一个和中国一样，有着悠久历史与丰富语言的地方，我们觉得不错，也希望这里能成为我们建立家庭后的第一次共同经历。

孩子，国家，其实这一切都是抽象的。我们可能去埃及，也可能去叙利亚。可能生个男孩，也可能生个女孩。有什么区别呢？纽约一位编辑警告我说，和中国比起来，被胡斯尼·穆巴拉克统治了近三十年的埃及，可能太萧条太落后了。“开罗是一成不变的。”他说。但我感觉这听起来不错，期盼着能在一个一成不变的国家学习阿拉伯语。

我们的计划首次被打乱，是一个孩子变成了两个。2010年5月，早产儿阿里尔和娜塔莎出生了，我们想在搬家之前给她们十二个月的时间把自己长一长。时间表不是问题，和一成不变的开罗相比，新生儿的一年转眼就过去了。然而，开罗解放广场上的抗议爆发时，我们的两个女儿才八个月；穆巴拉克政权被推翻时，她们才八个月零十八天。

我们推迟计划，反复思量，但最终还是决定要去。我们申请了人寿保险，公司给我们做了医疗筛查，但接着就拒了，理由是我们“经常四处旅行”。我们去找了律师，写好遗嘱；从租的房子里搬出来；把财物存放妥当；把车送了人。我们什么东西都没寄去埃及，带上飞机的，就是在那里的全部家当。

离开的前一天，我们结了婚。我与彤禾一直没有费心走形式，我俩都不想办婚礼。但我们好像在哪里看到过，如果一对夫妻的姓氏不同，埃及当局可能会在你们申请同居签证时有诸多为难，于是我们把两个孩子留给保姆，开车去了乌雷县法院。副书记官刚要开始仪式，彤禾问道，负责处理交通违章的部门什么时候下班。

“四点。”书记官说。

彤禾看了看表：“麻烦您等一下好吗？”

她跑到楼上，把最后一个超速罚单的钱给交了。结婚证上写着，我们在下午四点零八分四十四秒“缔结了神圣的婚姻契约”。我把结婚证塞进行李。第二天，我们带着十七个月大的双胞胎上了飞机。在这之前，我俩都从未去过埃及。

穆尔西来了以后，老鼠就没了影儿。他吃掉两只鼠头，剩下了身子，别的老鼠就再也没来过。埃及猫身上的斑纹和古墓墙壁上那些猫很像，就连这个品种的名字（Egyptian Mau）也很古老：法老时代，mau的意思就是“猫”。埃及猫灵活机敏，一块小肚腩从侧腹延伸到后腿，让它们的身体有了更大的延展空间。有人做过测验，这些猫的最快奔跑速度能达到每小时四十八公里。

咱们家那两个蹒跚学步的小家伙，也和老鼠一样，学会了和穆尔西保持安全距离。孩子们对着他牙牙学语，扯他的尾巴，但他可没什么耐心，狠狠地把她们都挠出了血。他的效率很高：一攻阿里尔，二攻娜塔莎。我跟彤禾想过给穆尔西去爪，不过要真是这么做了，他对阵这一片儿的啮齿动物与流浪猫时，可就威风不再。

要让他乖乖待在家里是不可能的。他力气够大，纱窗和门都能打开，而且还会躲在公寓正门附近，瞅准机会就箭一样地冲出去。经常在他出逃几分钟后，我就会听到猫的尖叫声。我们有个小花园，是流浪动物们中意的聚集地，但穆尔西拒绝收留它们。我多次目睹他把某种毛发蓬乱的动物从蛛网栏杆的缝隙中赶了出去。

赛义德是我们这片儿收垃圾的清洁工，他警告我说，小心有人把穆尔西掳走。“这猫很漂亮，”赛义德说。“Qot beladi。”很多人看到穆尔西和他身上的花纹，都会说这么一句，意思是“国猫”。据说，历史上率先对猫进行饲养繁育的，就是埃及人。他们热爱这种动物，还在三千七百多年前禁止了猫的出口。过去，他们还把腓尼基人称为“偷猫贼”，因为腓尼基船员会为了船只抓走猫。

我们的四楼住着一位老太太，她自封了个“猫倌”，时常把一碗碗吃的摆在门外，随猫儿们来填饱肚子。我推着双胞胎婴儿车，带孩子们出去散步遇到她，她总是面带微笑跟我打招呼。埃及人特别喜欢小孩子，甚至超越了对猫的热爱。我们在扎马莱克是很引人注目的。常出现的几张脸又反过来吸引了我的眼球：独眼门卫，断了鼻梁的送茶人，喜欢跟双胞胎说阿拉伯语的店老板。

等孩子们大了些，要是发现彼此的行头不一样，就会耍脾气。我和彤禾倒不想把她们打扮得一模一样，但适应埃及生活实在让人焦头烂额，所以很快就在这个问题上投降了。我们什么东西都买一对，两个孩子并排坐在双胞胎推车里，穿着一模一样的衣服，感觉像在进行某种表演。

有时候会有外国人问我见没见过“扎马莱克的另一对双胞胎”。他们是当地传奇：上了年纪的埃及双胞胎兄弟，一起在岛上四处走动。他们总是穿得一模一样：体面的外套，前排扣的衬衫。有几次遇到他们，我都想搭个讪聊个天，但这两位根本不睬我。他们也很少瞅一眼我的女儿们。年长的双胞胎与年幼的双胞胎；走路的双胞胎与推车上的双胞胎：每当和这两兄弟擦肩而过，我都会想，我这两个孩子，在尼罗河畔度过了如此不一般的童年，最后会长成什么样。

扎马莱克的地理位置与这里富贵世家的居民都带着某种特质，展现着与生俱来的埃及式孤僻。这个岛位于开罗城中心，但尼罗河却为其制造了一种强烈的疏离感，就算城里正热火朝天地举行示威，岛上的人们也会轻易忘记解放广场不过就在两三公里之外。我经常看到扎马莱克的居民收看电视上关于动荡的报道，那种感觉就仿佛是从某片遥远土地上传来的影像。

大多数人都不想跟变革有什么瓜葛。赛义德对我讲了几个人的故事，很有警醒作用。比如那个独眼门卫。在一次示威中，门卫走到解放广场附近的街头，想在天桥上观望。这是个错误决定：埃及警察驱散示威人群时，总是朝天鸣枪。从天而降的子弹就这么射中了门卫，他丢了只眼睛，那也是他最后一次去“参加”抗议。

“你们兄弟会的猫啊，总统做得太烂了。”赛义德经常这么说。这片儿的兽医和埃及全国大概百分之十的人口一样，是一名科普特人[①]。彤禾第一次抱着穆尔西去找他，他就佯装愠怒。“我讨厌这个名字。”兽医说着把猫一把拽过去。每次被这个科普特人剪指甲，穆尔西都会激烈地抗争。

很快，我的双胞胎就懂得区别“好穆尔西”和“坏穆尔西”了。这话是保姆阿提娅教她们的，她也是科普特人。阿提娅的敌意没什么可大惊小怪的：多年前穆尔西就宣布过，不允许女人或基督徒成为埃及领袖；而现在国家在他的政府领导下一塌糊涂。2013年初，穆尔西当选总统半年后，孩子们的托儿所给我们发了一条通知：由于目前扎马莱克有强烈的催泪瓦斯气味，为确保安全，我们认为孩子们今日不要来校为好……仓促通知实在抱歉。但事情完全不受我们的控制。

我开始在公寓各处都藏上大量的现金。要是真爆发什么暴力冲突，我也想好了紧急撤离的计划：该收拾什么带走，该怎么去机场。那时，抗议几乎是持续不断地在进行，住的地方每天能停好几次电。政府宣布了调暗机场灯光的政策，几乎见不到什么游客。每当我外出乘机归来，一落地就会进入穆尔西时代的“暮光地带”：幽暗的走

① 科普特人是对埃及信仰基督教人口的称呼。本文脚注均为译者所加。

廊，一动不动的电梯。事情完全不受我们的控制。

一天上午，我到解放广场旁边的莫加马政府大楼续签证。我挑的这个日子没有任何抗议活动，但那一片还是弥漫着催泪瓦斯的臭气。感觉这东西似乎已经完全浸入了地上的石板，现在石板又在炎热之下把它挥发出来。我把申请交给一个工作人员。

“你的结婚证呢？”他说。

都这时候了，还关心这种事情啊？更荒唐的是，我竟然觉得很高兴：我们是结了婚的！我回了扎马莱克一趟，取来乌雷县发的结婚证。那个工作人员看起来和我一样高兴；续签成功，畅通无阻。

2013年7月，政变终于来了，那时候我的一切计划都无关紧要了。时任国防部长阿卜杜勒·法塔赫·塞西将军发表声明，要求穆尔西在四十八小时内对抗议者的要求作出回应。穆尔西是出了名的固执，要他让步谈判，应该不可能。

那天，人人都知道是穆尔西在总统宝座上的最后一天。阿提娅来我们家的时候，指甲都涂成了埃及国旗的颜色。她拿出一些红色、黑色和黄色的蜡笔，指挥两个孩子画出一面面小小的国旗。我这两个三岁的小女儿应该提前庆祝一场军事政变吗？但我正忙着别的事情，也没心思顾及；我需要立刻走出家门，去报道当天的重大事件。

我和彤禾设想过种种情况：万一今晚根本回不了家，

或者用不了手机呢？万一事态严重，暴力加剧了呢？我们想好了，如果遇到开火，公寓最安全的地方，就是内室的走廊。计划如下：门都关好，趴在地上。

总是有计划的。老计划总是赶不上变化，但新计划也很容易制订。我与彤禾经常进行类似上述的谈话。一次，托儿所宣布停课，因为警察在距离一个街区的地方发现了恐怖分子放的假炸弹。还有一次，一个ISIS的附属组织在开罗市郊绑架一名外国人，砍了那人的头。

搬来埃及之前，我想象过，我们应该会建立一套清晰的流程：如果X发生了，我们就做Y来应对。大使馆就是这么行动的。政变的那个夏天，美国驻开罗大使馆疏散了所有非骨干人员。但一旦生活在这座城里，和任何机构组织都没有联系，我才发现，遇到事情，我们的反应会更像开罗本地人，灵活又理性。大家讲起种种大事，都很冷静，而且总是保持着一种疏离感：事情完全不受我们的控制。他们会讲笑话。他们专注去做那些能控制的小事。就算是初来乍到的人，也会渐渐学会以平常心去看待几乎任何情况。那是个假炸弹，又不是真炸弹。那个被绑架的外国人是个石油工人，又不是记者。这种事情只发生了一次。等到再出事，我们再来担心好了。

况且，光是应付日常生活的艰难，就够人们焦头烂额的了。大小状况不断，很多时候都跟政治一点关系也没有。我们的阿拉伯语老师因为医疗条件差而猝然离世。喜欢和两个孩子聊天的店老板在自家附近被枪杀，据说是因为想劝架。政变后不久的一天，四楼那位“猫倌”老太放了些吃的在门外，喊着楼下一只猫的名字，但猫儿没来，她从蛛网门的缝隙伸出头去，想从电梯井里往下看看。在她楼上某一层，那个“拜占庭石棺”一动不动。

此时此刻，一楼有人按了电梯按钮。

出事之后，警察讯问了门卫，之后门卫要么辞职，要么被炒了鱿鱼。在我看来，他是没什么错的，但找他当替罪羊很省事。房东太太在蛛网门后面又安了一道铁丝网门。四楼那位老太太的家人放了好几个月《古兰经》诵经的录音，为她安魂超度。我和彤禾告诉阿提娅和别的保姆，千万不要让两个孩子在无人看管的情况下自己跑到楼梯间去。现在报纸上到处登的都是暴力冲突的消息，而我最害怕担心的，却是自家门外的电梯。

一个冬日，穆尔西出了门就再也没回来。他消失的第二天早上，五只难看的流浪猫跑到我家阳台上，懒洋洋地晒着太阳。我心想穆尔西是不是终于打架打输了，然后开始往那些流浪猫身上洒水，直到把它们赶走。但穆尔西还是没回来。我突然想起赛义德曾经的警告：有人会偷猫。

孩子们很难过。她们已经长大了些，穆尔西也能和她们和平相处了；甚至偶尔还表现出些许关爱。好几个晚上，我在街上边走边喊：“穆尔西！穆尔西！穆尔西！”

大家都看怪物似的盯着我。我正逐渐变成扎马莱克的另一个怪人，夜晚在这岛上四处逡巡游荡的老外，召唤着已经下台的总统。

也是在这段时间，我和彤禾发现不应该在两个孩子面前讨论政治了。有一次，我们回美国去探访家人，有个叔叔问阿里尔，她的宠物怎么样了。“还有另一个穆尔西，他是人，不是猫，”阿里尔说，“他以前是总统。”

叔叔问，那穆尔西现在去哪儿了呢？

“他坐牢啦。”

“为什么呀？”

“他派一些人去杀了另一些人。”阿里尔以实事求是的态度说道，“现在换了个总统，我也不知道他是好人还是坏人，只知道他名字叫塞西。”

穆尔西，塞西——我总结出个理论，如果埃及领袖的名字听着像宠物的名字，那就不是好兆头。埃及学家托比·威尔金森（Toby Wilkinson）指出，修建金字塔的伟大时代过去之后，公元前二十五世纪那些继任的法老们，都有一个听起来很“幼稚”的名字。在中央权威日渐衰落的这段岁月中，很多国王的名字都适合拿来给猫取名：佩皮（Pepi）、特提（Teti）、尼比（Nebi）、伊兹（Izi）、伊尼（Ini）、伊蒂（Iti）。伊比修了个很袖珍的金字塔，大概才十八米高，但他连封顶石都没放。佩皮二世统治时期，整个国家都被搞垮了。一支南下的探险队报告说发现了一名俾格米矮人，这位昏君眼前一亮，兴致盎然地回复说：“朕想见此俾格米矮人的急切之心，甚于见到西奈与蓬特的贡品。”

我想，总有一天，历史学家将把我们这个时代看作另一个领袖名字像猫而政治崩坏的例子；粗鲁残暴，警醒后世。曾经，穆尔西是掌权者，接着，塞西像赶花园里的流浪猫一样赶走了他。接着，一千多名抗议者在一场野蛮残暴的镇压中被屠杀。接着，穆尔西被关押在牢笼中出庭受审，被判谋杀罪、叛国罪。有谁能去责怪一个孩子，分不清这些政治人物和畜生的区别呢?

穆尔西消失的第五天，我听到他微弱的“喵喵”声。我站在花园里抬头看，发现他被困在楼上某一户人家的阳台了。他是顺着一棵树爬上去的。

彤禾上楼去找那户人家，但住在里面的那位女士拒绝开门。她一言不发地站在门内，彤禾就在门外作自我介绍。最后，这位女士终于开口了：她威胁说要报警。

“她不喜欢见人。”门卫告诉我。他说那个女人说不定害怕那只猫。他做了个很有埃及特色的动作，拍拍头，翻翻白眼，吹着口哨说：疯子。

房东太太也没兴趣帮我们搞定这个孤僻的女人。“这事儿咱们明天再说。”她说。我跟彤禾与房东太太、她女儿以及两个门卫激烈地谈判了一小时，最终，我们一行六人一起站在了这位孤女的门外，当时已经是晚上九点多。

那女人半开了门。

她指着我："你进来吧，"然后又指着彤禾，怒目圆睁，"你不能进来！"

她的家比我想象的要干净。她长得很好看，穿着一件精致的睡袍，让我想起郝薇香小姐[①]。我打开阳台的门，穆尔西飞跑过整个房间，扑进彤禾的怀里。我感谢了这位女士，但她没理我，还是满腔怒火地盯着彤禾，然后摔上了门。

"你知道怎么回事儿吗？"我问。

"不知道。"彤禾说。

穆尔西回家后的三天，基本都是睡过去的。有时他会走到水槽边，吸吸水龙头。"孤女"雇了几个工人，把自家阳台前远的近的每根树枝都砍掉了。他们还把散碎的树枝撒在我们的花园，权当赠品。

我们买了辆新的本田轿车。本来约好了去开罗东边见安联保险公司的中介，但马上要见面了，中介却打电话说他来不了了，因为他的车报废了。于是另一个中介抢了这单生意。她一边处理我们的申请，一边说她本人是没法申请安联车险了，因为她连续三年每年都有多起事故。她递给我们一本装帧精美的小册子，上面写着，"我们的数据显示，在埃及购买的车辆中，十辆有六辆会被撞毁、损坏或盗窃"。

① Miss Havisham，查尔斯 · 狄更斯长篇小说《远大前程》中的一个悲剧人物。

我付了车险的钱。他们的销售策略比科罗拉多那些办人寿保险的人高明多了。

我们开车去了红海、地中海和上埃及。第一次去南部上埃及遗址时，两个孩子像是经历了一次洗礼。她们对奥克亨那坦（Akhenaten）和奈菲尔提蒂（Nefertiti），这对公元前十四世纪统治埃及的法老和王后着了迷。产生这么强烈的感觉，和两位古人的名字有点关系：奥克亨那坦和阿里尔的名字都是A开头；奈菲尔提蒂和娜塔莎的名字都是N开头。不过最吸引她们的，应该还是两人成双成对的肖像。奥克亨那坦与奈菲尔提蒂共同统治国家，地位上的平等性非同一般，两人总是一起出现在塑像中。

这样的“成双成对”贯穿了整个古埃及的艺术、神学和政治：地狱判官奥西里斯与丰饶女神伊希斯，太阳神荷鲁斯与混乱之神塞特，国王与王后，男人与女人，上埃及与下埃及，生与死，安东尼与埃及艳后克里奥帕特拉（以及他们的双胞胎后代）。芝加哥大学卢克索研究中心的埃及学家雷·约翰逊（Ray Johnson）告诉我，他认为这种配对最初的灵感来自一分为二的景观特色：丰饶繁茂的尼罗河谷紧邻寸草不生的荒凉沙漠。不管来历如何，这种配对都能深深激发人类的想象力。

两个双胞胎女儿第一次访古归来后，突然就非要穿不一样的衣服了。阿里尔要像奥克亨那坦一样穿裤子，娜塔莎穿裙子。我们再也没有为给孩子搭配一样的衣服操过心；古埃及的第十八王朝，以我们永远不可能做到的方式，说服了两个孩子。

一路长途驱车，就和我在埃及做的所有事情一样轻松自在。一出开罗，政治就不存在了，大部分地方在“阿拉伯之春”期间没遭遇什么暴乱。很多旅游景点都门庭冷落，无人照管。有一年，我们一路开到苏丹与埃及边界附近的阿布辛贝，警察要求我们最后一程要紧跟一个武装护卫队。但十分钟以后，护卫车就以一百六十公里的时速绝尘而去。可能警官们也觉得无聊了，反正这些偏远的地方也不可能真有什么危险。

我们在沙漠里孤独地开了将近三个小时的车。东边能看到小片的蓝色湖泊闪着鲜亮的水光，我猜应该是纳赛尔湖的入口。但接着我才意识到，那些湖泊都是海市蜃楼：我从未见过如此真实的自然幻象。有些湖泊的中央还有岩石冒出头来，像湖心岛。

到了阿布辛贝，我们是那里唯一的游客。孩子们奔向那些巨大的拉美西斯法老雕像，在晦暗的庙宇大殿中玩耍。她们已经五岁了，我在埃及各地的古迹名胜都给她们拍了照。几乎所有照片里，都只有她们俩。我知道，以后这些影像也会如同幻象：双胞胎在阿比多斯，双胞胎在埃斯那，双胞胎在帝王谷。平原上两个粉色的小点，抬头凝视着巨大的门农石像。

对应古埃及人的“双生”世界观，“时间”也有两个单词：neheh和djet。一些学者告诉我，现代人大概不能充分理解这一概念。我们已经对线性的时间习以为常，一件事发生，另一件事随后：革命爆发，接着来场政变。这些事件与重要人物做出的行为一一累积，写就了历史。

但古埃及人从未按照我们的定义来书写历史。事件（kheperut）是不可靠的，因为它们打乱了自然秩序。相反，古埃及人生活在“周期时间”（neheh）当中。Neheh关乎的是日升日落、季节更替与尼罗河每年的涨落，总是循环往复，更替接续。而djet呢，则是静止恒定的时间。法老驾崩，便进入djet，进入诸神、寺庙与金字塔中的时间。把尸体做成木乃伊，就是人类对djet的体现，艺术也是。在djet时间中，有些东西已经完成，但不会过去；永恒地存在于当下。

我在埃及的那些年，感觉是人生中最漫长的时光。家门外的开罗城，政府上台下台，不断更替；家门之内，我的孩子们再也不复初来开罗时蹒跚学步的小小孩童模样。她们慢慢长大，我也逐渐发现，小孩子所生活的时间，一定最接近古人。各种事情像neheh一样循环往复：游戏、话语、睡前惯例。Tani，tani，tani。还有djet，永恒的当下。

我的女儿们对来埃及之前的生活毫无概念，也不会想到当下的生活会有结束的一天。她们从不质疑我们是否属于此地。我总因为想保护她们而备感压力，但她们把当下的生活视为常态，淡然处之，这也令人安心。在娜塔莎一年级写的日记里，“黑灯瞎火”不过是neheh的一部分：

2015年12月15日：我正在看书，停电了。

2015年12月20日：我去了金字塔，我们进去了，里面是黑的。

2015年12月27日：我吃完早饭，灯灭了。

两个孩子总是告诉别人，她们是埃及人。她们的肢体语言也和开罗的小孩儿一样：要强调“不”的时候，她们会说“la'a”，并迅速地摇一下头，挥一下手。可以说所有埃及人都害怕寒冷、雨水和沉默，她们也一样。她们总在说个不停，天气再热她们也不觉得。有一次，有个朋友从德国来看我们，见这两个中美混血儿一直说“我们爱开罗！”不禁捧腹。然而，在两个孩子眼里，埃及就是um al-duniya，世界之母。

在埃及的最后一年，我们去耶路撒冷，游览了哭墙的地下区域。在一些古老的蓄水池旁边，导游问孩子们：“这些水从哪儿来的呀？”

“尼罗河。”娜塔莎说。导游努力引导她们说出正确答案，但她们只是茫然地看着他。托比·威尔金森提到过，在整个古埃及文学的语料库中，“云”这个字只出现过两次。

2016年夏天，我们离开了开罗。我们在那里住了五年，现在，又逢埃及大选之年，似乎正是回美国的时候。

经历了穆尔西和塞西之后，我强烈期盼能生活在总统有责任有作为的国家。

最后一个月里，孩子们真是每天都在哭。要跟阿提娅告别，要离开学校，不能再住现在的卧室了，这些都值得一哭。她们担心要被暂留此地的猫。她们觉得，离开埃及，是迄今为止彤禾与我所做的最对不起她们的事情。

回到科罗拉多的里奇维，我们租了一辆双倍加宽的房车，位于高山上一片雪松林中。随着夜晚渐凉，会有田鼠鱼贯钻入房间。我又开始买粘鼠板了。

那年秋天，里奇维小学给二年级的孩子布置了作文，让每个学生给自己取个新名字。阿里尔写道："我希望我叫'奥克那特恩'，因为这是个古代'老法'[①]的名字，让我想起埃及。"一次家长聚会上，有位带着乡村口音的爸爸问我是从哪里搬家来的。我一回答他就笑起来。"那啥，我孩子跟我说，班里有两个埃及女孩儿，"他说，"我还以为他在撒谎呢。"

2016年11月13日凌晨两点三十分，穆尔西被从埃及共和国遣送来美，登上了汉莎航空581次航班。上飞机之前，他被注射了三毫克的安定，放进便携猫箱。兽医预计他会昏睡十个小时。猫箱的产品说明中有这样几个字：结构坚固。

我们一家离开埃及的时候，在英国转机，那里的机场

① 原文中阿里尔把"法老"这单词写错了。

对运输动物有很严格的规定，所以穆尔西就一直寄养在开罗一个朋友家，等彤禾再去做调查研究后再带回来。那位朋友会定期向我们汇报情况。第一次他写道：“我发现他是越狱高手，所以也在改装我的公寓。”接下来是：“就算加了带滑锁的纱窗纱门，他都能打开家里的窗户和阳台的门。”最后，朋友说：“他偶尔会和一些打了疫苗的成年猫一起玩，但我得警告你，他好像并不喜欢这样。穆尔西对别的猫都挺凶的。”

给猫注射了安定之后，彤禾叫了辆出租车。还没到开罗机场，穆尔西就醒了。过安检倒是没出什么岔子，但他在猫箱里又动又叫的。

飞机准点起飞，彤禾把猫箱放在座位下面后就睡着了。大概凌晨三点左右，她被惊醒了，有人在大喊：“抓猫啊！来人哪，抓住那只猫！”不知道还有多少乘客被吵醒了，但当时醒着的乘客都看到一名身材娇小的中国女人，追着一只身形庞大的埃及猫，嘴里喊着一个已经入狱三年多的穆斯林兄弟会成员的名字。

彤禾在卫生间附近抓住了穆尔西。一名德国空姐很生气，生气的原因也很有德国特色：“万一有人对猫过敏怎么办？”她不停地质问，但彤禾更关心猫箱的问题。穆尔西把那东西毁了个稀巴烂。

彤禾回到座位上，猫在她大腿上不安分地扭动着。到这趟飞机降落，她还要等上七个半小时，再飞十小时二十分钟，再等六个半小时，再飞一小时零五分钟，然后再转面包车回家。

邻座的男乘客喜欢猫，他帮忙抱了一会儿穆尔西。后来他还给我们发邮件，想要穆尔西的照片给他的孩子们看。

彤禾在法兰克福机场抱着猫转了几圈，终于找到一家店有硬壳猫箱卖。上最后一趟飞机前，又得再买个软皮猫箱。总而言之，穆尔西从开罗到里奇维的一路上，一共用了三个猫箱。

穆尔西当上科罗拉多房车猫的第一天，和两个孩子一起蜷缩在沙发上。家里很快开始出现一些无头鼠尸。下第一场雪的时候，我推开门，叫穆尔西到树林里去，想跑多远跑多远。他懒洋洋地爬到雪地上，闻了闻，又回到了沙发上。

翻译：何雨珈

原文载于 2018 年 5 月 7 日《纽约客》杂志，感谢最初让这篇译文成为可能的康路凯。

先驱，建构主义及新工具

刘 宇

这篇文章看起来是关于一个已经完成的、确定的过去，但事实上要探讨的是：什么是更好的未来。

温斯顿·丘吉尔曾说："如果不能理解过去更远大的想法，未来没有理由会突然变好。"

编程教育，或者说计算机教育的历史，可以追溯到计算机诞生之初，但如今的计算机并没有像人们曾经期望的那样改变教育，甚至个人计算机（PC）本身也在逐渐背离个人化计算的愿景，退化成为如电视一样被动的媒介。正因如此，才更需要回到过去，重新发现那些闪光的思想。

一个玩具

1930年，南非，比勒陀利亚，一个两岁左右的犹太男孩发现了一件日后令他爱不释手的玩具。

这个玩具像一个小箱子，如果坐下玩，男孩只比它高一点。玩具摸起来冷冰冰的，上面有一些大大小小的圆盘，圆盘的边缘还有一些扎手的凸起。男孩伸出手，开始拨动其中一个圆盘，圆盘果然像他预想的那样转动起来。男孩满意地笑了。

让他更开心的是，无论拨动哪个圆盘，其他相邻的圆盘就好像着了魔法一般，都会跟着转动起来。他很好奇，于是开始观察周围的圆盘为什么会跟随自己的圆盘转动。他的大脑里，第一次意识到因果关系："这个往这边转，那个就必须往那边转，所以……"

从这一天起，男孩爱上了这个新玩具。

男孩的父亲是名昆虫学家，大部分时间都在南非的东海岸搜集舌蝇，那天他把一个替换下来的变速箱带回了家，而这个男孩名叫西摩·佩珀特（Seymour Papert，1928–2016）。

进入学校后，佩珀特发现，自己幼年时对于齿轮的痴迷竟然以一种意想不到的方式对数学学习产生了帮助——乘法可以理解为两个齿轮的传导，而二元一次方程就像差速器一样，可以将一个数按任意比例分给两个未知的变量。对于佩珀特来说，齿轮是一种可以在大脑中被任意操作的工具，帮助他理解了许多数学概念。

小的时候，佩珀特曾经问父亲："为什么我能够轻而易举地理解差速器？"父亲回答他，"因为你聪明"。但佩珀特对这个简单的答案并不满意，因为他清楚地知道，也有一些事情别人做起来毫不费力，自己却一窍不通。

“为什么有些事情对一些人来说十分简单，却对另外一些人格外困难？”

当佩珀特第一次产生这样的疑问时，他完全不知道这个问题宏大到足以让他投入一生的时间和全部的热情。

和每一个成功故事里的犹太小孩一样，佩珀特同样展现出惊人的智力。

1949年，他在首都约翰内斯堡的威特沃特斯兰德大学获得哲学学士学位，1952年又获得数学博士学位。1959年，他在剑桥大学获得了第二个数学博士学位。在剑桥大学准备博士论文期间，佩珀特去巴黎参加了让·皮亚杰（Jean Piaget，1896–1980）在索邦大学的讲座。皮亚杰希望有数学家加入自己在瑞士日内瓦的研究小组，便向佩珀特发出邀请。于是佩珀特又前往日内瓦的“发生认识论中心”（The International Centre for Genetic Epistemology），成为皮亚杰研究团队的一名研究员。

佩珀特第一次来到日内瓦时，没有人，包括他自己，能够料到他将“从根本上改变我们对学习的看法，我们对孩子的看法，以及我们对技术的看法”——他的学生米切尔·雷斯尼克（Mitchel Resnick）后来如是说。

建构主义

认知心理学流派兴起于两次世界大战之后，不同于弗洛伊德的精神分析流派和否定主观意志的行为主义流派，其研究内容聚焦于认知如何发生和发展，而建构主义（Constructivism）则是认知心理学中的一个重要分支。皮亚杰作为建构主义的开山鼻祖，创立了“发生认识论”（genetic epistemology）这一学科，用实验的方法研究认知的起源。他通过观察自己孩子的成长过程，将儿童认知能力的发展分为感知运动阶段、前运算阶段、具体运算阶段和形式运算阶段。所有儿童都会依次经历这四个阶段，每个阶段的心智能力不同，当更复杂的心智能力出现后，便标志着儿童进入了下一阶段，这也被称为“认知发展阶段论”。比如处于前运算阶段的儿童还不理解守恒的概念，在他们面前将烧杯中的水倒入细长的量筒，他们会认为量筒里的水更多。

皮亚杰认为，复杂的心智能力并不是凭空出现的，心智的发展离不开认知结构或图式（scheme）的改进和转换。从出生到成熟，认知结构或图式需要在与环境的相互作用中不断被重构。在与周围世界互动的过程中，儿童会主动地“建构”自己的认知结构。当一个孩子第一次认识狗这种动物时，他可能会为狗建立一个“四条腿的小动物”这样一个图式。当他再次遇到其他类似的动物时，便会不断地扩充和丰富这个图式的细节，这个过程被称为同化（assimilation）。而当这个孩子第一次看到猫时，他可能认为这也是一只“狗”，但很快就会意识到这个小动物的叫声和习性与狗有很大的不同。也许他会给这种生物起个新名字或问家长：“这是什么？”当得到确定的答案后，他就会修正之前关于“狗”的图式，并且建立一个新的关于“猫”的图式，这个过程则被称为顺应（accommodation）。

在日内瓦，佩珀特向皮亚杰提起过自己利用齿轮学习和理解数学的经历，他认为，利用齿轮作为模型去理解数学也是“同化”的过程，自己之所以认为数学简单，是因为能够借助齿轮这样“具体运算阶段”的“实物”，将“形式运算阶段”的数学问题变为可以在大脑中操作的机械结构。而在接触数学前，自己早已经对各种齿轮都了如指掌，这使得他可以毫不费力地在大脑中摆弄这些齿轮，将齿轮作为“帮助思考的中介物”。如果一个人可以用熟悉的图式表征新奇的事物，理解它就将变得轻而易举。反之，如果一个人难以使用已有的图式去表征新奇的事物，那么与这个新奇事物有关的一切都会显得异常困难。

跟随皮亚杰学习的经历使佩珀特认识到，儿童可以在没有人教的情况下学到很多东西，他们是“天生的学习者”。孩子们在进入学校之前就学会了说话，甚至还学到了足够多的逻辑学和修辞学知识用来向父母撒谎。但令他感到沮丧的是，在另外一些领域，比如数学，并没有发生“皮亚杰式学习”的条件，学习的唯一途径是在学校接受正式的教导。作为数学家，佩珀特十分理解大众的数学恐惧症，在他看来，社会文化并没有为数学学习提供良好的环境。人们倾向于认为只有一少部分古怪的书呆子才天生适合学数学，其他人学不懂数学则纯属正常。但是不会有人相信只有一少部分孩子能够学会自己的母语，无论这门语言有多复杂。佩珀特认为问题的关键在于，作为“建构者”的孩子在一些方面并没有获得足够的“建筑材料”，自然也就无从搭建起自己的认知结构。

1961年，佩珀特前往英国参加一场有关控制论（Cybernetics）的学术会议，在那里，他遇到了马文·明斯基（Marvin Minsky，1927—2016，人工智能先驱，发明并实现了神经网络）。虽然如今已经没有人自称控制论学者（Cybernetician），但作为一门基于“反馈、控制和通信的原理”研究人机交互系统和各种复杂系统的学科，控制论在那个时代影响了包括计算机、太空计划和医学在内的众多领域。

从二十世纪五十年代开始，马文·明斯基就致力于用计算机模型模拟人类的思维过程。他惊奇地发现，佩珀特在会上分享的关于“变概率强化学习”的论文，与自己的论文（*Steps Towards Artificial Intelligence*，人工智能领域的一篇著名论文）在研究结果和思考方式上竟然惊人的相似，而两人此前完全没有任何交集。佩珀特也对明斯基提出的“借助计算机模型，可以更加准确地理解儿童如何思考”的想法十分感兴趣，两人一见如故。明斯基随即邀请佩珀特加入麻省理工学院的人工智能小组（AI group）。1963年，佩珀特正式加入麻省理工学院应用数学系，不久之后，又被马文·明斯基任命为人工智能实验室（后来发展为计算机科学与人工智能实验室，简称CSAIL）的联席主任。

真正接触到计算机后，佩珀特的兴趣便不再局限于利用计算机理解人们如何学习和思考，真正吸引他的，是如何利用计算机改善人们的学习过程。

顾问与承包商

1957年10月4日，苏联人将第一颗人造卫星斯普特尼克（Sputnik）成功送入近地轨道。这是人类征服自然的高光时刻，但对美国人来说，输掉第一回合的太空竞赛无疑是一场公关危机，当时的总统艾森豪威尔很快下令成立了两个新的政府机构——国家航空航天局（NASA）和高级研究计划局（ARPA）。

人造卫星危机带来的另一个影响是，政府为小学至高中的数学和科学教育投入的预算逐年增加，这在教育界催生了大规模的课程创新和方法创新。人们打出“新数学”

（New Math）的旗号，也开始对物理化学等科学课程进行激进的课改。

当时距离第一台电子计算机ENIAC诞生仅仅过去十多年，庞大且昂贵的计算机还未走出实验室，一台计算机的造价与一架民航客机相差无几。这些计算机只能执行批处理任务，在程序执行前必须输入所有的数据并且按顺序规定好每一步的操作，一旦程序启动，就只能等待执行结束，过程中不会响应任何操作。如果一个人想要为当时的计算机编程，需要先在专用的代码纸上打好孔，仔细检查后提交给计算机操作员，通常情况下，他能在几天甚至几周后获得程序执行后的结果（这就是需要仔细检查的原因）。

如此低效地使用这些昂贵的机器，无疑是一种巨大的浪费，高级研究计划局对分时系统（time-sharing system）的研究寄予厚望，希望通过让多个终端同时操作计算机的方式降低使用成本。BBN公司（Bolt, Beranek and Newman, Inc.以三位创始人命名的一家技术咨询公司）是ARPA的承包商，1959年，他们的研究团队获得了第一台测试版本的PDP-1（Programmed Data Processor Version 1）计算机，时任BBN副总裁的约瑟夫·利克莱德（J. C. R. Licklider，1915–1990，美国心理学家和计算机科学家，互联网先驱）还聘请了来自麻省理工学院的马文·明斯基和约翰·麦卡锡（John McCarthy，1927–2011，Lisp语言的发明者，人工智能先驱）作为其项目顾问。1960年初，BBN展示了部署在PDP-1上的具备实用性的分时系统。当时BBN的最大客户是美国军方，军方希望使用计算机对海军和空军的士兵进行技能培训，于是BBN也承接了这类在当时被称为计算机辅助教学（Computer Aided Instruction，CAI）的项目。在政府逐年增加教育拨款的背景下，计算机辅助教学很快便被带到大学、高中，甚至初中进行试验。

1966年，佩珀特作为顾问加入了BBN教育部门负责人沃利·弗伊尔齐格（Wally Feurzeig，1927—2013）的项目团队。在实验学校的教室里，来自BBN的研究人员正在使用一种复杂的代数编程语言向七年级的学生教授代数知识。

佩珀特很快就发现了使用代数编程语言来帮助学生理解数学的荒谬之处。基于皮亚杰的理论，他认为孩子接触新内容时首先经历"同化"的过程，当他们发现使用旧图式不能解决新问题时，才会发生"顺应"建立新的图式。而这些孩子还没有关于代数的图式，代数编程语言在孩子的大脑中根本就无处安放。

在BBN，佩珀特提出要为孩子设计一种更加友好的编程语言，这种语言首先应该模仿孩子们最熟悉的东西——自然语言本身。在Lisp语言的基础上，佩珀特和弗伊尔齐格、丹尼尔·G. 鲍勃（Daniel G. Bobrow，佩珀特和明斯基曾经的学生，Lisp语言的开发者之一）、辛西娅·所罗门（Cynthia Solomon，1938— ）一起，共同设计了一种语法更加直观的Lisp"方言"。这种新语言一开始被称为"Baby

Lisp”，后来佩珀特使用它制作了一个文字游戏，于是弗伊尔齐格将它命名为Logo，取自于希腊语“λογος”，意思是“字”“思想”和“理念”。

重塑学习

1968年，在马萨诸塞州列克星敦的马兹初中，Logo语言第一次正式进入公众的视野。沃利·弗伊尔齐格说服了学校的校长，将七年级学生的数学课都替换为Logo课。这是一个十分大胆的举动，然而出人意料的是，一年后，这样一群不上常规数学课的学生，数学成绩竟然都有所提升。

在Logo课上，孩子可以对字词和句子进行排列组合等各种操作，而数字对他们来说只是一种特殊的“字”。孩子们使用Logo完成了诸如1到100求和、计算平方数、猜数字等经典项目，有些复杂的项目甚至用到了列表和自定义过程（process，计算机术语）。

在马兹初中，佩珀特亲自上阵，当起了孩子们的编程老师。事实上，教室里并没有计算机，甚至没有电子屏幕，学生们能用的只有敲起来叮当作响的电传打字机终端。在键盘上打出的指令先是通过电话线传到一台远在BBN的“分时”计算机PDP-1上，等到指令在远端执行完毕后，结果才会沿着电话线原路返回。所有的操作和执行

ASR-33 电传打字机。图片来源：www.bytecollector.com

马兹初中的学生在使用电传打字机终端机。图片来源："History of Logo"

结果都会被电传打字机一字不差地打印在纸带上，直到今天，各种需要通过命令行操作的“终端”仍然遵循这种操作逻辑。

有一段时间，佩珀特喜欢在没有课的时候去隔壁的美术教室看看，因为总有不同班级的孩子在那里制作肥皂雕塑。他很快发现，美术课与数学课的差异远比人们日常理解的更大。在数学课上，孩子们会领到一些小任务，老师总是希望孩子们快点做完，这样老师就能更快地制订下一步的教学计划，决定继续讲解后面的内容还是停下来复习。而在美术课上，孩子们的作品都来自他们的想象，制作周期可以长达几个星期，这给了他们充足的时间去思考、审视并改进自己的作品。孩子们能够试验新的想法，听取其他人的反馈并形成自己的洞见。这样的学习历程对于作为数学家的佩珀特来说十分熟悉，却与初中的数学教育大相径庭。

佩珀特很喜欢学生的作品，问美术老师能不能送几个给自己。美术老师却告诉佩珀特说，自己和家长早已预定了孩子们全部的作品。佩珀特想，常规的数学课上，一定不会有老师想要保留学生的任何“作品”。相较之下，美术老师对待学生作品的态度给佩珀特带来了前所未有的冲击，一个想法开始在佩珀特的脑海中盘旋：初中的数学课也要这样！

当时的他并不知道如何具体地表述这种想法，甚至不知道该叫它什么，于是很长一段时间里他只能将这种想法称为“肥皂雕塑数学”（soap-sculpture math）。

数学家之间有一句老话：“没有一个已知的定理，不能在一段合理的时间（几个小时或几个月，而不是一生）内，给一个中等智力的初中生完全讲透。”然而现实却是，很少有初中生能够理解哪怕是最简单的定理，对大多数学生来说，数学总是神秘且抽象的、不易理解的，甚至是与直觉完全相悖的。

在建构主义者的“工具箱”中，实验一直是重要的教学手段。物理化学生物这类科目从创立之初就离不开实验，但是作为最古老的学科之一，数学却很少使用实验的方法学习。数学的学习过程充满了老师近乎武断的表述，黑板上也出现过太多不够标准的直角或者不够标准的圆。

在那个计算机还没有进入人们日常生活的年代，佩珀特就已经预见，计算机的出现会从根本上改变教育。

在他看来，计算机的作用被世人严重低估了，计算机不应只是作为获取信息和呈现信息的工具。计算机是机器的终极形态，它不再服务于单一的目的，其功能可以是千变万化的。佩珀特想要让计算机成为帮助孩子们思考数学问题的“中介物”，他想让孩子们像操纵数字一样操纵诸如距离、角度之类的数学概念。在佩珀特的眼中，借助齿轮很难做到的事情，对于计算机来说却轻而易举，他迫切地想要创造一种可以让孩子通过计算机操作的“玩具”。

“海龟”

1969年，反战声浪日渐高涨，随着意在削减美国政府军费开支的《曼斯菲尔德修正案》的通过，ARPA的政治气氛发生了变化。该修正案要求，军方资助的研究必须服务于明确的军事目标，并且需要接受国会的质询。

于是佩珀特终止了与BBN的合作，回到麻省理工学院成立了Logo研究小组。在人工智能实验室同事们的共同努力下，佩珀特的Logo小组制造了两只“地面海龟”（floor turtle）机器人。这两只“海龟”一个像是黄色的邮筒，另一个则有半透明的树脂保护罩，海龟的底部都有一支可以通过程序控制抬起或落下的记号笔。刚刚研究生毕业的哈尔·阿贝尔森（Hal Abelson，著名教科书《计算机程序的构造和解释》的作者，自由软件基金会发起人之一）开发了运行在电脑屏幕上的“屏幕海龟”（display turtle）。马文·明斯基与佩珀特依旧保持了紧密的合作关系，不仅合作撰写了《感知机》（*Perceptrons*）一书，还为Logo制作了一个可编程的音乐盒。

孩子们可以通过如FORWARD（前进）、LEFT（左转）的指令控制“地面海龟”或“屏幕海龟”移动。在移动的同时，还可以使用PENUP（抬笔）和PENDOWN（落笔）的指令，控制“地面海龟”底部的记号笔在地上画线，“屏幕海龟”也可以通过同样的指令在屏幕上画出运

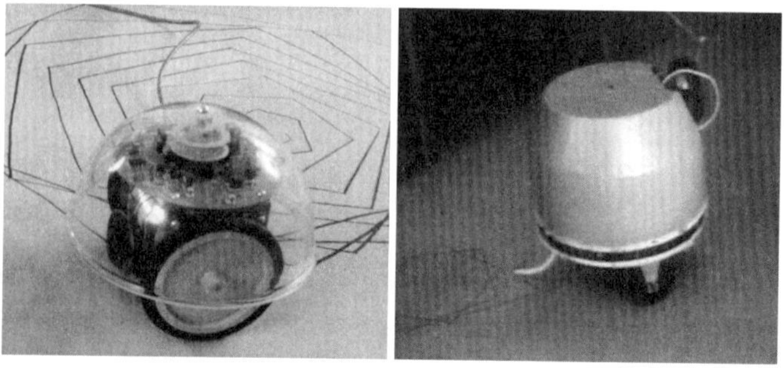

两只“地面海龟”机器人，黄色那只像是个三轮车。
图片来源：www.cyberneticzoo.com

西摩·佩珀特与“海龟”。图片来源：*Code Nation*

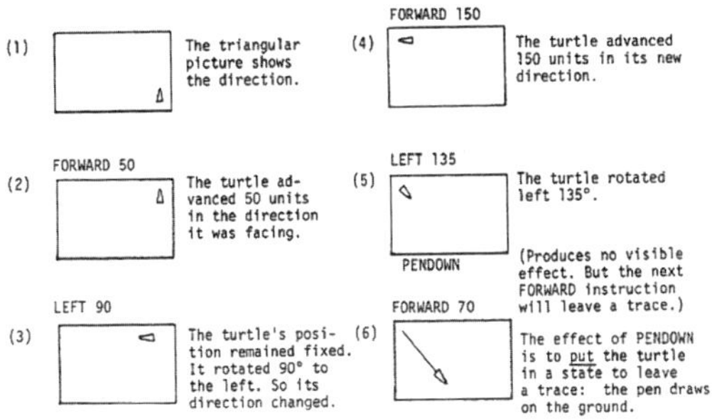

“屏幕海龟”的指令示意。图片来源：“Twenty Things To Do With A Computer”

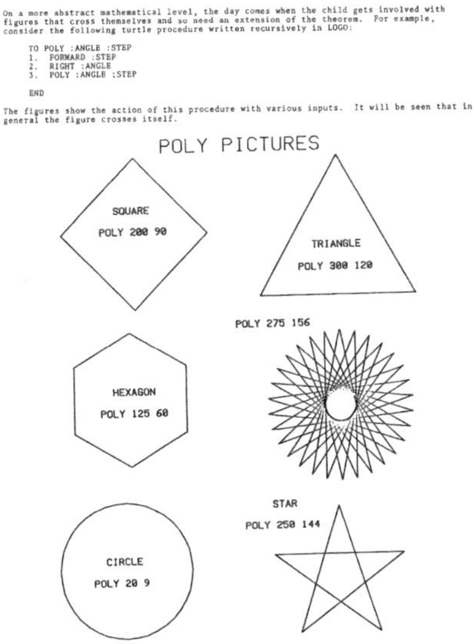

On a more abstract mathematical level, the day comes when the child gets involved with figures that cross themselves and so need an extension of the theorem. For example, consider the following turtle procedure written recursively in LOGO:

```
TO POLY :ANGLE :STEP
1.  FORWARD :STEP
2.  RIGHT :ANGLE
3.  POLY :ANGLE :STEP

END
```

The figures show the action of this procedure with various inputs. It will be seen that in general the figure crosses itself.

孩子们使用“海龟”画的多边形及代码。
图片来源：“On Making a Theorem for a Child”

动的轨迹。配合循环，“海龟”可以很快地画出任意边数的正多边形，如果加上变量，图形还会变得更加复杂。

佩珀特为“海龟”投入了极大的热情，他亲自带着“海龟”进入小学的课堂授课，进行调查和实验。他的团队甚至为五年级和七年级的学生设计了专门的数学课程，希望孩子们能够在沉浸式的计算机环境中学习数学。

当问到如何画一个圆时，低年级的孩子会回答“走一小步然后转一点点”，在研究人员的帮助下，他们马上就能用程序验证自己的想法。这些小学生并不知道自己使用了微分的方法，但计算机的出现让他们有了验证这种朴素假设的工具。五年级的孩子面对相同的问题时会回答“画很多到圆心距离一样的点”，在学习Logo的基础语句后，这些孩子也能使用程序验证自己的方法，直观地感受数学概念。

Logo出色的互动性，为“教”和“学”打开了前所未有的新天地。空间推理和数学概念不再是纸面上静态且抽象的符号，变成了看得到甚至摸得着的、可以立即感知的东西。对于佩珀特和他的同事而言，这种互动性在一定程度上重现了童年早期（感知运动阶段）的认知发展特征。换句话说，借助Logo/Turtle这样的工具，数学第一次可以通过动手实验的方式学习，孩子们能够利用更加简单的认知策略学习那些从前晦涩高深的概念。同时，借助计算机，孩子们也更容易理解数学中模糊而相似的概念。比如代数里的“x”，在一些地方是未知数，而在另一些地方则是函数的自变量。

Logo是一种解释性语言，输入的命令都会被立即执行，所以用户可以马上看到程序语句的输出。如果指令执行后并没有出现预期的效果，往往意味着程序还不完善，需要找到bug并解决它们。建构主义认为，教师不能忽视学生已有的知识，先要了解学生拥有什么样的模型（图式），然后才能引导学生走向正确的方向。佩珀特发现，测试和调试程序的过程恰恰具有“特殊的指导意义”，它能在出现问题时立即给学生提供解决问题的机会。了解自己错误的观念对于构建新知识至关重要，这也正是为什么调试（debugging）对于编程学习不可或缺。马文·明斯基也十分赞同调试的重要性，他反对人们关于“正确答对所有题目就等于掌握一门学科”的假设。在明斯基看来，学习最重要的不是“避免犯错”，而是学会“享受犯错”。

佩珀特认为，对于编程学习来说，学习者要能够预测每一条指令执行所产生的后果，以及运行整个程序后得到的最终结果。课程和指导都应该以帮助学生形成认知模型为目的，而不是满足于用指令写出“将这些步骤执行×次”这样简单的循环。并且，比起写出正确运行的程序，与计算机编程相关的“预编程”任务——如识别问题、构建算法和自我评估等，往往能帮助学习者对学习内容形成更加深刻的理解。

佩珀特认为，编程有助于培养严谨的思维和表达能力。为了让计算机理解并执行程序，孩子们必须对算法（解决问题的步骤）形成精确的表述。通过对算法精确的描述，孩子们不仅学到了如何编程，更重要的是学到了如何思考。

实际上，计算机提供了一个主动实验各种启发式概念的环境，在这个环境里，孩子们可以试验如“分解问题”“分离困难”“找到相关问题”等解决问题的策略。佩珀特相信，如果一个孩子通过分析数学问题获得了系统化的方法，那么当他面对生活中其他问题时，也能够自觉或不自觉地运用这些方法。

佩珀特并不赞同把编程教育看作一种实用技能培训的传统观念，也不认为编程只配作为学校里的辅助学科。实际上，编程完全可以作为一门抽象的数学课程来教授，不需要用到计算机，甚至不需要提到计算机。但是如果把编程当作数学一样去讲授，就丢失了编程最核心的价值——掌控感。而通过计算机，学生能够精确地看到自己的命令会产生什么效果，正是计算机所提供的这种精确的掌控感，使得“数学实验”成为可能。

佩珀特不仅想让编程成为数学学习的基础，还希望将计算机与语言学习、物理、生物、地理、经济学等学科结合，借助计算机的力量学习这些学科，并拓展这些学科的数学基础。

经过十多年的探索和努力，1980年，佩珀特将自己的思想和经验总结为一本书：*Mindstorms: Children, Computers, and Powerful Ideas*（中文版译作《因计算机而强大》）。书中分享了他关于如何通过编程使孩子们成为更好的学习者和思考者的一整套观点。在他看来，计算机的意义不仅是技术的飞跃，更是文化上的，人类的生活学习都将深刻地受到计算机文化的影响。但炫目的技术成就掩盖了计算机的文化属性，在人类现有（六十年前，也许直到你读到这里时）的文化环境中学习数学和科学，仍然类似于在美国学法语，而要想让数学学习变得像在法国学习法语一样简单，必须建立支持数学学习的技术和文化。佩珀特将这个学习数学的理想国度称为“数学大陆”（Mathland）。

他还特别反对“计算机被用来给孩子编程”这一说法，他希望孩子们能够创造性地使用计算机。在佩珀特眼中，“是孩子在给计算机编程，在这一过程中，孩子能收获对最前沿、最强大技术的掌控感，同时与科学、数学以及构建知识模型方面最底层的概念形成紧密连接”。

尽管他的书广受好评并被大量引用，佩珀特还是在之后的论文和演讲中表现出一丝挫败感。他觉得读者对标题中的“计算机”（Computers）一词投入了过多的关注，而忽略了“强有力的思想”（Powerful Ideas）。“强有力的思想”是佩珀特建构主义[①]教育方法中最难理解的概念之一，但同时这也是其理论体系中最具启迪意义的思想内核。佩珀特创造了“强有力的思想”一词，用来表示一个领域内或某个学科的核心概念和技能。“强有力的思想”不仅在解决本学科问题时有用，同时也与其他学科在认识过程上相互联系。除此之外，这些核心概念和技能还应根植于孩子通过长期生活学习内化而来的直觉性知识之中。

1985年，西摩·佩珀特和马文·明斯基作为创始成员，加入了麻省理工学院前校长杰罗姆·威斯纳（Jerome

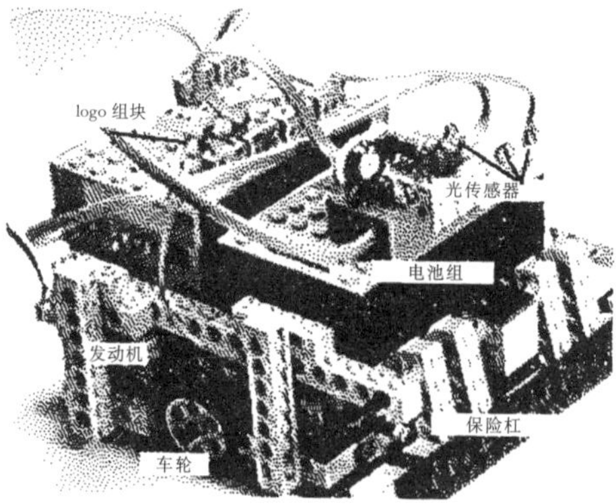

用乐高搭建的“可编程海龟”及电池组。
图片来源：“Children, Cybernetics, and Programmable Turtles”

① 也被译作“构建主义”，佩珀特使用的是constructionism而不是皮亚杰的constructivism。相比于皮亚杰，佩珀特的理论更加注重主动利用环境中的材料构建作品，但两者在认知发生的核心问题上是一致的，所以一般情况下并不做细致区分。

Wiesner，1915–1994，曾作为肯尼迪总统的科学顾问）和麻省理工学院教授尼古拉斯·尼葛洛庞帝（Nicholas Negroponte，1943– ，媒体实验室的首位主管）新成立的媒体实验室（Media Lab）。在媒体实验室，佩珀特成立了认识论与学习研究小组（Epistemology and Learning Group）。

这一年，Logo语言已经进入全美40%的学校，成为小学和中学事实上的标准编程语言。同年，丹麦的乐高公司开启了与佩珀特的长期合作，并且成为媒体实验室最早的赞助商之一。后来乐高公司与MIT联合开发的可编程机器人套件，也以佩珀特的著作*Mindstorms*命名，直译作“头脑风暴”。1989年，乐高公司出资在媒体实验室设立一个教授职位，佩珀特成为第一任“乐高学习研究教授”。

问题少年

1990年，六十二岁的佩珀特回到缅因州，继续他的教育实验。在这里，他创立了学习谷仓（Learning Barn），一个致力于探索下个时代教学方法的小型实验室，后来更名为西摩·佩珀特研究所（The Seymour Papert Institute）。1999年接到州政府的委托，佩珀特在缅因州“青少年中心”内建立了“建构主义者学习实验室”（Constructionist Learning Lab，CLL）。

“青少年中心”实际上是类似少管所的机构，目的是纠正青少年的“偏差行为”。这一次，他所面对的“学生”都是在家庭或学校几乎得不到支持，正在与毒品、酒精、愤怒或心理问题斗争的问题青年。“青少年中心”实行半军事化管理，年轻的孩子们虽然也需要上课，但课程经常被其他事情打断。与常规学校最大的不同是，这里的孩子流动性很大，通常是一个学期下来，班级里的孩子完全换了一拨。有很多人因为学习成绩太差或其他行为问题，从很小就开始接受“特殊教育”，虽然已经上了初中，但学业水平甚至比不上正常的小学生。

佩珀特的目标并不是提升孩子们的学业表现，而是将关注重点放在培养“成为一个有纪律的、成功的学习者所需要的习惯、态度和自我意识”，其次才是在语言、计算和技术方面的基本素养。他认为，在现有经验的框架内无法解决已经存在的问题，这些孩子的失败已经证明，学校的学习环境对他们很难起到作用，想要改变他们的行为，必然要从根本上改变环境。佩珀特没有选择只改造孩子们生活中的某一个方面，而是带领团队重新创造一个完全不同的，基于建构主义的，可以让孩子们完全沉浸于技术的学习环境。

CLL是一个不分年龄和年级的，跨学科、开放、以学生为中心的学习空间。学生们可以基于自身喜好选择感兴趣的项目进行研究，通过设计产品并最终将设计付诸实践的方式进行学习。佩珀特为每个孩子提供了至少一台计算机，大量的“头脑风暴”（Mindstorms）套件，以及各式工具和辅助材料（甚至包括制作吉他和航模所需的零件）。每十名学生就配备了两名指导老师，后来甚至增加到每六名学生就配备两名老师。孩子们被给予了极大的尊重，也被鼓励参与CLL里的日常维护和重大决策。与传统的学校或“青少年中心”倡导的“矫正文化”不同，佩珀特发现，当孩子们真正参与到决策过程中时，他们会更加严肃地思考问题，提出公平有效的解决方案。

佩珀特回忆说：“有时我们会向每个人提出不同的挑战，有时项目会围绕一个统一的主题，还有一些个人性质的项目。每个学生通常会同时进行两到三个不同类型的项目。”学生需要为每个项目选择不同的材料，根据实际情况进行计算，尝试多种机械构造和工艺。有些项目是非常传统的手工，许多学生花了超过一百个小时，从头开始制作出一把高质量的吉他，做好后还持续地学习如何演奏。更多的项目则是完全基于计算机的，例如创建动画、制作游戏、建筑建模、管理股票投资组合等。甚至有人受到报纸上新闻的启发，使用乐高套件设计了一个根据当前气温调整收费的软饮料自动贩卖机，还写信给饮料公司兜售他的设计。

在空闲时，这些青少年宁肯继续打磨自己的项目，也不愿离开CLL去打篮球。实验室里从来没有发生过暴力破坏行为，参加实验室项目的孩子再次犯罪的比例仅为14%，而“青少年中心”的平均累犯率则高达70%。但不幸的是，“青少年中心”的管理者会将学习书籍视作不可以带回寝室的违禁品，也会使用剥夺项目参与权的方式对孩子们进行惩罚。

后来，“青少年中心”因为年久失修申请扩建。出入新建成的“青少年中心”开始需要门卡，房间的窗户也更小了，整个中心变得更像监狱。佩珀特甚至在论文中抱怨道：“官僚主义的思维模式决定了设施的设计。形式战胜了功能。”

老小孩

佩珀特的工作激励了世界各地的几代教育家和研究人员。他本人曾获得包括古根海姆学者奖（Guggenheim Fellowship，1980）、马可尼国际奖（Marconi International Fellowship，1981）、《计算机世界》评选的史密森尼奖（Smithsonian Award，1997）在内的众多奖项。虽然佩珀特主要在美国生活和工作，但他也为数字技术在其他国家的应用推广做出过开创性的工作。他的足迹遍布法国、日本、泰国以及很多拉丁美洲国家。八十年代中期，他与哥斯达黎加总统奥斯卡·阿里亚斯（Oscar Arias）合作，将计算机深度整合进全国的公立学校。时至今日，作为在教育系统中大规模应用计算机的典范，哥斯达黎加仍然是美洲识字率最高的国家。

1997年，佩珀特回顾了自己漫长的职业生涯，认为自己的愿景只实现了一部分。虽然Logo项目在过去的几十年里取得了巨大的成功，但眼下的计算机文化仍然处于早期阶段。佩珀特提供了一个比喻，如果学习编程就像空中旅行或电影艺术，那么Logo项目就像早期的DC3飞机（最初的双螺旋桨飞机）或是只有一个固定机位对准演员的早期电影。简而言之，与计算机编程相关的技术正在迅猛发展，但是社会对这种媒介的理解还没有达到与之匹配的程度。佩珀特还提出，计算思维（computational thinking）本身就是一种文化属性。他说："真正的问题不在于Logo是否'成功'，而在于认识到学习计算机已经成为一种得到广泛发展的文化，在这个过程中，Logo发挥了重要的作用，但并不一定是决定性的因素。"

1998年，在佩珀特成为荣誉退休教授后，为纪念他，"乐高学习研究教授"这一职位的名字被修改为"乐高佩珀特学习研究教授"（LEGO Papert Professorship of Learning Research）。一年后，《时代周刊》杂志开始评选"二十世纪伟大的思想家"，邀请佩珀特写一篇关于让·皮亚杰的文章。在文章中，佩珀特写道：

他（皮亚杰）提出了一套关于儿童思维方式的全新

观点，为今天的教育改革运动提供了理论基础。这种转变堪比现代人类学取代了“高贵的野蛮人”的浪漫主义故事。有人可能会说，皮亚杰是第一个认真对待儿童思维的人。其他同样尊重孩子的人——美国的约翰·杜威（John Dewey）、意大利的玛丽亚·蒙台梭利（Maria Montessori）和巴西的保罗·弗雷尔（Paulo Freire）——在推动学校改革的第一线努力，但皮亚杰对现代教育的影响更深远、更广泛，为一代又一代教师所景仰。他让这些教师相信，孩子们不是装满知识的空容器（像传统教学理论宣称的那样），而是知识的积极建设者——小科学家，不断地创造和检验自己解释世界的理论。尽管他可能不像西格蒙德·弗洛伊德一样家喻户晓，甚至比不上B. F. 斯金纳（行为主义心理学的代表人物）的名气，但他对心理学的贡献可能更为持久。随着数字技术让孩子们在探索更广泛的世界时拥有越来越多的自主权，对于父母和教育者来说，亟须了解皮亚杰的思想。

2001年，美国《新闻周刊》将佩珀特评为“全国十大教育创新者”。

佩珀特的语言通常充满诗意，甚至故意埋下一些谜题或暗喻，这几乎成为他的标签。比如他曾经常说“人无法思考思考本身，除非思考关于某些事物的思考过程”（You cannot think about thinking without thinking about thinking about something）。他文章的标题，往往也能令人会心一笑。比如“两个错误并不会负负得正，但三个正确（右转）却会让你左转”（Two Wrongs Don't Make a Right, but Three Rights Do Make a Left），“什么都没有的奇妙发现”（The Wonderful Discovery of Nothing）。在佩珀特内心深处，也许还住着一个喜欢摆弄齿轮的孩子。他很爱孩子，孩子们也喜欢他，每当他去朋友家参加聚会时，经常会被小孩子牵走。如果佩珀特在聚会上突然消失，那一定是因为他正坐在地板上和孩子们一起玩耍。

2004年，佩珀特与尼古拉斯·尼葛洛庞帝和艾伦·凯（Alan Kay，1940– ，计算机科学家，面向对象编程和用户图形界面的先驱）一起发起了非营利组织“每个儿童一台笔记本电脑”（one laptop per child，OLPC），致力于为世界上最贫穷的儿童提供低成本、低功耗、耐用的笔记本电脑。该机构组织生产了三百多万台笔记本电脑，惠及四十多个国家的儿童。

在其学术生涯中，佩珀特发表过不少批评学校教育的文章，但他并不是一个激进的批评家，他把自己一生的思考都投入到了解决问题之中。他深信技术的发展，尤其是计算机的普及，一定会对人的认知发展产生影响，也一定会给教育带来更多的挑战和可能。从某种意义上说，佩珀特看到了一个未来，又通过自己的努力把它变成了现实。

2006年12月5日，七十八岁的佩珀特正在越南河内参加第十七届国际数学教学委员会（ICMI）的研讨会。在过马路时，他被一辆突然出现的摩托车撞倒在地，头部受到严重损伤。佩珀特先是在河内的医院接受了紧急手术，然后由瑞士空中救护公司的飞机送往波士顿，来自马萨诸塞州的参议员派出国民警卫队将他从机场转移到医院。佩珀特昏迷了很久，当脱离危险被转入缅因州家附近的医院时，已经完全丧失了语言能力。没有人知道他未来能恢复到什么程度，甚至连医生都认为，普通的康复训练几乎不会对他曾经高度活跃的大脑有什么作用。

如果说受伤之前的佩珀特奇迹般地改变了教育，那么接下来的康复过程就是他自己生命的奇迹。

佩珀特的妻子苏珊娜·玛西（Suzanne Massie）曾这样形容他："在我的一生中从未见过比他更勇敢的人，他从没有过任何抱怨，即使他完全有理由那样做，他只是开始重新学习一切。"清醒后的佩珀特立即开始了对自己的"教学"，他重新"教"自己行走，"教"自己吃饭，"教"自己说话和阅读。他从来没有停止学习，甚至没有浪费一分一秒。当时有一个意大利导演来拜访他，问他："重新学习一切难道不是一件很困难的事吗？"佩珀特的回答却是："哦不，这很令人兴奋。"

后来佩珀特又因脓毒症导致心脏瓣膜受损，更换了心脏瓣膜，这之后便再也没能清晰地说出完整的句子。虽然没有办法表达自己的想法，但他仍然没有停止阅读和思考，他还是会找来各种自己感兴趣的书籍报纸从头读到尾。妻子收集了他的朋友同事们近期的讲座录像，每天上午九点半到下午两点半都会播给他看。通常，佩珀特会看得入神，一脸的认真严肃，但时不时他也会开心地笑出声来，笑着笑着还会半开玩笑地评论一句：“蠢货（Idiot）！”

2016年7月31日，佩珀特在缅因州的家中去世。

打字秘书

1962年的夏天，二十四岁的辛西娅·所罗门从拉德克利夫学院出发，前往麻省理工学院应聘一个秘书的职位。那时的美国正身处越战的泥沼，“垮掉的一代”一边高呼爱与和平，一边滥用致幻剂，女性解放运动正如火如荼。受过高等教育的年轻女大学生已经不满足于毕业之后立即结婚生子组建家庭，都想要证明自己是新时代的独立女性。辛西娅·所罗门对于计算机和编程十分着迷，但当时的计算机行业对于女性来说还是过于遥远，她找不到可以教自己编程的人，更接触不到那些占据报纸头条的神奇机器。在前去应聘之前，辛西娅还专门学习了打字技术，因为她觉得打字可能是进入计算机行业必需的职业技能。面试她的是一个年纪轻轻就已经谢顶的教授，辛西娅展示了自己的打字能力，但好像没有打动这个人，直到她表达了自己对于计算机编程的兴趣。

就这样，辛西娅成了马文·明斯基的秘书。当时的辛西娅并不知道，自己的打字技术远不如自己的老板。

六十年代初，麻省理工学院还没有计算机专业，使用计算机做研究的往往是来自数学专业或电子工程专业的研究生和本科生。这些从事计算机研究的奇才被称为“黑客”（hacker），他们充满好奇心和冒险精神。在黑客中普遍存在的一种态度是：我能做到的，你也可以，如果你想学的话。

早在1959年，明斯基就已经创立了人工智能小组，但直到1963年夏天，人工智能小组才有了属于自己的第一台分时计算机PDP-1。那一年，明斯基的研究小组更名为人工智能实验室（AI Lab），与新成立的计算机科学实验室（Laboratory for Computer Science，LCS）一起搬入刚刚建成的“科技广场”（Tech Square）办公楼，共用大楼的八层和九层。两个实验室共同参与一个由ARPA出资的分时系统研究项目——“数学与计算项目”（Project on Mathematics and Computation，简称Project MAC），其目标是开发一种计算系统，使个人能够像获得电力一样方便地获得计算能力。这个项目的资金来自约瑟夫·利克莱德（J. C. R. Licklider）领导的“信息处理技术办公室”（Information Processing Techniques Offices，IPTO）。IPTO是ARPA的下属机构，作为主管（1962–1964），利克莱德负责寻找创新项目并为其投资，他对互动计算和网络的兴趣很大程度上影响了计算机发展的方向。Project MAC有时也可以被解释为“多接入计算机”（Multiple Access Computer）或“机器辅助认知”（Machine Aided Cognition）。

八层属于教授和研究员，九层则存放着学校仅有的几台计算机，人工智能小组的PDP-1也在这里，于是，“科技广场”的九楼成了“黑客”们的乐园。

1968 年马文 · 明斯基在 MIT 实验室。图片来源：MIT news

明斯基十分尊重这些聚集在PDP-1周围的大学生，经常与他们一起工作。事实上，这些学生往往比他们的教授更了解计算机，很多开创性的成果都离不开这些“黑客”。正是在人工智能小组的这台PDP-1上，几个研究生制作了第一款图形电脑游戏《太空大战》（*Space War*）。所罗门后来回忆说，这是她多年来唯一会玩的电子游戏，这也使得明斯基成为第一个禁止学生在实验室工作时间玩电子游戏的教授。由约翰·麦卡锡创造的Lisp（list processing的缩写，强调列表处理）语言，鼓励使用递归函数以及将程序作为数据进行符号化的操作。这符合当时人工智能研究的理念，所以成为当时活跃在人工智能实验室的黑客们的首选语言。在这样的环境中，所罗门开始自学Lisp编程语言，年轻的她很快掌握了这门语言，成为明斯基的得力助手。那时BBN教育项目负责人沃利·弗伊尔齐格刚刚开始研发一个名叫“导师”（Mentor）的计算机辅助教学（CAI）项目，所罗门还被借调去BBN，开发Lisp语言版本的“导师”。

1963年的冬天，西摩·佩珀特来到了麻省理工。

计算机教育之母

在二十世纪五六十年代的第一次商业计算浪潮中，大而昂贵的计算机占据着整个房间，当时的人们认为只需要有限数量的专家来使用简单的输入设备（比如开关、穿孔卡片和纸带）来为计算机编程即可。即使是在美国所谓的企业计算“黄金时代”——六十年代中后期，人们仍然搞不清楚需要多少编程技术人员来支持国家工商业和军事的快速计算机化。甚至连主流专家都相信，设计良好的计算机系统用不了多久就会自动编程，只需要少数几个细心的管理人员来监视这些机器。当时的大多数语言如FORTRAN、BASIC等在语法上都过于复杂，不支持动态创建和执行，也缺乏方便初学者使用的调试环境。

1966年底，当西摩·佩珀特第一次提出要为孩子们设计一款新的编程语言时，便将摆脱编程的复杂性作为首要目标。作为孩子，完全没必要关心内存回收或数据类型声明，也无需掌握复杂的调试技术。适合孩子使用的编程语言，应该是帮助他们学习如何解决问题的工具。考虑到BASIC语言和其他主流语言并不能提供这样的特性，佩珀特将目光转向了Lisp语言。

于是，熟练掌握Lisp编程的辛西娅·所罗门加入了佩珀特和弗伊尔齐格的新项目，与他们一起开发基于Lisp的儿童编程语言——Logo。

到1967年夏天，Logo已经初具雏形，他们便在林肯市的汉斯康姆学校招募了一些十岁的孩子进行测试。这些孩子的父母多是海军士官，佩珀特负责上课，所罗门和弗伊尔齐格则作为观察员，记录课堂观察并提供反馈。每节课前和课后，所罗门都会和佩珀特一起讨论课程内容或程序中的错误。等到测试结束，Logo的代码几乎相当于推翻重做。回到BBN，他们又将Logo移植到一台仓库中没人用的老旧PDP-1计算机上。

1968年秋天，在列克星敦市马兹初中的教室里，所罗门准备好了十二台电传打字机。佩珀特和所罗门共同为Logo编写了课程材料和讲师手册，还聘请了一位教学经验丰富的数学老师作为孩子们的“Logo”老师。

以为准备好一切的辛西娅·所罗门回到了BBN，但当她再次来到学校时，数学老师上课的方式却令她大吃一惊。

她看到数学老师正在教孩子们“打印”（print）指令的作用和语法，完全没有带领他们做项目。这使得所罗门意识到，计算机相关的背景知识对教学至关重要，于是她决定亲自教孩子们Logo语言编程，后来佩珀特也重新走上讲台。在这里，他们共同设计了很多经典项目，比如将英语翻译为“小猪拉丁语”（Pig Latin），句子生成器，猜数字，单词反转程序和数学出题机等。1969年，当马兹初中为期一年的Logo课程结束时，辛西娅·所罗门离开BBN，正式加入佩珀特的团队。

如果说佩珀特是公认的计算机教育之父，那所罗门绝对称得上计算机教育之母。她不仅参与了第一款儿童编程语言Logo的开发，还创造了许多我们目前仍在使用的计算机教学方法和教学活动。佩珀特曾说，他和所罗门的合作是如此紧密，以至于在很长一段时间里，已经难以列举出各自为计算机教育所做的贡献。

1972年，在所罗门与佩珀特共同撰写的论文《计算机能做的二十件作品》（*Twenty things to do with a computer*）中，他们详细介绍了使用Logo/Turtle进行教学的案例。除了画图、动画、编曲、给Turtle机器人安上传感器让它避障这类至今仍然能在课堂中见到的项目，论文里还记录了一些在今天看来仍然很有想象力的项目，比如用计算机绘制的图形验证视错觉（optical illusion），使用反馈的概念维持木杆平衡，或者用计算机控制木偶。

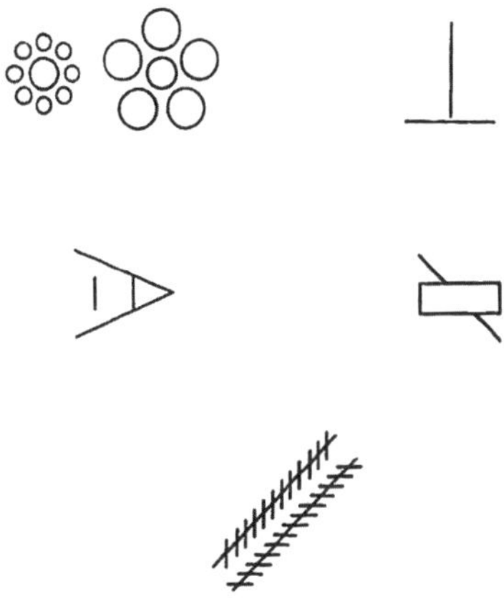

利用“海龟”绘制的视错觉项目。
图片来源：“Twenty Things To Do With A Computer”

所罗门推崇皮亚杰式的学习，即通过对学生驱动的、构建性的过程进行指导学习编程。她相信如果孩子们在学习新概念时被鼓励遵从直觉，利用自己熟悉的材料建立新的图式，往往能达成更好的学习效果。所以，所罗门呼吁要在课堂上营造适合Logo学习的环境：每个或每组孩子都能按照自己的意愿选择项目，给孩子留出充足的时间去思考他们的工作过程和思考过程，老师要成为学生的助手而不是高高在上的权威。

《因计算机而强大》一书的出版，让Logo走进了更多人的视野，人们对于编程学习的热情空前高涨，突然间，大量教师在没有准备好的情况下就开始使用Logo进行教学。所罗门很在意学习如何发生，为此她做了大量的教师培训工作坊。她认为，在课堂上，每个人的角色都应该是动态的，可以在学习者、教师、理论构建者和理论测试者之间反复切换。学习不应该是一个被动的过程，老师也不应该只是简单地把知识灌输到学生的头脑中，相反，老师需要从内心认可“以孩子为中心”的教学方式，并且相信孩子可以发展成为自我指导的学习者。正如所罗门所总结的：“所有参与者都应该为学习过程负责。”

1976年，所罗门在波士顿大学获得了计算机科学的硕士学位。

博士生

1968年，由斯坦利·库布里克执导，被誉为“现代科幻电影技术里程碑”的影片《2001：太空漫游》（*2001: A Space Odyssey*）上映。马文·明斯基作为科学顾问，参与设计了片中人工智能角色HAL-9000的形象。

同年，明斯基受邀来到犹他州立大学分享人工智能研究的最新进展。他花了很大篇幅讨论如何将教育领域中早已存在的，关于学习、心理学、皮亚杰认知论的知识融入人工智能领域[①]。在演讲中，明斯基经常提到这些开创性的观点离不开另一位同事——西摩·佩珀特的贡献。台下，一名计算机博士研究生被演讲内容深深吸引，决定一有机会就去拜访佩珀特。

这个年轻人就是艾伦·凯。

几个月后，艾伦·凯前往麻省理工学院拜访西摩·佩珀特。

佩珀特带他来到列克星敦的马兹初中，向他展示了Logo编程语言和孩子们的编程作品，比如句子生成器和猜数字，还有一些项目通过编程用加号“+”在电传打字机的纸带上打印出各种图形。这些十二岁孩子编写的Logo

① 马文·明斯基1969年获得计算机领域的最高奖项图灵奖，而他在犹他州立大学的这次演讲内容，与接受图灵奖时发表的题为“计算机科学的形式和内容”（Form and Content in Computer Science）的演说极为相似。

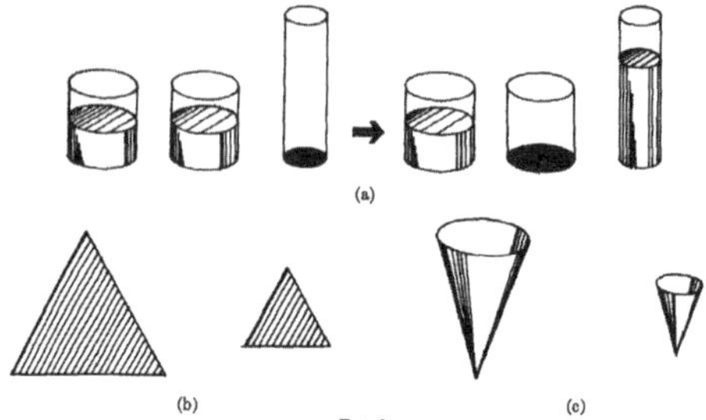

Fig. 2

马文·明斯基在犹他州立大学演讲中的有关皮亚杰认知论的图片。
图片来源：“Form and Content in Computer Science”

```
      ++++
    ++++++++
  ++++++++++++
++++++++++++++++
  ++++++++++++
    ++++++++
      ++++
```

```
PENTAGON 5 9 2
  +++++
 +++++++
+++++++++
 +++++++
  +++++
   +++
    +
```

```
DIAMOND 7 2
   +
  +++
 +++++
+++++++
 +++++
  +++
   +
```

在“海龟”被发明之前，学生使用符号打出的几何图形。
图片来源：“Programming-languages as a conceptual framework for teaching mathematics”

程序十分简洁，他们对程序的理解之深，令艾伦·凯十分震惊。凯看到他们将整个项目划分成很多个功能不同的过程，每一个小功能都可以独立于整体进行调试。这是一种强调事物命名的编程风格，当程序有了名字，孩子就可以更清楚地讨论它们。

佩珀特还向艾伦·凯展示了刚刚完成调试的像一个橘黄色邮筒的“海龟”原型机。凯马上意识到“海龟”的本质就是一个向量（vector），孩子们控制“海龟”画图形的程序，与数学家们使用向量解决“微分几何”问题的方法如出一辙。更重要的是，孩子会本能地将自己作为空间中的向量，在房间中走来走去，借助自己的“行走”和“转向”进行思考。艾伦·凯很难相信，眼前的这些孩子在几个月之前还没有接触过计算机。

直到这一刻，他才深刻地意识到，计算机的出现足以影响人类文明进程，其重要性不亚于四百多年前的古腾堡印刷机。在不远的将来，每个孩子都将能够使用这些强有力的工具。

多年后，凯曾这样描述拜访西摩·佩珀特带给自己的影响：

这（在Logo教室看到的一切）简直是醍醐灌顶！对我来说这比ARPA核心愿景所描述的关于“工具”和“载具”的隐喻要重要得多。这更像是蒙台梭利的“强大的认识论环境”，麦克卢汉（McLuhan）的“媒介的环境”，甚至还要

艾伦 · 凯绘制的 Dynabook 草图（1968 年）。
图片来源："A Personal Computer for Children of All Ages"

美国计算机历史博物馆举办"Dynabook 四十周年"讲座时，艾伦·凯展示当年的 Dynabook 模型（2008 年）。图片来源：wikimedia

惊艳得多：它（计算机）的意义如同印刷机之于人类文明，不仅仅是“对人类智力的强化和补充”，更是“对人类智力的初期塑造”。其他的一切在它面前都是如此的渺小。

佩珀特与凯相谈甚欢，即使在开车送凯去波士顿机场的路上，佩珀特都还要不停地回头和坐在后排的凯聊天，直惊得副驾驶上的所罗门频频尖叫，喊他看路。在回犹他州的飞机上，凯仍然十分激动，会面的细节伴随着无数新的创意在脑海中回荡，他突然意识到：现在的中型计算机只是一个阶段，需要为孩子们设计新的计算机。

飞机还未落地，凯就已经画出了Dynabook的概念草图，而此时距离技术上能够生产触屏平板电脑，还有几十年的时间。

帕罗奥图

1968年冬天，旧金山会议中心，道格拉斯·恩格尔巴特（Douglas Engelbart，1925—2013，斯坦福研究院增强研究中心的负责人）举行了一场被称为“演示之母”（The Mother of All Demos）的公开演示。艾伦·凯参与了前期的筹备工作，并在现场观看了整场演示。

这场演示的主角是一台名为on-Line System（NLS）的计算机，鼠标也在演示中首次公开亮相。但鼠标只是当天展示的众多创新之一，同时发布的还有超文本、对象寻址、动态文件链接等新技术。恩格尔巴特甚至还在现场展示了共享屏幕的远程协作。它向人们描述了一个激动人心的未来——来自世界各地的人们通过计算机操作那些显示在屏幕上的电子文件，并通过网络即时传送给其他用户。

然而，并不是所有人都准备好拥抱这样的世界。作为一个连名字都取自静电复印术（xerography）的公司，施乐（Xerox）的高层担心，在“无纸化”的未来，他们以纸张为基础的复印业务会不可避免地衰落，于是决定先发制人，成立帕罗奥图研究中心（Palo Alto Reach Center，PARC），投入大量资金研究前沿技术。

帕罗奥图在旧金山和圣何塞的中间，斯坦福大学就坐落于此。PARC给了来到这里的研究人员很大的自由度，他

艾伦·凯在PARC使用Alto工作。图片来源：《连线》杂志

们可以研究任何感兴趣的事情，研究中心还建立了自己的图书馆。艾伦·凯是最早一批加入PARC的研究员，图书馆刚成立时，新来的图书管理员还请他帮忙选书，于是凯带人来到离PARC不远的“全球概览”（Whole Earth Catalog，对硅谷产生深刻影响的杂志，被乔布斯称为“前互联网时代的谷歌”）杂志社，把他们所有在售的书都买了一本。

这种轻松的氛围很快便吸引了一大批顶尖的计算机科学研究人员，并且他们都发自内心地相信自己正在创造未来。他们最先发明的东西之一是激光打印机，这是对施乐复印机业务的天然补充，但是新的打印机要求被打印的文件以更加适应图形化处理的方式进行编码。由于当时还没有计算机可以创建这样的文件，帕罗奥图研究中心便开始研发自己的计算机Alto（1972年开发，1973年发布）。

Alto很大程度上脱胎于艾伦·凯的Dynabook。对于当时的技术来说，Dynabook显得过于科幻，所以研究员们把Alto看作用于研究的“过渡Dynabook”。严格来说，Alto并不是一台微型计算机，虽然他的大部分部件都可以放在桌子下面，装进一个迷你冰箱大小的塔式机箱里。最引人注目的是它独特的显示器，竖直的显示器与A4纸大小相仿，分辨率达到606 × 808，显示器上每个像素都可以被独立控制（这种现在习以为常的显示方式在当时可是一大创新）。第一代为Alto所编写的软件相当粗糙，只实现了轻量的图形化。每个应用都有不一样的操作逻辑和用户界面，比如文件管理器使用两列的界面表示文件之间的关系，而文档处理程序和画图程序的菜单一个在上一个在下。

帕罗奥图研究中心的研究人员很快意识到，应用程序需要一致的用户界面，而要实现这一点，就必须创造一个全新的可视化代码开发环境。这又促成了第一个具有现代图形用户界面的开发环境Smalltalk的诞生。

发明家

艾伦·凯常说：“预测未来的最佳方式就是创造未来。”（The best way to predict the future is to invent it.）

1972年开始，凯开始主导Smalltalk语言的开发。Smalltalk既是一个图形化的开发环境，同时也是语言运行的环境，用户可以像打开常规应用程序一样从文件管理器启动Smalltalk，但启动之后它就会接管Alto的所有资源。打个比方，微软有一款集成开发环境（IDE）叫作Visual Studio，使用Smalltalk的体验有点像是当你启动Visual Studio之后却发现这个开发环境具备Windows的全部功能。作为第一款真正面向对象（Object Oriented）的编程语言，Smalltalk本身也是完全面向对象的。Smalltalk的程序代码和数据可以被封装到称为类（Class，对象模板）的单个单元中，然后可以被其他程序复用，而不需要知道对象实现的细节。许多现代图形用户界面（GUI）的概念也由此诞生，这让使用Smalltalk变得非常简单。窗口、图标、弹出式菜单都在这时被发明了出来。随着Smalltalk的完善，还出现了第一个滚动条、第一个单选按钮和第一个对话框。

凯之所以要发明一种有图形界面、使用“对象”作为基本单元的编程语言，就是为了让人们，尤其是孩子能够更加流畅地使用计算机。孩子们不再需要一次性编写完冗长的程序，而是可以一点点完善“对象”的各种“功能”。掌握一门语言的关键，也从记忆语法和案例变成了读懂程序自带或别人定义的“对象”模板。1973年加入研

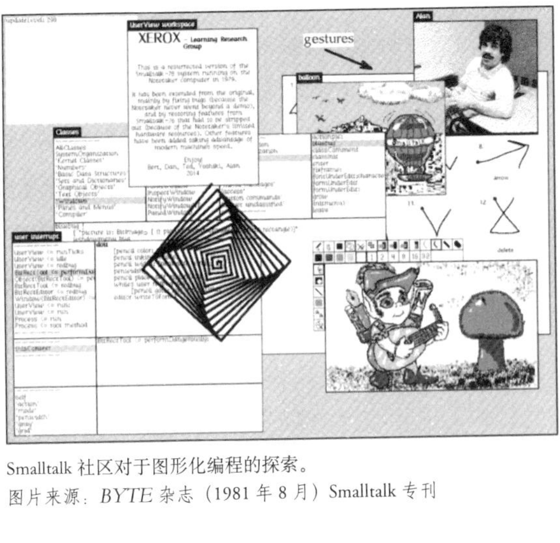

Smalltalk 社区对于图形化编程的探索。
图片来源：*BYTE* 杂志（1981 年 8 月）Smalltalk 专刊

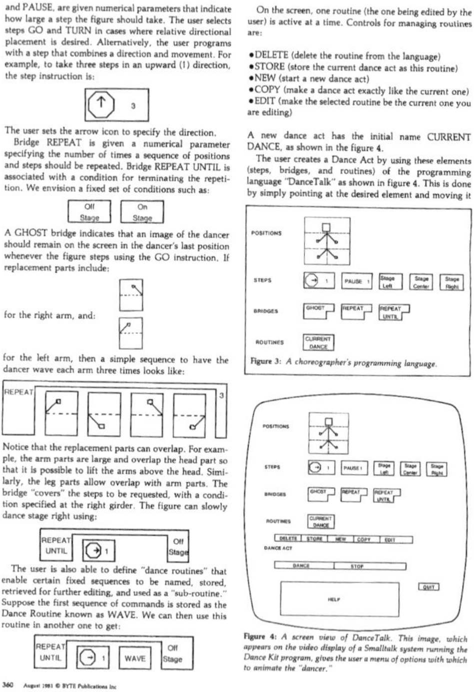

and PAUSE, are given numerical parameters that indicate how large a step the figure should take. The user selects steps GO and TURN in cases where relative directional placement is desired. Alternatively, the user programs with a step that combines a direction and movement. For example, to take three steps in an upward (↑) direction, the step instruction is:

The user sets the arrow icon to specify the direction.

Bridge REPEAT is given a numerical parameter specifying the number of times a sequence of positions and steps should be repeated. Bridge REPEAT UNTIL is associated with a condition for terminating the repetition. We envision a fixed set of conditions such as:

A GHOST bridge indicates that an image of the dancer should remain on the screen in the dancer's last position whenever the figure steps using the GO instruction. If replacement parts include:

for the right arm, and:

for the left arm, then a simple sequence to have the dancer wave each arm three times looks like:

Notice that the replacement parts can overlap. For example, the arm parts are large and overlap the head part so that it is possible to lift the arms above the head. Similarly, the leg parts allow overlap with arm parts. The bridge "covers" the steps to be requested, with a condition specified at the right girder. The figure can slowly dance stage right using:

The user is also able to define "dance routines" that enable certain fixed sequences to be named, stored, retrieved for further editing, and used as a "sub-routine." Suppose the first sequence of commands is stored as the Dance Routine known as WAVE. We can then use this routine in another one to get:

On the screen, one routine (the one being edited by the user) is active at a time. Controls for managing routines are:

- DELETE (delete the routine from the language)
- STORE (store the current dance act as this routine)
- NEW (start a new dance act)
- COPY (make a dance act exactly like the current one)
- EDIT (make the selected routine be the current one you are editing)

A new dance act has the initial name CURRENT DANCE, as shown in the figure 4.

The user creates a Dance Act by using these elements (steps, bridges, and routines) of the programming language "DanceTalk" as shown in figure 4. This is done by simply pointing at the desired element and moving it

Figure 3: *A choreographer's programming language.*

Figure 4: *A screen view of DanceTalk. This image, which appears on the video display of a Smalltalk system running the Dance Kit program, gives the user a menu of options with which to animate the "dancer."*

360 August 1981 © BYTE Publications Inc

阿黛尔·戈德堡对 Dance Kit 的介绍。

图片来源：*BYTE* 杂志（1981 年 8 月）Smalltalk 专刊

究团队的阿黛尔·戈德堡[①]（Adele Goldberg，1945– ）还做了更进一步的尝试，开发出一款名为“舞蹈工具包”（Dance Kit）的基于“面向对象”的图形化编程工具。

Smalltalk和Alto的结合，本质上是一台现代个人电脑，但施乐的高层并没有推广这样一台概念太过超前的产品，Alto最终只生产了两千多台，只有少数研究员使用过它。1979年，史蒂夫·乔布斯（Steve Jobs）来到施乐公司参观，阿黛尔因为怀疑苹果会盗用Smalltalk的创意，拒绝给乔布斯和他的工程师演示这项新技术，但是施乐的管理层并没有重视她的意见。苹果很快便挖走了对施乐心灰意冷的研究员拉里·特斯勒（Larry Tesler，1945–2020，最早发明复制、剪切和粘贴功能），在Alto的基础上设计了丽萨（Lisa）和麦金塔（Macintosh）的用户界面，将图形用户界面推向大众市场。

Smalltalk在经历了-72和-76两次大的迭代之后，1980年首次公开了第一版Smalltalk-80，但仅面向苹果、惠普和加州大学伯克利分校等组织小范围发布。1981年，如梦初醒的施乐以一万七千美元的价格向公众发布“施乐明星8010文件处理机”（Xerox Star 8010 Document Processor）。但

① 阿黛尔·戈德堡在现代图形用户界面（GUI）方面做了许多工作，参与设计过窗口、图标、菜单、指针等界面特性。她写的 *Smalltalk-80: The Language*，是 Smalltalk 的经典。1984 年至 1986 年曾任国际计算机学会（Association for Computing Machinery，ACM）主席。1987 年，与艾伦·凯和丹·英格尔斯（Dan Ingalls）一起获得了 ACM 软件系统奖。1990 年，获得了“PC 杂志”终身成就奖（PC Magazine's Lifetime Achievement Award）。2010 年，被列入国际科技女性（WITI）名人堂。

此时的施乐已经摇摇欲坠，大部分顶尖的研究人员纷纷跳槽去了其他公司。

艾伦·凯在这一年加入了雅达利（Atari），成为雅达利的首席科学家，辛西娅·所罗门也加入了凯的研究小组。等到面向普通用户的第二版Smalltalk-80在1983年发布时，凯和所罗门已经基于雅达利的家用游戏机平台开发了“雅达利Logo”，孩子们不仅可以使用“海龟”画图，还可以编辑音乐，甚至编写简单的游戏。1984年，凯又加入了苹果公司，成为苹果研究员（Apple Fellow）。

科学记者

到了二十世纪七十年代末、八十年代初，个人电脑（PC）迅速普及，计算机专业人员持续短缺。当数以百万计的消费者开始接受像Apple II（1977）、IBM PC（1981）和Commodore 64（1982）这样的低价PC时，突破性的变革席卷了各行各业。Logo语言很快便被移植到各种个人电脑平台，据统计，在各种PC平台上，总共出现了三百零三种Logo语言。

1978年，一个普林斯顿大学物理系的毕业生决定不再在专业领域继续深造，转而选择成为《商业周刊》的科技记者。成为记者并不意味着放弃科学，恰恰相反，这个年轻人找到了自己的热情所在——帮助大众了解周围的世界，而记者的身份也让他有机会近距离观察计算机掀起的剧变，并且得以和更多专家探讨计算机在教育中的应用。

1982年，这位风华正茂的记者被派遣去旧金山报道西海岸电脑节（West Coast Computer Faire）——一个PC发烧友的自发聚会。那一年，西摩·佩珀特受邀在大会做了一个主题演讲，他在演讲中向人们描绘一个计算机已成为儿童日常生活一部分的世界。在这样的世界里，儿童能够通过编程控制机器人，作曲，设计游戏，开发仿真模型，或进行其他充满创意的活动。年轻记者在台下听得心驰神往，仿佛这几十分钟的演讲让他短暂地进入了未来世界。

1983年，报道过阿波罗登月的著名记者维克多·麦克尔赫尼（Victor McElheny）在麻省理工发起了一个奖学金项目（KSJ@MIT），目的是帮助记者对科学内容进行有力、准确和独立的报道。项目成员会跟随麦克尔赫尼在大波士顿地区（主要在麻省理工学院和哈佛大学）完成两个学期的学习和探索。除了可以参观顶尖大学的实验室，这些记者还有机会定期参加教授们的专题演讲和研讨会。那个在西海岸电脑节听了佩珀特的演讲的年轻记者通过了项目审核，成为KSJ项目的首批成员，他就是米切尔·雷斯尼克（Mitchel Resnick）。

在《商业周刊》工作的五年中，雷斯尼克曾经采访过许多科学家，也采访过很多科技企业。他发现科学家和

米切尔·雷斯尼克。图片来源：MIT News

科学记者在写作习惯上差异很大，科学家的论文大多写给有相似知识背景的同行，而科学记者的文章需要面向几乎没有专业知识的大众。如果记者极尽严谨地描写科学技术的细节，那么他的报道也会变成曲高和寡的“论文”。而如果简化定义，丢掉细节并且忽略例外，这样的报道又会造成大众读者理解的偏差。他将这称为“可以理解的不准确”（comprehensible inaccuracy）或“不可理解的准确”

（incomprehensible accuracy），信息的准确性和传播性在他看来近乎一个悖论。在麻省理工短暂跟随佩珀特学习的经历，让雷斯尼克大开眼界，他发现孩子们可以在设计动画或游戏的过程中主动构建出相关的知识体系，发现解决问题的技巧和策略。这使得他对自己的职业发展产生了新的想法：

多年来，我逐渐意识到，我十分想要帮助人们了解世界。但我对主要关注"传输"或"传递"信息的方法持怀疑态度。我相信，帮助人们了解世界的最佳方式是为他们提供机会，让他们积极探索、实验和表达自己。这就是我最终对新闻业感到沮丧的原因。作为《商业周刊》的记者，我觉得我只是在通知人们，而不是为他们赋能。我在教育界看到了类似的问题，在太多的教育环境中，教师只是"告知"或"指导"学习者，而不是为学习者提供探索、实验和表达自己的机会。

受到佩珀特的启发和鼓舞，1984年，雷斯尼克正式申请成为麻省理工学院的研究生。

跟随佩珀特学习，让雷斯尼克对建构主义有了更加深刻的认识。他开始仔细研究皮亚杰的理论，并对那些曾经影响皮亚杰和佩珀特的教育家产生了浓厚的兴趣。他了解到，弗里德里希·福禄贝尔在1837年建立了世界上第一所幼儿园。福禄贝尔的理论认为，玩耍是儿童的内在本能，因而对儿童的教育不应是束缚、压制，也不应拔苗助长，要做到顺应其本性，满足其需要。福禄贝尔开发了一套被称为

“福禄贝尔的礼物”的玩具，用于帮助幼儿学习数字、体型、形状和颜色等重要概念。幼儿园里的孩子可以用福禄贝尔几何瓷砖玩具创建像木地板上那样的马赛克图案，用福禄贝尔积木搭建塔楼和建筑，用福禄贝尔彩纸学习制作带有形状和图案的折纸的技巧，用福禄贝尔球棒玩具组装三维的空间结构。后来，玛丽亚·蒙台梭利将福禄贝尔的思想发扬光大，她以“福禄贝尔的礼物”为基础，创造了更多的动手材料，通过有趣的探索让孩子们参与学习。

在雷斯尼克看来，福禄贝尔式的传统幼儿园是过去一千年中最伟大的发明，这种强调互动、能够开发孩子创造力的教学模式，依然可以让二十一世纪的孩子获益良多，甚至适用于二十一世纪的每一个人。

佩珀特在《因计算机而强大》的一开始就将齿轮描述为“帮助思考的中介物”，在与所罗门合作的论文《计算机能做的二十件作品》中也出现了不少计算机控制的机械结构。这启发雷斯尼克将自己的研究目标定为开发一种可编程的“玩具”，目的是扩大孩子们进行创造、设计和学习的范围，“延续画笔、木块和彩珠的传统”。

1984年，刚刚进入麻省理工的雷斯尼克开始在实验室里制作可编程积木，这套积木以乐高为基础，增加了使用Logo语言控制的电机和传感器。乐高公司听说了这一消息，第三代掌门人亲自飞到麻省理工学院与佩珀特的团队接触，而这也为刚刚成立的媒体实验室带来了一笔重要的资金赞助。

1987年，乐高在与媒体实验室合作的基础上推出了第一个产品LEGO/Logo。该产品面向学校销售，学生可以对他们的乐高进行编程，这是一个真正意义上的机器人建造工具。

但这款产品也有相当的局限性，每一个电机、每一个传感器，都要用单独的线缆与计算机相连，当机械结构变得复杂之后，线缆就会限制机器人的行动。同年，雷斯尼克开始开发第一块“可编程乐高砖”（Programmable Brick），想要将控制单元缩小到10×7个乐高单位大小，所罗门也参与了这个项目。

1992年，由佩珀特建立的认识论与学习研究小组迎来了新的主管——雷斯尼克，他给小组起了一个新名字：“终身幼儿园”（Lifelong Kindergarten）。

创意社会

雷斯尼克认为，八十年代完成了“工业社会”向“信息社会”的过渡，到九十年代，人们开始谈论“知识社会”，指出信息只有转化为知识才有用。但他相信，光有知识还不够，在快速变化的世界里，人们必须不断提出创造性的解决方案来解决意想不到的问题。成功不仅取决于一个人知道什么或者知道多少，还取决于他/她的创造性思考和行动的能力。他将这样的未来称作“创意社会”。

雷斯尼克不止一次在演讲和论文中提出同一个问题：电视机，电脑，手指彩（finger paint）应该如何分类？大部分人会将电视机和电脑分为一类，因为它们都是电器革命后产生的电子产品。但雷斯尼克更愿意将电脑与手指彩归为一类，因为电视机只是一个被动接收信息的工具，它不会给你任何反馈。而电脑更像手指彩，你可以使用它们产生无限的创意。

1998年，乐高推出了以佩珀特的著作命名的“头脑风暴”套件。它的出现彻底改变了乐高套件的形象，因为它不同于市场上任何的机器人玩具。对于大多数机器人玩具，孩子们只能简单地与一个预先设计好的机器人互动，而“头脑风暴”让孩子们可以创造自己的机器人。孩子们可以使用齿轮、轴、滑轮和凸轮搭建结构，连接电机驱动运动，通过附加的传感器感知环境（温度、光照强度等），编写计算机程序来指导机器人的行为，比如基于传感器的输入来打开或关闭电机。

雷斯尼克的论文中记录了很多孩子们使用“头脑风暴”套件制作的作品，比如可编程弹出式烤面包机，“巧克力生产线”（灵感来自查理与巧克力工厂），一台根据长度对乐高积木进行分类的分拣机，还有检测到阳光就会自动把东西扔到地板上的“弹射床”。“头脑风暴”套件

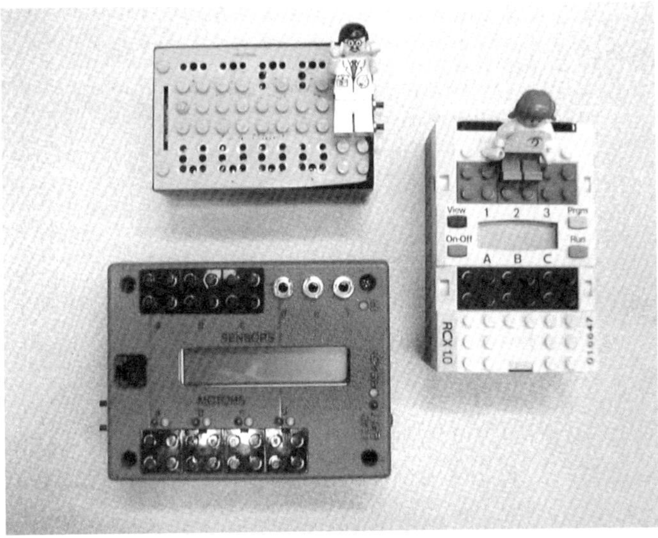

可编程砖块的演进。从左上方逆时针方向：麻省理工学院 Logo 积木砖（1987），麻省理工学院红积木砖（1995），乐高 RCX 积木砖（1998）。
图片来源：“To Mindstorms and Beyond”

甚至还被企业（如美国邮政服务）用作快速原型设计的工具。1999年，雷斯尼克接替佩珀特，成为新的“乐高佩珀特学习研究教授”。

佩珀特曾经说，“孩子是伟大的学习者”。雷斯尼克看到的现实是，现代的幼儿园越来越多地要求孩子以同一种方式和节奏学习，幼儿园里也开始有了越来越多的书本和小测验。他认为，需要发明更强有力的工具，让更多的孩子以他们本能的方式学习那些不易理解的概念。而“头脑风暴”只是第一步：“在我看来，发明的过程很大程度上等同于学习的过程——并且很可能乐在其中。”

真正的嬉皮士

1966年春天，年轻的嬉皮士斯图尔特·布兰德（Stewart Brand，1938－　）在他位于旧金山房子的屋顶上服用致幻剂。在致幻剂的作用下，他再一次思考起巴克敏斯特·富勒曾说过的话：“许多人都假设地球是平的，且拥有无限的资源，一旦当你发现其实它是一个球体，同时资源有限，你就会开始节约使用你的资源，并把它看作是一个有限的系统。”他觉得，富勒把地球比喻为“地球号飞船”是件很酷的事情。

在一百毫克致幻剂的作用下，布兰德越来越嗨，他开始感到远处耸立在市中心的摩天大楼不再是相互平行的，而是呈扇形散开；旧金山的天际线仿佛落在了一个弧形的平面上。布兰德想着：如果我能站得更高，就能看得更清晰。再高一点，更加清晰，足够高了之后，地平线就会合拢，然后你就可以从外太空看到完整的地球了。如果能让更多人看到完整的地球，是不是就能改变人们对地球和自我的看法？

1966年已经是人类探索太空的第十个年头，卫星的镜头却从来没有回望过我们星球。它们一直对着更遥远的太空，偶尔照到地球的一小部分也是略见一斑。从迷幻状态恢复后，布兰德马上将想法付诸实践。他开始以每颗二十五美分的价格向人们兜售自制徽章，白色的徽章上用黑色粗体印着：为什么我们还没有看到整个地球的照片？

后来，美国航天局听说了他和他的徽章；再后来，参议员和部长们也开始讨论这些徽章，徽章上的问题成功地引发了越来越多的关注。

年轻的斯图尔特·布兰德。图片来源：kqed.org

布兰德印制的徽章。
图片来源：The Long Now Foundation 官网

1968 年《全球概览》创刊号。
图片来源：www.scribd.com

1967年，ATS-3卫星拍摄了第一张地球的正面照片，并向大众公开。次年，布兰德将这张著名的照片作为自己创办的杂志《全球概览》创刊号的封面。

六十年代，反文化运动席卷美国，嬉皮士和新左派都在反抗传统的道德观念和生活方式。嬉皮士们充满浪漫主义，反对致幻剂之外的一切现代科技；新左派将科技视为权力的工具，他们抵制高科技，认为计算机作为机器的终极形态，本质上是反人性的。布兰德并不是随波逐流的嬉皮士，他想要给人们提供一种看待技术的全新视角，而创办《全球概览》，就是为了提醒读者“你不必离开工业社会，但也不必接受它现在的样子”。

《全球概览》的编辑部位于门洛帕克，距离湾区最有影响力的两个群体都只相隔几个街区。其中一群人是科研单位的研究员，他们大多来自道格拉斯·恩格尔巴特领导的斯坦福研究院增强研究中心（ARC），还有一些来自施乐帕罗奥图研究中心。另一群人则是草根阶层的计算机爱好者，他们拥护人民电脑公司（People's Computer Company，并不是真实的公司，而是一份杂志），以及后来的家酿计算机俱乐部（Homebrew Computer Club，史蒂夫·沃兹尼亚克是其中的早期成员）。布兰德在两个群体之间左右逢源，《全球概览》也成为两个群体共同的灵感来源。1968年，增强研究中心邀请布兰德作为恩格尔巴特著名的“演示之母”活动的摄影师，现在人们能看到的影像资料大多来自布兰德的记录。在当时的湾区，计算机行业内部长期存在的个人化趋势，和在反文化运动以及业余爱好者社区中形成的“信息共享，个人赋能，共同增长”的理想，不仅没有对立，还产生了奇妙的互补。《全球概览》与这一切不无关系，对于当时湾区的研究员和爱好者来说，这本杂志就是前互联网时代的谷歌。

布兰德借鉴了巴克敏斯特·富勒的观点：工具是至关重要的；如果你想让世界变得更好，最有效的办法是给予人们合适的工具，而不是像新左派那样要求人们做出改变；改变人性的尝试一再失败，但是改造工具就要容易得多。后来，新左派在反抗权威和传统的基础上开始主张权力属于人民，他们中的一部分人，比如史蒂夫·乔布斯和史蒂夫·沃兹尼亚克，又将其截取简化为：真正有用的工具让人们拥有权力。

1975年，布兰德在加州马林县的一座禅院发起了“身心讨论会”（The Mind-Body Colloquium），邀请了来自控制论、人类学、工程学等各个领域的专家学者。那时布兰德刚刚出版了一本只有两篇文章的新书*II Cybernetic Frontiers*，其中一篇关于英国的人类学家、社会科学家、语言学家、符号学者及控制论专家格雷戈里·贝特森（Gregory Bateson，1904—1980），另一篇则关于计算机领域的最新进展。在施乐的帕罗奥图研究中心，布兰德采访了艾伦·凯，与他探讨Dynabook、图形界面以及“个人计算”的趋势。格雷戈里·贝特森和艾伦·凯都受邀参加了“身心讨论会”，在会议正式开始之前，大家还一起跟着禅师学做纯素宴。对于当时的艾伦·凯来说，讨论和做纯素宴都是新奇的学习经历。

生态箱

1984年，苹果在“超级碗”橄榄球决赛中播放了著名的麦金塔广告。丽萨和麦金塔上市之后不久，艾伦·凯在乔布斯的游说下加入苹果。作为苹果研究员的他，并没有为这两款大卖的产品做出任何贡献。在外人看来，大部分时间他都在四处转悠，告诉所有人“哦，是的，十年前我们在施乐的时候就已经这样做了”。而在他加入之后不久，乔布斯就因为对麦金塔电脑销售情况的误判被董事会驱逐，一批工程师也追随乔布斯选择离职。刚刚上市的苹果看起来风光无限，实则暗流涌动，凭借能够运行Logo语言的Apple II，苹果公司才在湾区的教育市场站稳脚跟。

1986年，凯发起了一个名叫生态箱（Vivarium）的大型教育项目。他并没有给这个项目一个具体的目标，而是抛出一个宏大的命题——思考如何为思维提供助力。

那个“赶走”乔布斯的约翰·斯卡利（John Sculley）支持了这个项目并为他们提供资金。艾伦·凯选择洛杉矶郊区的一所小学作为生态箱项目的主要研究测试地点。这所名为开放学校（Open School）的小学，是由一群希望为自己孩子提供以儿童为中心、有意义、体验式教育的父母共同建立的，这也使得学校自诞生之初就一直走在教育实验的前沿。学校的项目都围绕建构主义教育哲学设计，其核心宗旨是：激发和支持学生对学习的热爱，从而让他们有能力在这个不断变化的社会中，掌握作为终生学习者和负责任的公民所需的技能。和西摩·佩珀特一样，艾伦·凯也相信孩子是天生的学习者，这和用皮亚杰的认知发展阶段论指导教学的开放学校一拍即合。苹果公司为学校捐赠了近两百台电脑（教师每人一台，学生两人一台），还提供了教师培训和技术支持。但开放学校并非仅仅被动接受苹果的慷慨，凯的团队从一开始就将学校视为足够强大的教育资源。学校和研究团队共同决定把电脑放在教室里，而不是建立一个单独的计算机实验室。

凯的初衷是鼓励孩子们“对思考进行更多的思考”，所以他设计了一个使用计算机研究和模拟生物在不同环境中生存策略的大型项目。毫无疑问，他生物学的背景提供了很多灵感。最初孩子们使用VideoWorks（允许用户以电影的形式来创建应用程序的多媒体制作软件，Adobe Director的前身），通过动画和图形来设计动物并模拟它们的生活环境，将生物学和社会学课上学到的知识做成故事和动画，或者以其为背景创造冒险游戏。后来孩子们开始使用HyperCard，这使得他们可以对动物的心理和行为特征进行编程，比如它们吃什么，它们如何运动等等，然后观察“动物”之间以及“动物”与环境的互动。其他项目也来自现实世界的直接经验，如照料一个真实的花园，在一个真实的水族馆中养一条真正的鱼，以及多种多样的游学活动。研究团队的目标绝不是简单地教孩子学会使用电脑，相反，他们要做的是让计算机成为一种促进学习的工具。为让这个宏大的愿景可以落到实处，研究小组还成立了顾问委员会，其中就有创造了《小鹿斑比》的迪士尼前动画师弗兰克·托马斯，游丝信天翁（Gossamer Albatross，首架飞跃英吉利海峡的人力飞机）的发明者保罗·麦克格雷迪，《心智社会》（*Society of Mind*）的作者、人工智能泰斗马文·明斯基，《自私的基因》和《盲人钟表匠》的作者理查德·道金斯，“神经网络之父”杰弗里·辛顿，《银河系漫游指南》和《全能侦探社》的作者道格拉斯·亚当斯，以及能够使用手语的大猩猩Koko。

凡是孩子可能用到的东西，凯都会重新设计。研究团队与孩子们一同工作，那些还没被成人社会规则束缚的孩子们，从不吝惜坦诚的赞美和批评。他们会直言不讳地说“这东西不好用！”或“这很好，但我更喜欢HyperCard！”观察儿童的思考方式，对于研究团队来说是一种不可多得的灵感来源，他们相信儿童能够给软件设计甚至人工智能领域带来新的洞见。如果孩子都可以没有任何障碍地使用一项新发明，那么它一定设计得足够好，成年人用起来也不会有任何问题。艾伦·凯十分注重设计，乔布斯在发布会上曾引用过他的话：真正认真对待软件的人，应该自己设计制造硬件。

凯的研究团队花了大量时间和精力，与学校老师一起将计算机整合进日常的课程，孩子们很快习惯了教室里的计算机和成群结队说着科研术语的工程师。开放学校为研究团队提供了完美的实验环境，他们可以在学校测试最新的软件和硬件，还可以测试不同的使用场景，比如如何建立一个大型（三十台电脑）的教育局域网等。苹果内部与教育产品相关的团队对于来自学校的反馈和经验很感兴趣，这也是生态箱项目最初的成果。艾伦·凯将他们在学校设计和测试的一系列界面总称为“游乐场”（Playground），这是一个极具实验性且不断迭代的系统。之所以称其为“游乐场”，是因为研究团队希望孩子们可以有一个能够相互交流的公共空间——这个空间对所有参与者开放，也可以选择开放给其他人。同时，孩子们也有属于自己的私人空间，他们可以先在这里制作自己的项目，等到觉得满意时再把项目放到公共空间。教师则需要经常进入公共空间，如果有必要也可以进入学生的私人空间。

随着生态箱项目的进行，“游乐场”团队发展出了一种被称为“面向事件编程”（event oriented programming）的全新概念。团队的研究人员都相信，“面向事件”的模型要比“面向对象”更加强大，其革命性的意义不亚于从“面向过程”到“面向对象”的飞跃。“面向对象编程”为人们提供了一种全新的思维方式，通过数据封装和方法继承实现了传统“面向过程编程”几乎无法实现的可拓展性。但即便如此，给老程序引入新的类和方法对于程序员来说仍然是一场灾难，这往往需要程序员查询大量（如果不是全部的话）已经存在的类和方法，以确保新的代码能够正常工作而不引起任何错误。造成这种情况的罪魁祸首是“面向对象”系统中的“推送”（pushing）机制，一个对象会不会被激活，只取决于有没有别的对象将一条明确请求激活它的信息“推送”给系统维护的信息列表。如果程序中旧有的对象不知道新加入的类/对象的存在，或者不知道如何与新加入的对象交流，新加入的代码就会石沉大海。“面向事件”的系统（比如“游乐场”）则是一个“拉取”（pulling）型的系统，在这样的系统中，对象可以直接“感知”其所处的环境，也就是说它们可以自行从系统允许访问的信息列表里“拉取”所需的信息。于是一种新的“对象”产生了，凯更愿意称为之“代理”（agent）。新加入的“代理”可以注意到程序中其他的“代理”以及运行环境中的“事件”，这样它就能立即参与到全局的运算和信息交互之中，因为它在加入时就将自己引入了程序的“信息生态”（information ecology）。

在开放学校工作人员的支持下，生态箱项目也不断发展，最终被纳入洛杉矶联合公立学校的课程体系。学校的官网上是这样描述生态箱项目的：“在苹果公司参与开放学校的七年里，电脑就像书本、铅笔和纸张一样，完全融入了课程之中。”

二十一世纪的玩具

经过七年的时间，生态箱项目使用的软硬件都已经明显过时。一方面是硬件的发展速度不断刷新摩尔定律；另一方面，Smalltalk对于声音和图像的支持也已经跟不上时代，编好的软件也没有办法通过互联网分享给其他人。对于研究人员和孩子来说，Smalltalk虽然能用，但还不够好用，更不够强大。艾伦·凯想要的，是一个可以让毫无技术背景的孩子都可以使用甚至编程的教育软件，而当时却没有编程环境能够产出这样怪异的程序。

就像十年前施乐的工程师们做的那样，如果找不到趁手的工具，那就造一个工具。

为开发出理想中的教育软件，艾伦·凯的研究团队开启了一个名叫Squeak的新项目。和Smalltalk一样，Squeak既是一门开源的编程语言，也是兼具拓展性和实用性的面向对象编程环境，同时还是程序的运行环境。

艾伦·凯相信，作为纸张之后最重要的媒介，计算机一定会改变人们创作、分享以及表达思想的方式。那些被西摩·佩珀特称为“强有力的思想”的，帮助孩子理解世界如何运作的关键概念，需要比文本窗口更友好的交互界面和更简单的交互方式。在凯看来，Squeak只是达成终极目标——教育软件的载具，所以研究团队几乎同步开始了Etoys的开发。

Etoys既可以被看作是Squeak的子系统，也是全新的图形化的Smalltalk语言。Squeak在代码底层上就为图形化这一目标做了大量的努力。研究人员将型素（Morph）作为所有图形对象的父类，并在其中统一定义了响应事件和显示自己的方法。型素对象都有边界，它们不仅可以响应如鼠标点击、键盘按键等用户事件，也可以检测是否与其他型素对象碰撞。甚至Etoys的界面也可被看作是提供交互和显示

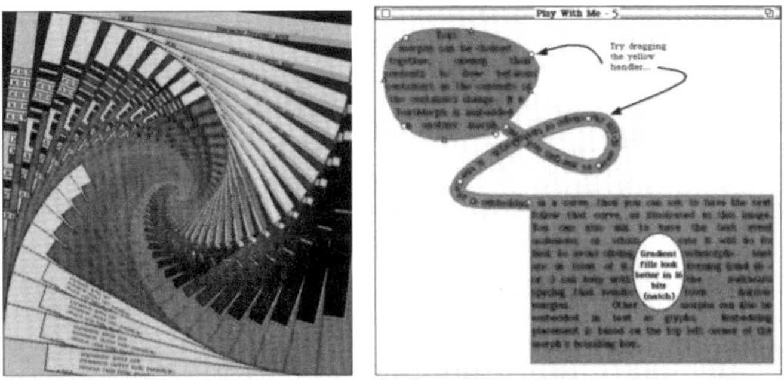

Squeak 的图形界面十分灵活，窗口可以任意旋转缩放或改变颜色，文本也可以跟随图形任意排列。图片来源：“Evolution of Smalltalk”

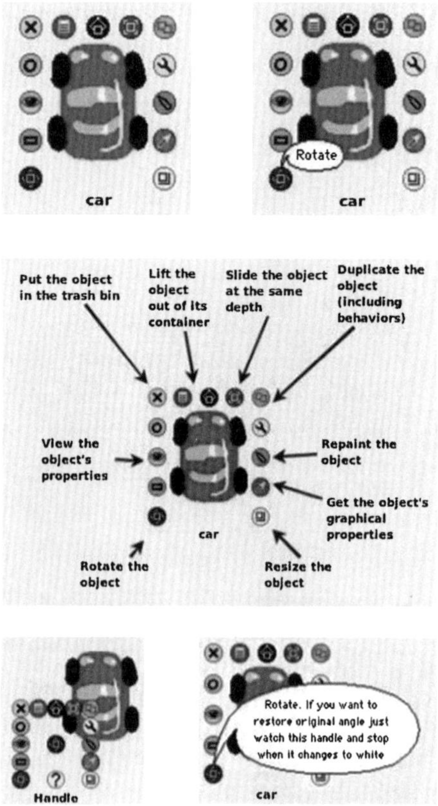

Etoys的界面拥有统一的操作逻辑，所有按钮也是对象。
图片来源：“Squeak Etoys Authoring & Media”

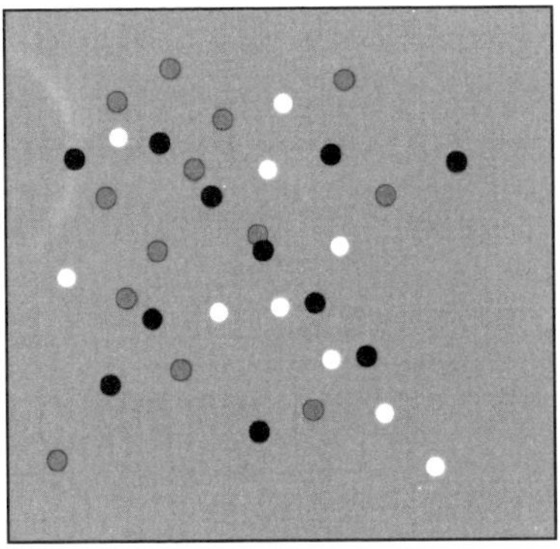

孩子们的成果：
- 生成几百个拥有相同行为模式的对象：随机在画布上运动，当它们与其他个体（小球）相碰时检查双方是否被感染（灰色），如果其中有一个未感染（白色）则被感染，如果一个对象被感染的时间达到一定程度则变黑停止，代表死亡，死亡的个体仍会感染其他个体。
- 下一步，用图表表示全部对象的状态，即可观察瘟疫如何蔓延。

学到的内容：
- 理解“强有力的思想”——指数型增长。
- 如何使用碰撞检测。

使用 Etoys 进行流行传染病分析的案例：Are You Infectious?（你会被感染吗？）
图片来源：“Etoys & SimStories”（1997 年 2 月）

的型素对象，界面以及界面上的功能按钮，都可以随意旋转或改变外观。

艾伦·凯曾在论文中举过这样一个例子：孩子们可以画一辆小车，然后进入其内部对它编程。如果让小车边走边转向，并且显示轨迹，小车就成了易于操作和理解的Logo海龟。孩子们还可以画一个方向盘，让小车根据“方向盘的指向”改变方向，这样就能通过方向盘来控制小车。如果孩子们觉得方向盘过于灵敏，还可以给小车接收到的数据做个除法。这样一个简单的项目，就同时涉及了速度、角度、对象、变量、比例等概念。

如果玛丽亚·蒙台梭利看到这一幕，应该也不会觉得陌生。孩子们以为自己只是在玩耍，但他们是在二十一世纪的游乐场中，玩那些体现了二十一世纪理念的玩具。在Etoys的世界里，孩子们可以模拟流行病的传染模型，计算物体下落的重力加速度，验证正反馈和负反馈的概念。

凯认为，每个孩子都应该学习这些“强有力的思想”，但这么做的原因既不是要提早确定未来的职业发展方向，也不是因为社会需要具有科学素养的公民。学习的目的在于实现人的潜能，只有通过深刻的经验与深入的思考，才能塑造有深度的人，而新的工具能够帮助孩子们形成比大多数成年人更有效也更深入的思考方式。

学习实验室

苹果山室内乐中心（Apple Hill Center For Chamber Music）坐落在一个森林环绕的老农场里，夏天来临的时候，艾伦·凯经常在那里练习管风琴。早在生态箱项目初期，凯就与蒂姆·格韦（《网球的内心游戏》的作者）、埃里克·斯达克（苹果山的创始成员）和约翰·斯坦梅茨（作曲家演奏家，从雅达利就开始作为艾伦·凯的顾问）共同发起了“学习实验室”（Learning Lab）。

“学习实验室”并非真实存在的实验室，而是一场为期三天的聚会，通常在苹果山举行。聚会每年举办一到两次，聚集了各行各业最有趣的人，蒂姆·格韦、西摩·佩珀特、马文·明斯基、理查德·道金斯等都是聚会的常客，大家在远离世俗的棚屋里畅谈学习、教学、认识论、艺术等领域的各种话题。

据凯自己说，举办聚会的灵感来自多年前布兰德那场“身心讨论会”上的学习经历①。在学习实验室，大家和亚瑟·赫尔（Arthur Hull）一起学习打鼓，和莫德斯托·塔米兹（Modesto Tamez）一起学造火箭，和贝蒂·爱德华兹（Betty Edwards）一起画画，和阿尔温德·古普塔（Arvind Gupta）一起学习制作玩具，和唐·刘易斯（Don Lewis）一起学习唱歌……“学习实验室”同时强调学习时的沉浸和对学习体验的反思，人们先是被鼓励抛开顾虑，投入到新奇的活动中——然后抽离出来，反思自己的学习经历——最后畅想有什么方式可以和更多人分享这些活动、想法和经验。

基于艾伦·凯的专业和兴趣，“学习实验室”从来不缺与新技术密切相关的讨论。人们探讨新的技术如何促进学习，也讨论新的学习体验需要什么样的技术，但每一场讨论总会将关注重点落回“学习”这个永恒不变的主题。艾伦·凯十分关注如何帮助学生追求他们的兴趣和热情，以及如何帮助学生学习“强有力的思想”，并成长为有系统性思考能力的人。如果有人提出的项目或想法能满足第一个目标，但忽略了第二个目标，凯就会变得兴致盎然且

① 1996 年，斯图尔特·布兰德成立了永久当下（Long Now）基金会，致力于以万年的尺度思考人类文明如何发展。

富于雄辩，展现出他作为“强有力的思想”最强支持者和捍卫者的一面。

九十年代初的某次聚会上，艾伦·凯邀请了米切尔·雷斯尼克。当时的雷斯尼克正在研发新的可编程乐高，他曾这样描述“学习实验室”：“每一场活动的发起者与其说是教我们，不如说是邀请我们加入他们的学习冒险……许多活动都会把我推到舒适区之外——但这正是关键所在。艾伦明白学习需要不断尝试新事物，探索不熟悉的领域，敢于冒险，反复试验。”

参加“学习实验室”对雷斯尼克来说是一段新旅程的起点，在这里，他第一次见到了艾伦·凯的图形化编程教育软件——Squeak/Etoys。他看出Etoys是一个极具潜力的项目，向凯表达了想要带领自己的团队参与到Etoys项目开发的愿望。艾伦·凯则慷慨地腾出整个周末，与雷斯尼克分享了自己的全部想法，从晚绑定（late-binding）编程语言的优势，到在落后社区推进教育变革所面临的挑战，再到进化生物学的最新研究，无所不包。周末结束的时候，艾伦·凯提出一个建议：与其让两个团队直接合作，不如在保持各自项目独立的基础上，自由共享想法和代码。凯相信这样做有助于探索更多的可能，并让两个团队保持相互学习。

Scratch项目就这样诞生了，而“终身幼儿园”小组也成为“学习实验室”的常驻嘉宾。

1997年，凯将他的团队转移到迪士尼的设计开发部门，继续自己的儿童语言研究工作。对于Scratch，艾伦·凯不仅慷慨地表示支持和鼓励，还毫不吝啬地花费时间与雷斯尼克的团队交流想法。在开发Scratch的过程中，雷斯尼克从Etoys借鉴了很多想法，甚至还“借”走了Etoys团队中最先提出使用“型素”概念的程序员约翰·马洛尼（John Maloney）。

低地，高顶，宽墙

1993年，麻省理工学院媒体实验室与计算机博物馆（现隶属于波士顿科学博物馆）合作创办了第一个计算机俱乐部（Computer Clubhouse）。在英特尔公司的赞助支持下，到2003年，该俱乐部已经成为拥有八十七家机构，覆盖全球十七个国家和地区的大型组织。

发起计算机俱乐部的初衷是弥合数字鸿沟（digital gap），让来自经费有限的学校和社区的儿童也能接受先进的计算机教育。在计算机俱乐部，年轻人可以根据自己的兴趣和社区的需要选择设计项目，里面的正式员工和志愿者导师也会为青少年提供技术、知识和情感上的支持。作为计算机俱乐部的联合发起人，雷斯尼克发现很多孩子都喜欢在这里用先进的软件创作涂鸦、动画或音乐，但对编程兴味索然。即便是Logo语言简单的语法规则也会让很多孩子望而却步，传统的编程任务（比如找质数或画图形）更像是抽象的数学游戏，孩子们也很难在学习过程中获得来自他人的帮助或鼓励。

佩珀特认为，编程语言应该有一个容易开始的“低地”（low floor）和一个“高顶”（high ceiling，随着时间的推移有机会创建越来越复杂的项目），此外，语言还需要“宽墙”（wide wall，支持许多不同类型的项目，这样拥有不同兴趣和学习风格的人都能参与进来）。雷斯尼克希望Scratch语言能够同时满足这三点。在2007年正式发布1.0版本之前，Scratch已经在计算机俱乐部实地测试了四年，并根据反馈建议反复修改。第一版的Scratch基于Squeak编写，现在仍然可以通过网页模拟运行（https://squeak.js.org/scratch/#fullscreen）。

首先，雷斯尼克想让孩子在“书写”Scratch语句模块时，拥有和拼装乐高块时一样直观的体验。Scratch语句的连接方式简单且一致，第一次接触的孩子也可以凭直觉将指令“捏合”在一起，然后实验不同顺序的排列组合。Scratch的语句模块依据不同的语法意义被设计成不同的形状。控制结构是C形的，比如“永远”（forever）和“重复”（repeat），表示在这个模块内部可以放其他模块。有返回值的模块也根据返回值的类型被设计成不同的形状：椭圆表示数字，六边形表示布尔量。条件模块上会有六边

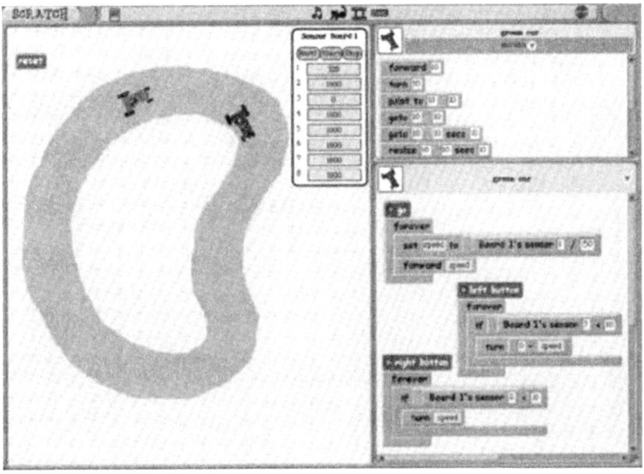

基于 Squeak 的第一版 Scratch。图片来源："Scratch: A sneak preview"

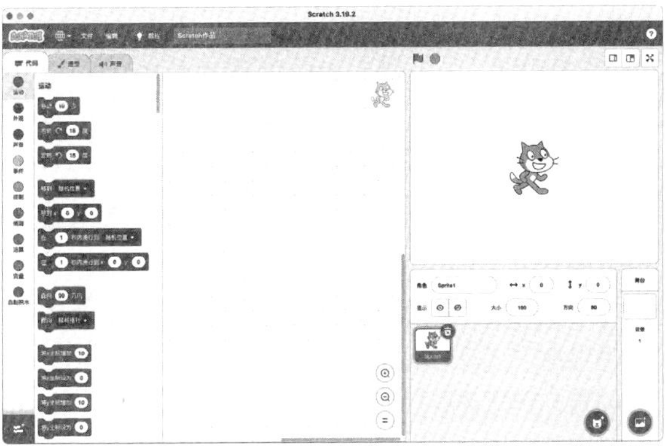

Scratch3.0 的运行界面。

形的空隙，比如“如果”（if）和“重复直到”（repeat-until），表示需要一个布尔量。并且，Scratch从设计之初就强调与使用者的高度交互。点击单独的代码块就能让它运行，也可以在一段代码运行时实时修改程序，这就使得迭代和实验变得非常简单。

其次，Scratch让孩子有了更加多样且更加个性化的表达途径。Scratch强大的多媒体能力让孩子们可以在很短的时间内做出小短片或小游戏。一些孩子会使用Scratch制作家庭旅行相册、生日贺卡，另一些则会复刻《无敌破坏王》之类的经典游戏，还有一些孩子利用Scratch呼吁人们关注全球变暖或动物保护。这些与个人兴趣相关的项目往往能更长久地激励孩子学得更多。

最后，Scratch为孩子提供了线上社区。从第一版开始，社区就被看作一个不可或缺的重要功能，对于孩子们来说，线上社区就像一个在线的计算机俱乐部。雷斯尼克希望孩子们可以自由地发布作品，相互点评，在他人的创意上生成新的创意，给他人支持或与他人合作。“分享”的概念被深度嵌入Scratch之中，任何人都可以将自己的作品分享至线上社区，每个新上传的作品都会被展示，其他人可以浏览这些作品或者下载下来学习和修改。Scratch的可理解性使其极易上手，而强大的媒体能力和丰富的社区资源又能激发孩子们的无限创意。

创造性学习

雷斯尼克希望“头脑风暴”套件以及Scratch软件能够成为孩子实验和发明的工具箱。如果哪个老师让学生模仿预先设计好的样式或程序，然后评价他们的完成度，就完全背离了设计者的初衷。雷斯尼克十分在意计算机是否被创造性地使用，在他看来，孩子应该利用计算机培养创意，而非把计算机当作电视或游戏机。但无论设计上多么创新，技术上多么先进，工具本身仍然无法保证使用者能创造性地使用它们。工业化时代产生的教育模式，已经越来越难以适应未来的创意社会，而创造性学习[①]离不开四个关键要素：项目（Project）、热情（Passion）、同伴（Peers）、游戏（Play）。

雷斯尼克曾经多次表示，自己的这套理论很大程度上受到西摩·佩珀特的启发。在一次演讲结束后，有观众用讥讽的语气问雷斯尼克：“这些不就是佩珀特二十年前就已经在做的吗？”雷斯尼克听出了其中的讥讽，但一点都没有生气，反而将这句反问视为一种肯定，证明自己正在把佩珀特的愿景变为现实。

作为项目制学习（Project Based Learning，PBL）的倡导者，雷斯尼克提倡将“项目”作为基本的教学单元，当

① 2017 年雷斯尼克出版 *Lifelong Kindergarten*（《终身幼儿园》），详细阐释了创造性学习的理论。

孩子沉浸在项目的创造和制作中时，才有机会发展出创新的思维。同时他也意识到，内在动机是创造力和坚持不懈的关键，所以想要达成好的学习效果，首先要点燃孩子的热情。人类能取得今天的成就，所仰仗的不是竞争，而是合作，所以在学习过程中，同伴也十分重要。而“分享想法、得到反馈、借鉴彼此灵感”的学习过程，同时也是最真实的合作。前三个概念都好理解，但最重要，也最容易被误解的是最后一个概念：游戏。

1999年，雷斯尼克第一次在论文中正式使用“好玩的学习”（Playful learning）一词，这里的“好玩”指的是一种对学习的态度，一种在好玩的学习环境中通过玩耍和游戏来学习的方式。玩耍是孩子的天性，只要聚集一群孩子，他们总能玩耍起来。人类孩童和其他年幼的小动物一样，都有极其旺盛的好奇心，而通过玩耍探索周围的环境，与其说是学习，不如说是一种基因深处的本能。雷斯尼克将“游戏”看得很重，并不是要将学习变得娱乐化和轻浮化，他曾在一篇论文中这样批评“教育娱乐产品”：

最近（2006年），在“教育娱乐产品”（edutainment，也曾被译作“寓教于乐”）的旗帜下，声称将游戏和学习整合到一起的计算机产品激增。但这些教育产品往往缺少“好玩的学习”的精神。通常，教育产品的创造者们会认为教育是苦涩的良药，需要裹上娱乐的糖衣才能下咽。如果你愿意受一点教育的苦，他们就会提供娱乐作为奖励。或者他们夸

辛西娅·所罗门。图片来源：librelearnlab.org

耀说，使用他们的产品你会玩得很开心，甚至不会意识到你在学习——好像学习是世界上最不愉快的经历。

2014年正式发布的Scratch2.0选择了Flash平台，并且重构了全部的代码。2018年发布的Scratch3.0又从Flash迁移到JavaScript。如今，Scratch已经是全球最具影响力的计算机教育软件之一，拥有超过五千万用户。西摩·佩珀特、辛西娅·所罗门[①]、艾伦·凯[②]等人的理想，似乎已经成为现实。但这远非计算机教育领域演变的全貌。

① 辛西娅·所罗门为Logo语言在不同平台的移植适配做了很多工作，比如运行在雅达利家用游戏机和苹果电脑上的版本。1985年，辛西娅·所罗门获得哈佛大学教育学博士学位，做研究和写书之外，她在相当长的一段时间内都是全职的计算机老师。她还集合马文·明斯基关于教育的论文以及其他人对这些论文的评论，编辑出版了《创造性思维：人工智能之父马文·明斯基论教育》（*Inventive Mind: Marvin Minsky on Education*）。

② 2001年，艾伦·凯创立了视点研究所（Viewpoint Research Institute），这是一个致力于儿童、学习和高级软件开发的非营利组织。2003年，艾伦·凯获得图灵奖。

“动态大陆”与“永无乡”

早在四十年前，西摩·佩珀特在《因计算机而强大》中就提出了关于环境的简单而深刻的洞见：法国孩子能学好法语并不是因为他们比美国孩子更努力，而是因为他们处在法语的世界里，学习法语是一件愉快而自然的事情。

佩珀特关于孩子在数学大陆（Mathland）学习数学的愿景，曾经启发了很多人，现在却日渐式微。经过几年的发展，图形化编程平台已经变得更加美观，支持了更多的设备，但因为文本编程语言的僵化，类似“面向事件”或“消息”的思想大多还只停留在儿童的“玩具”之中。编程教育平台不仅没有在帮助人们（尤其是孩子）理解“强有力的思想”的道路上更进一步，甚至对于“编程”本身的理解也日渐庸俗化。苹果公司推出的Swift Playground应用，并未继承Playground和HyperCard所代表的相信孩子创造力的精神遗产；谷歌的Blockly则一直强调自己可以支持多种专业的编程语言，并不是简单的玩具；而致力于推广编程的非营利平台Code.org的教学闯关游戏，关注重点还停留在技术层面，有些关卡必须使用题目要求的代码才能通过。在计算机教育领域，人们不仅没有创造出更好的工具，反而被迫去适应那些已经成为主流的编程工具。

但故事一直都在发生，还是有人循着先驱们的足迹开疆拓土。布雷特·维克托（Bret Victor）曾是苹果的交互设计师，参与了最初的iPhone、Mac以及iOS下七十多种交互模式的设计，被艾伦·凯称为“全世界最伟大的交互设计思想者之一”。维克托也是佩珀特“强有力的思想”的拥护者，他认为“真正的挑战不在于构建什么东西，而在于理解你所构建的东西”（The challenge is not building it but understanding it）。数学概念之所以复杂，很大程度上是因为作为交互界面的公式，并不能提供足够的可理解性。而大部分的编程语言和应用平台仍然没有充分发挥计算机的核心优势，还停留在对纸笔的拙劣模仿。

2014年，维克托发起了“动态大陆”（Dynamicland）。这是一个非营利机构，专注于设计未来人机交互的全新模式。在“动态大陆”，计算机就是人们所生活的环境，人们在其中学习、玩耍、交流以及协作。艾伦·凯曾这样评

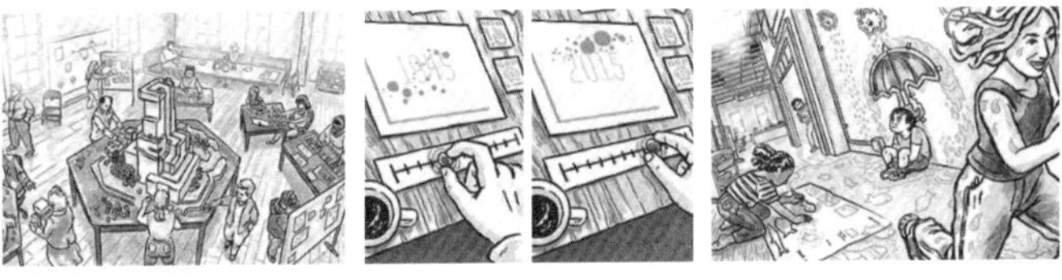

“动态大陆”项目介绍。图片来源：Dynamicland 官网

左：它既是工作空间也是画廊，主人和访客都可以在其中创造并展示动态媒体，互相学习，并自由地混搭一切。这是一种新型创客空间与新型探索馆的融合。
中：它是未来的市政厅，关于社区重要议题的会谈和讨论都将在此举行。在这里，你可以发明一种新的对话形式，超越那些由要点和幻灯片构成的“口头文化”。
右：它面向所有年龄层的学生。我们将积极参与K-12学生的课后和暑期项目，同时也有适合大学的内容。下一代应该对动态媒体习以为常。

价“动态大陆”：布雷特·维克托正在“动态大陆”里重塑计算机的未来。

维克托倡导的交互性和可理解性，已经成为许多项目的灵感来源，其中不乏“极客战记”（CodeCombat）这样备受追捧的项目。在国内，也有一群人在“动态大陆”的启发下探索着自己的道路。CodeLab是一家位于广州的非营利机构，正在构建一个服务于创造和教育的可编程空间“Neverland”，名字致敬《彼得·潘》中的“永无乡”。顾名思义，可编程空间中的一切都可以通过编程控制。CodeLab团队认为整个可编程空间应当具备高度的可理解性，这样身处其中的探索者们才能更好地发挥自己的创意。这不仅要求对空间进行编程的语言简单易懂，空间中的物体也需要以相对一致的方式进行交互。

为实现这一效果，CodeLab团队在Scratch的基础上做了大量的拓展，将整个空间中的可编程设备都纳入了一个基于“消息/对象”的系统，这样就可以让来自不同国家、不同厂商，使用不同的编程语言，甚至有着不同的编程风格的设备能够相互协作。在消息/对象的隐喻下，为这些设备编程的心理图景就变成了“空间里不同的物体在彼此对话”。而将消息系统作为基础构架的思路，则承袭于Lisp和Smalltalk。在“永无乡”，你可以用“魔杖”或Leap Motion体感控制器控制无人机，将Micro:Bit（BBC推出的专为青少年编程教育设计的微型电脑开发板）作为Overdrive小车的无线油门，使用Siri控制大疆RoboMaster（机甲大师）移动并发射炮弹，将地面或墙壁变成多点触控的屏幕，使用真实的旋钮控制屏幕上绽放的烟花，还可以在Scratch中操作Blender、虚幻引擎、Kontakt等专业软件。你甚至可以将Scratch与Python、Etoys/Smalltalk互相连接，在三种编程工具间自由切换。

目前“永无乡”需要使用CodeLab Adapter（适配器）实现。CodeLab Adapter基于Python构建，所有拓展插件都在GitHub上开源。CodeLab的团队相信更多的设备会为可编程空间带来更多的可能性，他们的目标是将Neverland打造为基于建构主义的可探索的空间，而不断拓展空间的接入能力，只是实现这一目标的手段。

尾声

绘制高精度地图的尝试，最早由古希腊人发起，中断了一千多年之后，在十五世纪的欧洲重新开始。到十八世纪末，欧洲人最流行的风尚是随身携带一个雕刻精美的袖珍地球仪。两百年后，当人类终于将人造卫星送入太空并将相机指向地球时，并没有任何意料之外的发现。

这是艾伦·凯最钟爱的例子，他认为科学最令人惊叹的能力就在于此，能“使看不到的东西得以显现”（make

the invisible a little more visible）。在人类历史的大部分时间里，人们都是从那些形形色色难辨真伪的故事中寻找解释世界和指导自己生活的理论。直到几百年前，人类才学会了一种新的观察手段，这使得十八世纪的人类能够客观地“从太空”俯瞰整个世界。

最后，我想引用艾伦·凯充满隐喻的两段话作为结尾：

教育最重要的目标并非提供信息或技术，而是提供一套更有效的视角，去观测那些还没有被看到的东西。

It is the main aim of education to provide not information or techniques, but a better set of perspectives for better seeing the invisible.

只有当你意识到自己其实什么都没有看到时，才有可能学习看的动作。教育就是帮助人们察觉自己的盲目状态，并且向他们示范如何去看。

You can't learn to see until you realize you are blind. Education is to help people realize they are blind and show them how to see a little.

帝王家

张宏杰

开国之君的后代和亡国之君的子孙。

朱元璋后人

大明弘治五年（1492年）底，山西巡抚杨澄筹向皇帝汇报了一个令人吃惊的消息：居住在山西的庆成王朱钟镒又一次刷新了朱元璋家族的生育纪录，截至这一年的八月，他已生育子女共九十四人。

朱祐樘览奏，只能苦笑着摇摇头。他有点好奇，这些王爷能认识记清自己的儿女吗？

这确实也是明代中叶以来许多王府遇到的难题。庆成王的儿子们也大多继承了父亲出众的生育能力，比如他长子的儿女总量后来也达到了七十人。庆成王在儿女数量创纪录的同时，孙子辈的人数已经达到了一百六十三人，曾孙辈更多达五百一十人。就是说，他的直系后代这一年已达七百六十七人，再加上众多的妻妾女眷，整个庆成王府中，“正牌主子”就一千多人。（《枣林杂俎》）庆成王肯定无法认全、记清所有家庭成员，很难想象他如何管理这个庞大的王府。

朱钟镒并非明代的“生育冠军”，这一称号不久之后就被他的一位后代，也就是另一位庆成王所夺取。这位庆成王光儿子就多达一百余个，以致出现了这样尴尬的场面：每次节庆家庭聚餐，同胞兄弟们见面，均要先由人介绍一番，否则彼此都不认识。这就是史书上所谓的“每会，紫玉盈坐，至不能相识”。到正德初年，庆成王府终于弄不清自己家的人口数了。正德三年（1508年）二月，庆成王焦虑地向皇帝上奏：“本府宗支数多，各将军所生子女或冒报岁数，无凭查考，乞令各将军府查报。”——如果皇帝不命令各将军府自己清查人口上报汇总，他已经无法弄清自己这个大家庭有多少人了。

庆成王一府的人口增长，仅仅是明代皇族人口爆炸的一个缩影。朱元璋建朝之初，分封子孙于各地，“初封亲郡王、将军才四十九位”。这些王爷好比种子，一两百年过去后，在各地繁衍出的数量都十分惊人：山西一省，洪武年间只有一位晋王，而到了嘉靖年间，有封爵的皇室后代已经增长到一千八百五十一位。洪武年间河南本来也只有一位周王，可到万历年间，已经有了五千多个皇族后代……据明末徐光启的粗略推算，明宗室人数每三十年左右即增加一倍。而当代人口史学者推算的结果是，明代皇族人口增长率是全国平均人口增长率的十倍。查明代皇家档案，也就是玉牒上正式收录的人数，洪武年间是五十八人，到永乐年间，增至一百二十七人，到嘉靖三十二年（1553年）增至一万九千六百一十一人，而万历三十二年（1604年），增至八万多人。（陈梧桐《洪武皇帝大传》）

这仅仅是玉牒上列名的高级皇族数目，还不包括数量更多的底层皇族。据安介生等人口史专家推算，到明朝末年，朱元璋的子孙已经繁衍到近一百万人之多。

与此相对照的，虽然爱新觉罗氏不是从努尔哈赤算起，而是从其父塔克世算起，也就是说，源头数量比明王朝多了数倍，即使明清两朝的存活时间大致相仿，但清朝末年“爱新觉罗”氏的成员数量是两万九千人。

事实上，朱元璋子孙数量的急剧膨胀，不但在中国历史上空前绝后，也是世界人口史上最引人注目的一道风景。

人口如此急剧地膨胀，是由于背后强大的制度驱动。

朱元璋在历史上留下的形象至为冷酷，他对百姓、对大臣、对故交、对妻妾，都冷血无情，唯有在自己的子孙面前却满面慈祥，温柔体贴得无以复加。为确保子孙生活幸福，他绞尽了脑汁。开国不久，还没来得及大封功臣，他就先急不可待地把自己的所有儿子都封为亲王，虽然最小的儿子那一年刚刚一岁。他规定皇族子孙不受普通法律约束，不归当地官府管制。诸王的府第、服饰和军骑，下天子一等，公侯大臣见了他们都要“伏而拜谒”。

他给大明王朝的官员们制定了中国历史上最低的工资标准，给自己儿孙制定的俸禄却唯恐不厚：皇子封为亲王后年俸万石，是最高官员的近七倍，还不包括大量的土地等其他各种赏赐。为了让后代充分享受幸福，他规定皇族不必从事任何职业，每一个皇族后代的所有消费需要都由国家承担：十岁起就开始领工资享受俸禄，结婚时国家发放房屋、冠服、婚礼费用，死时还有一笔厚厚的丧葬费。这种无微不至，在中国历史上独一无二，以至于明人不禁感慨：“我朝亲亲之恩，可谓无所不用，其厚远过前代矣！”

朱元璋的皇族政策只有一个漏洞，那就是他幻想着可以通过藩王掌握军队来捍卫朱氏家天下的安全。结果自永乐年间起，亲王引兵作乱不断，这种状况导致历代皇帝不断致力于弥补这个漏洞。皇帝们一方面保证众皇族生活的穷奢极欲，另一方面则极力强化对皇族特别是藩王的控制。到明代中后期，这种控制达到了匪夷所思的程度：怕王爷们联合地方势力作乱，后代皇帝规定，亲王们终生只能生活在王府里，想出城遛遛弯，得专门派人千里迢迢向皇帝本人递出申请。如果没有皇帝的亲自许可，亲王连出城扫墓都不行。为防止亲王们有串通的机会，后代皇帝又规定，亲王们终生不得相互见面，这就是著名的“二王不相见”。《明史·诸王传》赞语评论说：“有明诸藩……

防闲过峻，法制日增，出城省墓，请而后许，二王不得相见。藩禁严密，一至于此。”

在这种情况下，各地王爷们被剥夺了几乎所有的自由，成为高级囚徒。他们“徒有虚名，坐靡厚禄，贤才不克自见，知勇无所设施”。由于不能从事任何社会职业，其增加收入的方式只有一个渠道，那就是多生孩子。因为多生一个孩子，国家就按等级多发放一份俸禄，所谓“宗室年生十岁，即受封支禄。如生一镇国将军，即得禄千石。生十将军，即得禄万石矣……利禄之厚如此，于是莫不广收妾媵，以图则百斯男”。

“利之所在，人争趋之，如水之就下，不可止也。”在“制度”决定之下，明代中后期开始，皇族们展开了激烈的生育竞赛，各地王爷在床上拼命播撒种子，为了多生孩子，他们拼命招纳妻妾，强抢民女。他们把妻妾的生理期编列成表，按期临幸，以求提高效率，一炮而中。在紧锣密鼓的床笫战争中，生育纪录被一次次刷新。

多子多福，本来是中国人的不二信条；挥霍和生育，又是朱元璋给自己子孙规定的光荣任务，所以朱氏皇族生得理直气壮，光荣坦荡。然而，对大明王朝的其他成员来说，皇室生育纪录的一次次刷新，可不只是为茶余饭后的八卦闲聊增添材料，它更意味着每个老百姓身上负担的一次次加重。

王爷的增加，必然导致王府的增加和圈地的扩大，天下最好的土地越来越集中到皇族手中。明代中叶之后，全国人均土地不断下降，而皇族占有土地却迅速扩大，许多王府拥有的土地动辄万顷：景王、潞王的庄田多达四万顷；福王庄田两万顷；桂王、惠王、瑞王的庄田各三万顷；吉王在长沙有地七八十万亩；河南全省土地，居然有一半归各王府所有。

皇族们的俸禄都直接来自各地的财政收入，皇族人口数的几何级增长，意味着财政支出几十倍、上百倍地增加。山西的晋王府，明初只需年俸一万石，到嘉靖年间便增长到八十七万石；河南的周王府，由一万石增长到六十九万石；湖广的楚王府，由一万石增长到二十五万石……皇族人口的迅速增长，实际上意味着国家财富分配中权贵的比重迅速扩大，而底层百姓的生存空间不断被压缩。

这片江山上的亿万人民存活的真正意义，历来就是给一家一姓提供膏血。这本是中国政治的题中应有之义，大明王朝的臣民对此也充分理解，然而，朱氏一家的生育率之离谱，造成了中国历史上前所未有的局面：从明代中期开始，各省的长官惊慌地发现，他们全省的财政收入已经不够供养居住在本省的皇族。河南年财政收入为八十四万石，而需要供应给王爷的是一百九十二万石，“借令全输，已不足供禄米之半”。嘉靖年间的大臣们纷纷焦虑地指出，不久之后，以中国之地大物博，竟然可能出现举全国之力，也无法养活朱氏一家一姓的荒唐场景：“王府将军、中尉动以万计，假令复数十年，虽损内府之积贮，竭天下之全税，而奚足以赡乎？”“将来圣子神孙相传万世，以有限之土地，增无算之禄粮，作何处以善其后？”

这仅仅是皇族招致民怨的一个原因。事实上，中国老百姓都特别通情达理，江山是人家老祖宗提着头打下来的，后代享受一下特殊待遇，天经地义，理所当然。问题是，国家规定已经如此优厚，皇子龙孙犹有不足，他们运用自己的特殊身份和影响力，把触角伸向一切有油水的领域，无利不取，无所不为。

皇族往往与巨商相勾结，进行行业垄断。这些亲贵利用自己的关系，向朝廷要到特殊政策，转手批给商人，再从商人那里分得巨额利益。地方上所有最赚钱的行业都被他们垄断。许多地方的藩王利用特权，控制了当地的食盐销售。他们不顾百姓的承受能力，任意抬高盐价，以致最底层的老百姓常年买不起盐吃。

所有稀缺的自然资源，比如土地、山林和矿山，只要证明有利可图，皇族就会通过向皇帝乞请或者巧取豪夺的方式，抢占到自己手里。各地王府所圈之地，“皆取之州县中极膏腴田地”。比如皇帝赐给福王的土地中，有两万顷本来规定在河南，但因为河南好地都被圈尽仍然不够，不得不跑到湖广、山东去圈占最好的良田。所以史书说，有明一代“占夺民业而为民厉者，莫如皇庄及诸王、勋戚、中官庄田为甚”。各地王爷经常向皇帝哭穷，向皇帝索要各种特利。许多地方的收税权都陆陆续续划归了各地王府：周王拥有开封的税课权，潞王占有河泊所二十六处，潞城县的商税被赐给了清源王，屯留县的则归辽山王所有。平遥王说自己家口太多，生活不宽裕，皇帝命令，把黎城县一年的商税划给他……

通过种种巧取豪夺，皇族山积了天下最多的财富。富甲天下的福王，“珠玉货赂山积”，金钱百万；陕西的秦王，富甲天下，“拥赀数百万”；大同的代王，居然拥有房屋一千零六十所……权贵集团暴利滚滚的直接后果，自然是民生的日益困顿。从明代中期开始，历代皇帝不断通过“加派”等手段，将宗藩费用进一步转嫁到人民身上。原本负担很重的百姓雪上加霜，有的农民甚至“废箸、鬻舍、捐妻，以供王国之禄”……

以上种种，毕竟还属“合法”或者符合潜规则，然而这仍然不能满足皇族的欲望。在缺乏约束的情况下，特权总会走到极端。明代皇族超出法律之外的为非作歹、穷凶极恶，为他们积累了更大的民怨。

虽然国家明确规定皇族不得干涉地方政务，但许多皇族都涉足地方事务，一旦有求不遂，他们就依仗自己的龙子龙孙身份对地方官员横加欺凌。代王府的辅国将军因为不满县官处罚自己的仆人，公然当众殴打知县。晋王府的河东王等人辱骂殴打地方官更是常事，所谓“挟奏有司，擅入府县，凌辱殴詈，习以为常”。嘉靖三十七年（1558年），宁化王府的宗仪，也就是小小管家，竟然动手殴伤了堂堂布政使这样的朝廷大员，“求索禄粮不遂，围布政司门，殴伤左布政使刘望之”。

因为享有司法特权，有罪时“罚而不刑”，许多王府已经成为地方黑恶势力的保护伞，甚至自身也沦为黑社会头目。嘉靖五年（1526年），庆成王府的辅国将军藏匿大盗被人告发；隆庆二年（1568年），方山王府镇国中尉朱新垣“与群盗通，劫掠商货”；襄垣王府的辅国中尉、昌化王府的辅国中尉都“私出禁城为盗”，公然杀人劫财……

至于强抢民女之类的经典桥段更是无地无之。在特权庇护下，皇族已经沦为大明社会道德水准最为低下的一个群体。河南禹州的徽王朱载伦，“有美女子过府，掠入与淫，女幼不敢接，即大怒，投以与虎”。山民王朱企礼在武冈州“前后夺民妻女无算”。武邑王在父丧期间“居丧无礼，置酒作乐，召妓者歌舞，极诸淫纵，内使谏者，辄非法拷掠，或触其怒，以石鼓压胸，囊沙覆口，死者数人”……

虽然民怨重重，各地皇族丝毫不予理会，他们理直气壮：拼命享受，就是对列祖列宗提头血战最好的回报。作为最大的既得利益集团，在大明王朝，皇族们确实是最幸福的一个群体，两百多年的飞扬跋扈、狂吸痛饮，享受到巅峰了。

可惜，天下没有不散的宴席。李自成、张献忠等明末“七十二家”起义军纵横大地之后，朱元璋的子孙突然发现，他们的宴席不仅仅是被打扰了一下，而是被宣告永远终结。更可怕的是，他们到这个时候才发现，这场两百年的宴席不是免费的，结账的时候到了。

这些姓朱的亲王、郡王、将军，是农民军最有兴趣的猎物，大大小小的农民军所过之处，皇族均在劫难逃。那些各地最壮丽的王府，在连绵全国的战争之中，几乎无不灰飞烟灭。太原总兵姜瓖据其亲见亲闻，向皇帝汇报说，农民军“凡所攻陷，劫掠焚毁，备极惨毒，而宗藩罹祸尤甚”。《南疆逸史》也说：“明之天潢，迨闯献之祸，屠戮几尽焉。”

让我们先来看看皇族人口增长最快的山西。明末山西有晋王、代王两大藩王和西河王等多位郡王，皇族多达数万人。崇祯十六年（1643年）十二月，李自成挥军进入山西，每到一地，首先捕杀皇族。起义军陷山西平阳后，“西河王等三百余人遇害”。攻占汾阳后，也首先搜杀“宗绅”，以致“彼汾一方，几成罗刹鬼国”。

崇祯十七年（1644年）初攻克太原后，李自成军“捕晋宗室四百余人，送西安，悉杀之”，这四百余人都是晋王一系的高级皇族。接着，因为“恐（中低层）宗人为变，闭门搜捕，得千余人，杀之海子堰，若歼羊豕”。经过这两次杀戮，山西晋王宗室中的主要人物被杀殆尽。崇祯十七年三月，李自成军又攻取大同，六天之内，代王朱传𪹹以下的四千多名诸王宗室皆被杀尽，其他郡王也几乎没有幸免：定陶王及其子效锋同赴井殉国，翟山王效钦、陵川王效铿等相继被拷掠至死，沈世子迪洪被执不知所终。姜瓖在启本中说：“云（今山西大同）之宗姓，约计四千余，闯贼盘踞六日，屠戮将尽。兼过天星、张天琳，百计搜查，几无噍类。而素居州县潜匿乡村与逸出者，所存无几……”总计以上数次，李自成军仅在山西一地就杀掉朱姓子孙一万多人。

山西一省仅是缩影。尽管李自成以“不嗜杀”闻名，但其兵锋所过之处，那些朱姓王爷几乎没有活下来的：

崇祯十三年（1640年）十二月，李自成攻占河南永宁，万安王朱采轻被捕捉，在西关被公开处死。崇祯十四年（1641年）十一月，李自成攻占南阳，杀唐王朱聿莫于麒麟岗。十二月，克禹州，徽王被杀，“其支属在禹者，凡十七家，及城陷，十七家皆及于难”。镇国将军朱翊至向皇帝汇报此事说：“阖府宗仪，屠戮大半。此受祸之极惨者也。”崇祯十五年（1642年）闰十一月，李自成破汝宁，崇王朱由樻及其世子诸王被杀于泌阳。十二月，李自成军入荆州，湘阴王朱俨尹全家皆被诛。崇祯十六年（1643年）抵兰州，执肃王朱识𬭎，“宗人皆死”……

而张献忠军本以玉石俱焚为特长，所过之处，诸王扫灭，更是题中应有之义。与众不同的是，他在杀法上常有新创意。崇祯十四年（1641年）二月，他攻取了襄阳，执襄王朱翊铭于南城楼。朱翊铭跪地乞生，张献忠赐给了他一杯酒，说："吾欲借王头，使杨嗣昌以陷藩伏法。"接着"杀之城上，焚城楼，投尸于火"。

崇祯十六年（1643年）五月，张献忠克武昌，俘获楚王朱华奎。这次，他想出了一个新花样，"以便舆笼王沉西湖，遮其金数百车尽"。宫殿楼阁近千间，"壮丽近于皇宫"的楚王府也被付之一炬。

与和平时期皇族的生育率最高相匹配，在明末战乱之中，皇族的死亡率也创了社会各阶层之最。

明末起义军诛戮明皇室成员，一个最大的特点是坚决、彻底。只要是朱元璋的后代，不论是主动投降还是被动俘获，不论是立地不跪还是苦苦求生，不论是拒不交代藏宝地点，还是痛痛快快地献出所有财富，结果都是一样：一律诛灭。史书中涉及王府在兵锋下的遭遇，所用的词都是"尽""皆""合族"。张献忠攻占常德，"荣王宗室殆尽"；攻克重庆，蜀王朱常浩及其家人"尽杀之"；据有成都，蜀王朱至澍"合宗被害"……史家总结道："凡王府宗支，不分顺逆，不分军民，是朱姓者，尽皆诛杀。"

最有代表性的，是河南福王的下场。万历皇帝以与民争利闻名史册，他派出大量矿使税监四处搜刮，百姓有了灾荒，也舍不得拿出钱来赈济。然而小儿子福王朱常洵大婚时，万历皇帝却一下子抛出三十万两巨款；给朱常洵在洛阳所修的王府，花费白银二十八万两，超过祖制规定的十倍；朱常洵“就藩”时，万历一下子赐了上等良田四万顷。有了这样巨大的财富和如此众多的特权，朱常洵还不满足，他在洛阳与民争利，“官校藐法，横于洛中”，中使四出，“驾贴捕民，格杀庄佃，所在骚然”。

在“稳定”时期，福王的权势看起来稳如泰山，谁都不敢触动，然而一旦社会动荡起来，王府的高墙就如同纸糊的一样脆弱。他平日欠下百姓的一切，在战争中得到了一并清算：崇祯十四年（1641年）正月，李自成攻克洛阳，福王朱常洵仓皇缒城而出，逃到城外一座破庙中潜藏，第二天被起义军抓获。这个三百多斤的大胖子，以亲王之尊跪爬在李自成面前，汗流浃背，乞求李自成饶他不死。李自成不为所动，当众斥责福王朱常洵：“汝为亲王，富甲天下。当如此饥荒，不肯发分毫帑藏赈济百姓，汝奴才也！”命左右把他拉下去，先痛打了四十大板，打得血肉横飞之后，再一刀枭首，将头颅示众。至于那三百多斤的躯体，李自成也充分利用，“福王常洵遇害。自成兵灼王血，杂鹿醢尝之，名曰福禄酒”，剔去毛发，拔掉指甲，又杀掉几只鹿，放在一起炖了几大锅，摆酒开宴，名叫“福禄酒会”。

这一事实说明，皇族两百多年的为所欲为，积累了太多的愤怒。他们已经完全站到了普通民众的对立面，不得不以自己这一代的鲜血和生命为代价，为自己也为以前数十代的“幸福生活”付账，就像以前每一个王朝末期一样。不要忘了，朱元璋正是打着“打倒元朝特权阶级”的大旗建立了明朝，明王朝这座大厦建立的地基，也正是元王朝巨室、权贵、官宦之家的累累尸骨。

崇祯后人

如果把中国历史上亡国之君的命运做成一张图表，我们看到的是一条明显的下滑曲线，虽然偶有波动，但基本上是越来越惨。

秦代以前，亡国之君虽然失去了国家，但不会失去尊严。商汤俘获了史上第一个亡国之君夏桀之后，将他流放于南巢。在流放地，夏桀身边还有几个侍臣陪伴，基本上保持了贵族的生活待遇。和夏桀比起来，商纣王性格比较刚烈，于鹿台之上自焚而死。如果不死，他的下场和夏桀应该一样，止于被流放而已。周武王叹息之余，将纣王的两个儿子武庚、禄父封为诸侯，让他们封邦建国。

直到春秋战国时期，虽战乱重重，不断有诸侯被灭国，但胜利者对亡国之君一般都以礼相待。就拿著名的吴越恩仇来说，勾践卧薪尝胆灭了吴国之后，并没有想杀掉夫差。他的计划是迁夫差于越国东部边陲，封他一百户以养老。倒是夫差自己羞愧难当，自杀而死。

之所以如此优待，是贵族政治的风度使然。在秦始皇以前，中国社会一直是贵族社会，“礼”是政治的最高原则。对贵族来说，胜利是重要的，风度更为重要。考诸世界历史，欧洲人也是这样做的。欧洲政治中有一个传统，那就是做过国王的人即使被推下王位，也会受到必要的礼遇。

虽然秦始皇的后代基本被杀光，但秦代之后，善待亡国之君的政治传统又一度恢复。比如汉朝末代皇帝汉献帝刘协，下场就比较有面子。曹丕称帝之时，识时务的刘协亲自“劝进”，明智地配合曹丕完成所谓“禅让”仪式，让曹丕避免了篡位的恶名，顺利当上皇帝。过后刘协被封为山阳公，邑一万户，位在诸侯王上，奏事不称臣，受诏不拜，仍然可以用汉天子礼乐，甚至行汉正朔。刘协太太平平地当了十四年山阳公后，得以善终，终年五十四岁。死后他不但被谥“孝献皇帝”，还以汉天子礼仪葬于禅陵。在他身后，其儿孙刘康等人相继继位，山阳国存在了八十九年，直到永嘉年间被少数民族所灭。对一位亡国之君来说，刘协可谓功德圆满。蜀国末主刘禅和吴国的末代君主孙皓，命运也与此大致相类。

曹丕导演“禅让”大戏之时，肯定不会想到，四十五年之后，另一位权臣司马炎以几乎同样的手段，从他侄孙曹奂手中夺取了皇冠。曹丕代汉的成功演出，为后世树立了范本，在这之后，西晋、宋、齐、梁、陈、北周、北齐、隋、五代的梁朝及大宋王朝，都照葫芦画瓢，将“禅让”剧本搬演了十次。

开始几次，大家都是搬演旧本，规规矩矩，亡国之君都得以善终。对亡国之君首开杀戒的是南朝宋主刘裕，本来东晋末帝司马德文也很懂事，十分识相地在禅位诏书上签字，又不等刘裕“三让”就搬出皇宫。刘裕也按历代规矩，封了司马德文一个爵位。然而，历史的内核在此时悄悄发生了一个重大变化：皇位的争夺者由平民阶层转向了流氓。刘裕是市井无赖出身，根基太浅，士族并不真心拥戴，何况称帝之时，他已年近七十，司马德文却是年富力强的三十六岁。司马德文的存在，让刘裕不能安枕。即位不久，他便派兵将司马德文杀死，接着又对司马一族痛下杀手，几乎夷杀了司马全族，开后世之君屠杀逊帝及先朝宗室之先河。

从那之后，中国改朝换代的模式发生变化：新皇帝逼旧王朝末帝禅让后，先封前末帝为王，然后再找机会暗杀并灭族。南朝的齐王萧道成逼刘裕重孙刘準逊位，萧道成的后代萧宝融禅位于梁王萧衍，萧衍的后代萧方智禅位于陈王陈霸先，都是这个做法，一丝不差。陈霸先封萧方智为江阴王，全食一郡。一年之后，陈霸先派亲信前去诛杀萧方智。十六岁的萧方智绕床而跑，边跑边哭喊："我不愿当皇帝，陈霸先非推我入帝座，现在又要杀我！"士兵追了好几圈，才抓住萧方智的衣裳，把他一刀砍死。

这种先封后杀的把戏一直足足玩了八次，到五代时期，那些末代皇帝才算回过味来。五代时期的末代皇帝中有两位是自杀而死，免得受二茬罪。后梁末帝李友贞是国破后自刎而死，后唐末帝李从珂是国亡后自焚而死，都算是比较明智。

不过，被直接杀死，还算不上末代皇帝中最惨的，最惨的是像北宋徽、钦二帝那样，在无比屈辱的流放中受尽折磨后死去。被流放到北方边地后，赵氏父子倒是"经得住打击"，选择了顽强地活着。他们被关押在一座小院里，在朔风沙尘中吃着不堪下咽的食物，靠回忆往事过活。徽宗在恶劣的环境中罹患重病，双目失明，忍受了九年俘虏生涯后凄惨去世。而赵桓在黑龙江的冰天雪地里足足受了三十五年的罪，才在绝望中死去。

清军入关之初，多尔衮就一直密切关注着一个人的下落：崇祯太子朱慈烺。因为崇祯皇帝既死，太子是残明势力最名正言顺的旗帜，有着巨大的号召力。

明朝灭亡这一年，十六岁的太子逃出宫中，为农民军俘获，李自成封他为宋王。后来李自成败走，带他出城南下，后不知所终。

多尔衮深知，崇祯的皇子或者其他男性至亲，都有可能为反清势力所拥立，所以，尽早把他们掌握到自己手中方为上策。为招抚这些人，他制定了高明的统战策略。进入北京之次日，多尔衮即发布命令："至朱姓各王归顺者，亦不夺其王爵，仍加恩养。"

多尔衮的策略十分成功，不久之后，大鱼果然上钩了：崇祯太子出现在京城。

原来，李自成败亡之后，崇祯太子从乱军中逃出。他没有去投奔南明，反而一路乞讨返回北京，投奔了外祖父周奎家。

自幼生养深宫，不识世事的太子，一遇困境，本能地想到投奔熟悉的亲人。另外，清朝的"招抚政策"对他也很有吸引力，太子天真地认为，在李自成驾下，他被封为宋王，相信清人对他不会比李自成更差。

太子的出现，在周奎府引起了巨大震动。"（长平）公主与太子抱头而哭，哭罢，奎饭之，举家行君臣礼。"周奎的第一反应是惊喜，然而，镇定下来之后，他马上发现自己面临着一个极大的麻烦：在明末政治高层生存多年的周奎深知，清朝绝不会容许拥有巨大政治号召力的故明太子活下去。他面临着两种选择：一是暗暗把太子收留下来；一是向清朝汇报太子的出现，将太子交给清人。

暗暗收留，风险太大，世上没有不透风的墙，被清廷得知，他定是死罪。明朝既亡，他只能出卖自己的灵魂。

思来想去，周奎最后下了决心：他写了一封奏折，向清廷汇报了太子的出现，请示如何处理。

得到这个消息，多尔衮又喜又忧。喜的是，头号政治隐患终于落入手心了；忧的是，他刚刚宣布要优遇前朝，怎么来处理这个对清朝统治具有重大威胁的太子？真的封其为王，养在身边，那岂不是鼓励那些反清势力前来进攻北京吗？

脑筋一转，计上心来，他密授周奎：指认此太子为假冒者，这样，就可以名正言顺地杀掉。对早已经出卖了灵魂的周奎来说，这当然不难做到。然而，对于广大官民来说，太子出现，公主与太子抱头痛哭的消息早已不胫而走，让他们相信周奎的说法很难。

于是多尔衮又不得不导演了一场“辨认真假”的大戏。多尔衮亲自主持，命太子坐于室中，令前明官员及一些内侍前来辨认。结果，那些“聪明”之人，比如晋王朱求桂及大学士谢升、冯铨、洪承畴等，都供称太子为假。然而也有不识好歹的内监以及曾侍卫太子的锦衣卫校尉十人等，称太子为真。而长平公主的反应最引人注目：“复令宫主认之。宫主见太子泪下，周奎掌其颊，宫主惊走，亦言不是。”

消息传出后，轰动京城，北京市民很激动，“正阳门各具疏请释太子”，还有人提议让太子与长平公主“赴部面质，滴血对认”。更有许多大臣上书，要求慎重确认，不可误杀。其中有两道最有杀伤力，一道是钱凤览的，他透露了周奎私下所说的隐秘内容，“昨周奎言，即以真为伪，亦为国家除患，此语真情已露”，周奎“以真为伪”的真相于是大白；另一道是朱徽的奏折，朱徽强调“周奎既以太子为假，何留宿两日乃始奏闻，见时公主抱持痛哭，岂陌路能动至情如此，奎初与之衣食，后忽加以棰楚，情事诪张，何其变幻”，这份奏折确实逻辑有力，难以辩驳。

这种局面确实大出多尔衮意料，由此他认识到，前明官民仍然认太子朱慈烺为明朝正统，他们恋明之心依然不死，这让他坚定了杀掉太子的决心。局面看起来似乎难以处理，但是对于暴力机器在手的人，一点也不难：他决定快刀斩乱麻，以免越拖越乱。

多尔衮召集大臣会议，毅然宣布，经过审慎辨认，此太子确为假冒，随后派人在狱中将十七岁的太子活活勒死。

为压下汹汹议论，他又采取强硬手段，将那些上书要求慎重确认的大臣及百姓都抓起来。坚持太子为真的钱凤览被绞死，另外指认太子为真的十余人一律斩决。这一招非常奏效，整个北京城马上风平浪静。

当然，对那些“配合工作”的“聪明人”，多尔衮也不会忘了“表示表示”。顺治元年（1644年）十二月，他赏给大学士冯铨、谢升、洪承畴等“各黄金二十两，白金一千两，嵌宝金钟盘二副，螺钿盒二架，玉壶一执”。（《清世祖实录》）

“汝何故生我家”，这句历史上至为惨痛的名言，是崇祯皇帝说给长平公主的。

1644年，本来应该是长平公主一生中最幸福的时光。这一年公主十五岁，正值豆蔻华年，史载她“喜诗文，善针饪”，是一个对生活充满热情的女子。皇帝已经为她选定了翩翩佳公子都尉周世显为驸马，可惜天翻地覆的局势让婚礼一推再推。

农民军攻占北京城的速度远超出崇祯皇帝的预料，更让深宫中整理嫁妆的公主毫无思想准备。《明史》载：“城陷，帝入寿宁宫，主牵帝衣哭。帝曰：‘汝何故生我家！’以剑挥斫之，断左臂。”当时，崇祯命周皇后自缢，长平公主闻讯前来，看到皇后的尸体，痛哭失声，跪在地上，爬上前想抱住崇祯皇帝的膝。崇祯一脚把公主踢翻，说道：“汝何故生我家？”举起剑来，劈头砍下。公主下意识地抬起左臂一搪，剑锋从左颊扫过，左小臂从肘部下面被齐齐斩断。公主哼了一声，昏倒在地。皇帝上前一步，想砍下公主的头，手却剧烈地颤抖起来，说什么也握不住剑，“手栗而止”，转身出了寿宁宫。

这是中国历史上的著名一幕，而在这之后的史实，则大都被史书所省略了。

断臂之后，不光崇祯，连所有的宫女从人都以为公主必因流血过多而死。尚衣监何新和宫女费氏怕其尸体受辱，将昏迷中的长平公主抬出了宫，送到她的外祖父、周皇后的父亲周奎府中。周家将她安置在一间空屋，只等着她死去。不料公主生命力非常顽强，五天之后，居然转醒，并且度过伤后感染等重重危机，活了下来。

活下来当然更不幸。

清朝高层的政治策略十分精巧：他们公开悬赏寻找崇祯帝的男性后代，说“有以真太子来告者，太子必加恩养，其来告之人亦给优赏”，实际上是打算骗到手后斩草除根。而崇祯的女眷们，因为不可能被人拥立，所以倒真是受到了清政府的“优待”。清朝拨给公主很高的生活费用，命周奎善待公主，作为宣传清朝“恩仁”和统战反清势力的工具。国已破，家已亡，身又残，长平公主早无活下去的意趣，时时说：“父皇赐我死，何敢偷生？”无奈身为弱女子，除了听任命运摆布，又有什么办法？唯日日以泪洗面，靠读读佛经来平衡自己的内心，心中还燃烧着的唯一希望，是自己的两个兄弟能逃到南方，有朝一日光复大明。这就是吴伟业所说的“死早随诸妹，生犹望二王”。

当太子朱慈烺一路乞讨回到北京，衣衫褴褛地出现在周府门口时，离难中的兄妹没想到这样见了面，悲喜交加。

多尔衮要求周奎和长平公主声明太子是假冒的，长平公主当然不干，但被周奎痛打一耳光之后，便不敢再开口了。

“假”太子被迅速处斩。这一事件给十六岁的长平公主以极大刺激，她万念俱灰，实在承受不了人生之悲苦，绝望之余，上书朝廷，请求出家：“九死臣妾，跼蹐高天，愿髡缁空王，稍申罔极。”

朝廷毫不犹豫地回绝了她的请求：这块金字招牌还有可利用之处。他们要千方百计地“施恩”于公主，并且大张旗鼓地宣传，让天下人都知道。朝廷四处访查准驸马周世显，找到之后，拨出巨款，给他们举行了华丽的婚礼，其规格等同于清室公主，“土田邸第，金钱牛车，赐予有加，称备物焉”。那些投降了清朝的大臣立刻上表，颂扬朝廷的“深仁厚德”。

大清王朝这样深厚的“恩仁”，公主实在无力承受了。结婚几个月后，清军攻陷南京，弘光小朝廷灭亡，被俘到北京的南明皇帝和王公都在顺治三年（1646年）五月被同时处死，公主受到最后一次精神打击。同年八月十八日，还不满十八岁的她带着沉重的伤痛猝然病逝，这时她结婚才刚刚一年，死时尚有五个月的身孕。

直到此时，清廷还不放过机会，为她举行了一场盛大的葬礼，厚葬于广宁门外。

清朝初年的一个吊诡现象是：一方面，由于清王朝的全力追杀，真正的明皇室成员无不隐姓埋名；另一方面，假冒的朱氏后代层出不穷，有假冒王妃的，假冒亲王的，当然最多的是假冒太子，特别是“朱三太子”的。这些人不甘寂寞，刀头舔血，铤而走险，希望以此浑水摸鱼捞些好处。

最典型的案子是顺治十六年（1659年）的“朱三太子”案。一伙江湖无赖组成一个骗子集团，其中一人号称是朱三太子朱慈英。他们说朱三太子因为地位特殊，可以和顺治皇帝直接搭上线，只要交钱，他们就有办法让一个目不识丁的人立刻成为现职清朝官员，而且还都是盐道、粮道、工部、吏部等肥缺。凭着这样荒诞不经的谎言，他们半年间居然骗到了七万余两银子，案发之后，一时朝野轰动。

另一个与此类似的案子发生在稍早的顺治十三年（1656年），真定的一个商人破产之后，突发奇想，自称“朱三太子”朱慈焜，搞了一个庙会招揽香火钱。他承诺，香客可以按照未来“光复明朝”后的官职高低来捐献香火钱，一年后原价退回。按现在的说法，这是一起典型的招摇撞骗兼非法集资案。事发的原因也很可笑：有两个人都花了几两银子，预购了“未来”的七品县令。拿到收据之后，他们马上认为自己已经是有身份的人，在大街上争抢道路，互不相让，直至大打出手，闹成治安案件。到县衙一审，自然一批人死于非命。

这类骗子当中最“成功”的一个，当是“南太子”王之明。此人乃万历朝驸马王昺的侄孙，小时候经常听老人们聊起宫中的奇闻逸事，对帝王生活艳羡不已。正巧天地大变，他和太子年龄相仿，又颇知“宫中故事”，遂自称东宫太子朱慈烺，南下南京来找自己的“伯伯”弘光帝。

弘光皇帝朱由崧虽然以昏庸闻名，但在这一突发事件上处理却相当理智。他被权臣拥立，是一个弱势皇帝，所以必须妥善处理此案，以示“公心”。他宣布，关键是要鉴定太子真假，自己壮年无子，太子如果为真，将来正好继位，“若果系真东宫……迎入宫中，仍为太子”。为了让鉴定结果有说服力，弘光拍板：一、审问过程中不得刑讯逼供；二、鉴定过程全程公开，“集百官廷讯，在京士民俱得入（内旁听）”。

在公开鉴定这一天，大殿里人山人海，王之明被迎入殿内，他人小鬼大，故意大摇大摆，径直“踞上座，南面”。那些大学士、尚书只好位居其下。

王铎曾经当过三年太子的老师，一见面马上断定此“太子”为假。为了让大家信服，他问“太子”：“汝识我不？”“太子”说：“不也。”王铎又问：“讲书在何殿？”王之明只知道宫中有文华武英等殿，随口答“文华”，其实是在端敬殿。刘宗政、李景琏两个翰林曾见过太子，也都认定这个少年比太子朱慈烺要矮，太子“眉长于目”，而此人眉毛很短。朝臣们考问其他宫中内情，他回答也大多不着四六。不过小骗子心理素质不错，遇到这类质问，他态度傲慢，动辄答以“尔等宵小懂得什么”。

虽然审讯结果最终证明太子是假冒的，但以民众的判断，从来都是更多地基于情绪而非理智，南明政府的公信力早已破产，何况国人几千年前就都变成了“阴谋论者”，百姓便认定王铎等人都是弘光指使，因此纷传太子为真。连外地的领兵大臣也相信这种传言，纷纷上书要求弘光善待“太子”。弘光为了不担上“故杀”的罪名，就决定把王之明先关起来再说。王之明就这样在监狱里待了好几个月。

直到五月初十，清军南下，朱由崧弃城而逃，王之明终于翻了身。十一日天将亮时，南京百姓在二三士绅的率领下，跑到监狱，放出了他们心目中的“真太子”，拥着他在武英殿“即位登基”。有些没有逃跑的南明官员也跟着上殿行礼如仪。

王之明终于苦尽甘来，一偿夙愿。南京百姓拥立他，是希望他率领南京军民抵挡住清军，不过王之明志不在此，登基后第一件事居然是要选秀女。结果秀女还没选好，南京城就被攻破，王之明被清军抓获。一开始，清人想利用他来安抚江南百姓，所以对他很礼貌。多铎“离席迎之”，与之并坐，还“衣以金紫”。问王之明最想要什么，王之明表示最想要“秀女”，多铎“旋以弘光所选淑女配之”。王之明于是怀抱着弘光没能享受到的“秀女”，一心做起清王朝的封王梦来。

不过小骗子好运不长，江南地方很快“内外俱定”，王之明已经没有利用价值，清人遂将他和弘光帝等人一起送到北京。不久之后，找了个借口，把他和弘光帝等一起处死了。

各地明皇室上层人物被诛杀净尽，只有崇祯之子朱慈焕侥幸活了下来，并且活到了七十多岁。

朱慈焕幼时被封为永王，在长大成人的皇子中排行第三。明朝灭亡那年，他刚刚十二岁，和两个哥哥一起被李自成军俘获，又一起被李自成挟裹出北京城南下。

李自成兵败后，朱慈焕开始了乱世飘零。他乞讨到一户王姓乡绅家，乡绅见他气质特别，“细询根由”。没有城府的朱慈焕透露了自己的身份，王乡绅是故明官员，见皇子沦落到如此地步，不禁“执手悲泣”，冒着风险收留了他，给他改名王士元，与自己的儿子一起读书。

五年之后，王乡绅病故，王家不愿意继续收留，他只好流浪到江南当了和尚。后来浙江余姚一位胡乡绅到庙里游玩，见二十出头的朱慈焕容貌清秀，气质不俗，又满腹诗书，十分健谈（几十年后，蓬莱人李力远遇到朱慈焕，称其“丰标秀整，议论风生……学渊博，且工手谈，精音律”，可见朱慈焕是一个非常有才华的人）。胡乡绅极为欣赏，劝他还俗，还把自己的女儿嫁给了他，于是朱慈焕落户浙江，也算是成家立业了。

结婚后，朱慈焕以教书为业。岳父去世后，随着生儿育女，家累日重，他不得不四处寻找教席，还经常向一些地方绅士打秋风，勉强维持生活。他一生小心翼翼，安分守法，哪里风声紧，他就赶紧带着一大家逃亡，几十年间流动于大江南北，历尽艰辛。虽然一辈子受尽委屈劳累，不过毕竟活过了古稀之年，生下三个儿子两个女儿，又有了孙子，也算儿孙满堂。到了晚年，赶上康熙盛世，政治局面日益安定。康熙为争取民心，六次拜谒明皇陵，行三跪九叩之礼。特别是康熙三十八年（1699年），皇帝拜了明孝陵后，还向大臣表示要查访一个明皇室后裔，来管理明孝陵："朕意欲访察明代后裔，授以职衔，俾其世守祀事。古者夏殷之后，周封之于杞宋……尔等与九卿会议具奏。"

虽然朱慈焕不敢出头去接受康熙皇帝的这个好意，但皇帝对故明的态度如此"亲善"，他认为自己这辈子可以善终了。

不料，在康熙四十七年（1708年），大祸发生。这一年四月，他正和东家在书房下棋，突然闯入一队官兵，将朱慈焕锁拿。

回忆起来，事发的根由是朱慈焕自己几年前的一次口风不严。按理说，环境如此险恶，应该守口如瓶才对，但是人总有倾诉的欲望，特别是一个前朝皇子，如今却落为到处打秋风讨饭吃的可怜教书先生，身份如此巨大的落差，让他心里难免产生巨大的不平衡感。到了晚年，朱慈焕觉得自己可以松一口气了，所以有一次酒后向一位交往很久的老友透露了一点自己的"秘密"。

世上没有不透风的墙。这个有爆炸力的消息很快传了出去。浙江东部有一位志在反清复明的念一和尚，听说这个消息，就在康熙四十五年（1706年）打起了朱慈焕的旗号，在大岚山起事。朱慈焕闻讯大惊，立刻带着一个儿子由浙江逃到山东，没想到两年之后还是被抓了。在抓他之前，官员曾到余姚他的家中搜查，家中还有“一妻二子三女一媳”，闻听官兵来捕，气势汹汹，知道大事不好，除了一个儿子外，其他六个人“皆投缳，六命俱尽”。

审讯结果证明他是清白的，虽然念一和尚打着他的旗号，但其实从来没有直接联系上他。官员们当庭让念一和尚来与朱慈焕对质，“及提先生对质，又云不相识”，证明两个人根本不认识。

朱慈焕为自己的辩护也是极为有力的。他说：“吾数十年来改易姓名，冀避祸耳……吾今年七十五岁，血气已衰，须发皆白，乃不反于三晋变乱之时，而反于清宁无事之日乎？且所谓谋反者，必占据城池，积草屯粮，招军买马，打造盔甲，吾曾有一于此乎？”

审问官员也觉得朱慈焕所供有理，将审问结果上报给康熙。几年前皇帝还说过要访查一位明朝后代来当官，这个朱慈焕看起来是最佳人选，所以官员对他很礼貌，给他好吃好喝，就等着皇帝下处理决定。

不料，事实证明，康熙皇帝所说的“查访明朝后裔”，其实是叶公好龙，如今真的“朱三太子”落网，他大喜过望。虽然康熙一生都以“宽大仁慈”闻名，对手又是一个七十五岁手无寸铁的老人，他却绝不放过。皇帝发下谕旨：

“朱三即王士元，着凌迟处死。伊子……俱着立斩。”

逃亡一生须发皆白的朱慈焕被押上了刑场，眼看着两个儿子被斩首后，自己又被一刀刀凌迟。

至此，崇祯的子孙被彻底消灭。

很少有人知道，朱元璋有一个后代，在清代被封为“延恩侯”，并且一直世袭到清朝灭亡。

清朝入关之初，在如何对待明朝皇室这一敏感问题上表现得十分聪明。李自成军曾将崇祯帝后暴尸三日，引起北京士民的极大反感，而清军一入北京，多尔衮立刻为崇祯帝后隆重发丧，谕令“官民人等为崇祯帝服丧三日，以展舆情”。这一举动令百姓大为感动，纷纷称颂多尔衮“仁慈”，对争取北方人心起到了很大作用。

为亡国之主举行盛大葬礼，已属旷世之盛典，康熙皇帝又前后六次趋谒明太祖陵，并且行三跪九叩大礼，把在场的南京数万父老感动得流泪不止。江南的民心也因此得到安抚。

面子工程做得如此漂亮，但是内里，清王朝对朱元璋的子孙却毫不放过。为防止人们拥戴朱氏后人造反，从清朝入关到康熙晚年，清政权把各地明朝数百名宗室藩王的后代诛戮殆尽，宁可错杀千人，绝不放过一个。到雍正年间，天下已经彻底太平，朱元璋子孙的存在已经不构成什么威胁，雍正皇帝便又想起“受命之君”应该“礼遇”前朝子孙，这样才能显示“兴灭继绝”之盛意，于是命人在天下访一个“合格”的朱氏后代，封以高官，来显示清王朝的宽宏大量。

经过几年寻找，礼部发现了一个合格人选：直隶正定知府朱之琏。

朱之琏的祖父被清军俘虏，编入汉军，到他已经做了三代旗人，因为一直对大清恭顺忠诚，没有贰心，所以前些年没有被杀掉。雍正大喜，遂封朱之琏为“一等延恩侯”，世袭罔替，负责祭祀明朝皇陵。天下臣民皆认为此举超越前朝，有“上古遗风”，纷纷称赞圣朝之“殊仁盛德”。

从朱之琏开始，直到最后一个延恩侯，总共传了十二代。这个侯爵与其他贵族不同，专靠朝廷赐给的几十顷祭田过活。他们没有根基，没有势力，为防止人们借其名头对清朝统治构成任何威胁，政府对他们的生活严格控制，除春秋两季去祭扫十三陵外，不许进行任何其他社会活动，所以他们实际上是大清王朝的一个摆设，纯粹是社会生活圈子之外的人物，几代之后，整个大清社会几乎都忘了他们的存在。

虽然是朱元璋的后代，他们对保护祖陵也并没有什么热情，因为所有的生活来源都是花剩下的祭祀经费，所以历代延恩侯们总是本着少花钱多办事的原则，祭扫活动进行得潦草不堪。1907年，著名教育家张相文游十三陵，发现陵园十分残破，无人管理。樵夫告诉他，说有一个延恩侯负责祭扫，但这个人很不负责任，“草草将事，若儿戏然，疑非朱氏血胤也”。

清朝灭亡之后，最后一个延恩侯朱煜勋仍然靠从溥仪小朝廷领取微薄的津贴过活。张相文在查阅北京市户口资料时，意外发现了延恩侯的住址，1919年曾和两位好友一起专门慕名去拜访他。

张相文在《南园丛稿》的《记朱侯》中曾回忆这次拜访的经过。

他们来到东直门北小街羊管胡同延恩侯的“宅邸”，发现这其实就是普通民居，没有任何侯府气派，“邸无门额，类寻常百姓”，可见清政府对这个“侯爷”的重视程度。进了家门，发现一家上下是旗人装束，书房桌子上摆着的几本书，“皆市井所传《玉匣记》《七侠五义》等也”，显示着这位侯爷的文化水平和精神追求。

这位侯爷“年可三十余，状貌粗肥，面带酒肉气”，长得和朱元璋一点也不像。见礼寒暄之后，侯爷以为他们是民国政府派来的官员，立刻和他们探讨能不能把十三陵土地出租，让政府开辟成公园，他好用这个钱养家致富。三人一听，觉得这个人粗俗不堪，没什么共同语言，遂告辞而出。

从这则记载来看，延恩侯的生活远谈不上养尊处优，仅能保持在小康市民的水平。

延恩侯最后一次出现在历史上，是在1924年。原来溥仪的英国老师庄士敦偶然在故纸堆中发现清代还有过一个这样的侯爵，遂起了好奇心，建议溥仪召见一次，看看这个朱元璋的子孙长得什么样。该年9月7日，大明王朝的最后子孙与大清王朝的最后继承人在紫禁城见面了。

这一年延恩侯已经四十多岁，庄士敦记载他圆脸膛，身材魁梧，看上去憨厚老实，但显然文化程度不高。侯爷告诉庄士敦，他有两个小儿子，一个九岁，一个四岁。因为溥仪小朝廷津贴发放不及时，延恩侯已经彻底失掉“侯爷”的架子了，现在生活困窘，甚至连官服也早就卖了。他说：“我外面穿戴的这套冠服，是为这次谒见特地借来的。”他掀起长袍让庄士敦看他里面的破烂衣服，说“我这套衣服今晚就得还给人家”。几日后，庄士敦派仆人给延恩侯送了些礼物，仆人回来汇报，说延恩侯家确实非常穷困，几间房子已经东倒西歪了。

在这次召见之后不久，溥仪就被赶出了故宫，惶惶逃往天津，“陷入隐姓埋名和贫困潦倒的境地”，无力再顾及这个大清王朝的旧摆设，最后一个延恩侯从此也就在历史上消失，不知所终了。

莎剧中的性

王 巍

年轻人之间的爱情无法回避肉体情欲。

莎士比亚的戏剧和诗歌作品，都或多或少地包含关于性的内容，《罗密欧与朱丽叶》尤其如此。

写作《罗密欧与朱丽叶》时的莎士比亚，还不是我们今天所知道的莎士比亚。1596年《罗密欧与朱丽叶》首次上演时，莎士比亚三十二岁，只完成了大约十部戏剧，仍处于戏剧生涯的初期。而他的重量级作品，包括著名的四大悲剧，都是在1599年之后写成。

和莎士比亚的成熟悲剧不同，《罗密欧与朱丽叶》更加注重戏剧情节的发展，而不是深刻的思考。从气质风格来说，《罗密欧与朱丽叶》更加轻松、乐观，包含更多的喜剧元素，问世几百年来，一直得到观众的钟爱，被频繁搬上舞台。同时，该剧也是莎士比亚戏剧中最早被传播到英国、欧洲、西方世界以外并得到广泛接受的作品。直到二十世纪初，《哈姆莱特》才取而代之成为最常演出的莎士比亚戏剧。

《罗密欧与朱丽叶》在剧院舞台上的演出，并非一成不变，几百年来曾被多次删节修改。一方面，虽然开场诗中声称两个小时就能演完，而事实上全剧的三千多行台词即使马不停蹄地念诵，也需要三个小时。更重要的原因是，在不同的历史环境中，剧团需要适应当时的时代精神和观众品味。

1596年初，《罗密欧与朱丽叶》由宫内大臣剧团首演，当时就受到一致欢迎和好评。扮演罗密欧的，是剧团最大的股东伯比奇（Richard Burbage），大约二十八岁年纪；据推测，朱丽叶由大约十六岁的戈夫（Robert Goffe）扮演；莎士比亚很可能在剧中扮演亲王。

当时，宫内大臣剧团主要在伦敦城北的剧院演出，1599年之后则长期固定在城南的环球剧院演出。同时，剧团还经常离开伦敦，到英格兰南部各地巡回演出，包括牛津和剑桥这两所大学。在1600年前后，剑桥大学的学生们自己排演喜剧，留下的脚本中就借用了《罗密欧与朱丽叶》中茂丘西奥的很多台词。

到1642年，英国内战期间，由清教徒主导的政府下令关闭了国内的所有剧院，禁止在公开场所上演戏剧。直到1660年王政复辟，查理二世回到英国，剧院演出才得以恢复。最早复排的一批剧目中，就有《罗密欧与朱丽叶》。

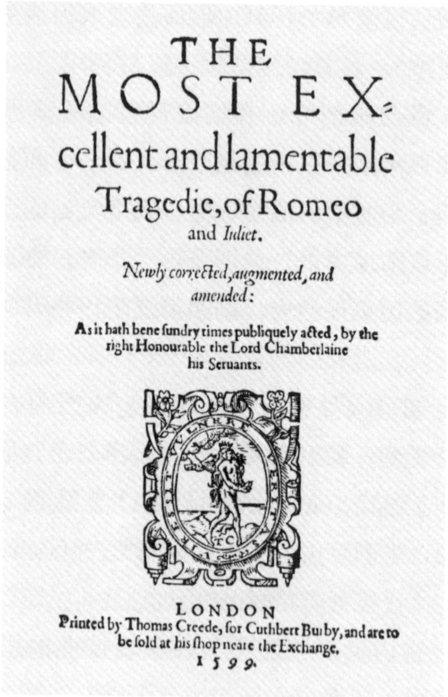

THE
MOST EX-
cellent and lamentable
Tragedie, of Romeo
and Iuliet.

*Newly corrected, augmented, and
amended:*

As it hath bene sundry times publiquely acted, by the
right Honourable the Lord Chamberlaine
his Seruants.

LONDON
Printed by Thomas Creede, for Cuthbert Burby, and are to
be sold at his shop neare the Exchange.
1599.

1599 年，《罗密欧与朱丽叶》剧本首次印刷出版。

《罗密欧与朱丽叶》的主题是年轻人之间的爱情，故事情节本身就无法回避肉体情欲。剧中包含的喜剧元素，按照当时的戏剧惯例，也免不了要涉及一些关于性的笑话。另外，从演出环境来说，在莎士比亚的时代，剧中的女性角色都是由男演员来扮演，前来剧场看戏的观众也绝大多数是成年男性，把涉及性的台词视为正常的娱乐。

《罗密欧与朱丽叶》中关于性的玩笑和笑话中，并不包含任何直白露骨的描述，而是通过相对隐晦的暗示来表达。但是，在该剧问世以来的几百年间，剧中与性相关的台词，曾经引发过很多争议和反对，在演出和出版时被以各种方式删除、曲解、淡化。

莎士比亚于1616年去世，之后的几十年间，英国经历了剧烈的政治动荡，一度推翻君主制度，建立了共和国。在1660年君主制度复辟之后，社会观念发生了显著变化，舞台上开始出现女性演员，剧院中的女性观众也日益增多。从十七世纪中期之后的大约二百年间，《罗密欧与朱丽叶》中关于性的台词被视为有伤风化，在舞台上销声匿迹；直到1840年代，这些台词才重现舞台。

在此期间，出版行业受到的影响相对较小。莎士比亚戏剧作品的印刷版本，大多能够原样保留剧中的台词。但是，随着教育的普及和民众识字率的提高，读者群体迅速扩大；进入十九世纪后，《罗密欧与朱丽叶》等作品中关于性的台词也开始成为图书内容审查的目标。

在十九世纪初年，《适合家庭阅读的莎士比亚戏剧集》（*The Family Shakespeare*）在英国问世，成为英语文学名著中最为著名、影响最广泛的清洁版本。这部作品的编辑和出版人名叫托马斯·包德勒（Thomas Bowdler），今天英语词典中的bowdlerize这个动词，意思是“删除不妥的文句”，就是由包德勒先生而来。

这部“家庭版莎士比亚”删除了剧中所有与性相关的台词，达到了“适合由父母向子女朗读”的目的。当时，中产阶层正在成为英国社会的中坚力量，私人生活的放纵被视为贵族的恶习，社会风气和道德观念逐渐趋向保守。包德勒的版本受到广泛欢迎，问世后的四十多年间出了十一版，在向少年儿童普及莎士比亚戏剧的过程中发挥了很大作用。

除了遭到直接删除，莎士比亚戏剧中关于性的台词，还经常被人以曲解的方式进行净化处理。一些学者和编辑想出各种说法，把关于性的比喻和暗示解释成更加“干净、安全”的意象，声称这才是莎士比亚的本意，但大多失之牵强，让读者感到费解。

《罗密欧与朱丽叶》的第二幕第四场中，就包含一个明显的例子。在广场上，班伏里奥告诉茂丘西奥：罗密欧正在走来，茂丘西奥紧抬头望了一眼，评论道：Without his roe, like a dried herring。这句台词的字面意思，是把罗密欧比喻成一条鱼，被掏去鱼子（Roe）、晒成干鱼；同时，Roe和罗密欧（Romeo）这个名字的前两个字母Ro-读音相同，构成了双关。茂丘西奥的本意是在暗示，罗密欧昨晚在舞会之后，就和朋友们不辞而别，一定是偷偷前去找心上人罗瑟琳约会过夜；经过一宿鱼水缠绵，罗密欧的身体中已经没有了精液，就像一条鱼被掏空了鱼子。

为回避“精液”这样的字眼，净化版的解读曾提出各种各样的牵强解释。最常见的说法是：这句台词仅仅是在形容罗密欧看上去无精打采，像干鱼一样蔫蔫巴巴的没有生气；同时，茂丘西奥所说的Roe，也被认为不是指“鱼子”，而是Rosaline名字的缩写，意在暗示罗密欧神色沮丧是由于无法得到罗瑟琳的青睐。

还有一种说法更加牵强绕弯子，认为茂丘西奥是在嘲笑罗密欧，说他无法得到心上人的青睐，口中不断地自怨自艾、呻吟感叹：Me Oh, Me Oh，还不如干脆删去自己名字Romeo中的Ro-，改叫Meo，正好应和了口中呼喊的Me Oh。

事实上，在之前的场次中，罗密欧刚刚向朱丽叶表白爱情并约定结婚，心情十分愉快，来到广场时不应该是无精打采、没有活力的样子。除了在剧情上说不通，这种清洁版的解读也几乎抹除了台词所包含的全部文采和喜剧效果。很难想象，莎士比亚当年写作剧本时，会指望台下的观众能有耐心绕这么大的弯子来理解自己的笑话。

在《罗密欧与朱丽叶》剧中，大部分角色的台词中都包含与性相关的内容；根据不同角色的身份和个性，这些内容有着不同的表现形式和隐晦程度。其中，罗密欧的好朋友茂丘西奥的台词中数量最多，也最为突出；而其他角色，如朱丽叶的奶妈、两家的仆人以及两位主人公，则更加间接隐晦。

第五幕中，在自杀之前，朱丽叶握着罗密欧的短刀，念出自己在剧中的最后一句台词：This is thy sheath. There

十九世纪英国画家罗塞蒂所绘《罗密欧与朱丽叶》。

rust, and let me die.（刀呀，我的胸膛就是你的鞘套。插进去锈在里面不要出来，让我死去吧。）

今天看来，这句台词并没有特殊的含义，但在三四百年前，拉丁语是学校中的必修科目，台下的很多观众听到这句台词时，都会意识道：英语中的Sheath（剑鞘），所对应的拉丁语词语就是Vagina（女性的生殖器）。当时的戏剧和文学作品中，有很多由此而来的双关语，以莎士比亚对语言的敏感，这句台词不会是无心为之。

朱丽叶的年龄虽然还不到十四岁，但在台词中所表现出的对爱情和性爱的理解并不亚于成年女性。第三幕第二场的开头，朱丽叶满怀热情地期待着即将到来的新婚夜晚；这里以Gallop apace, you fiery-footed steeds开始的大段独白，呼唤夜晚快些到来，通过一系列大胆的比喻，表现出了对性的热切向往；其中的though I am sold, / Not yet enjoy'd一句，甚至把自己比喻成正在等候客人的妓女。

另外，第二幕中，朱丽叶在花园阳台上自言自语、思考罗密欧的姓氏时，曾感叹道：What's Montague? It is nor hand, nor foot, / nor arm, nor face, nor any other part / belonging to a man。大多数研究者认为，这句中的any other part belonging to a man，是在暗示男性的生殖器官；历来的剧场演出中，很多演员和观众也这样表演和理解。

关于这句中的any other part，还有一则轶闻。最先恢复莎士比亚台词原貌的，是美国的库什曼姐妹（Cushman

十九世纪的版画，库什曼姐妹扮演罗密欧和朱丽叶。

sisters）。在1852年波士顿的一场演出中，当念到这句台词时，台下的一名男性观众故意打了个夸张的喷嚏；扮演罗密欧的姐姐立即停下表演，送妹妹走到下场门，回过身来面对观众说道："希望你们让这位先生立即离开剧场，否则，我只能自己下台请他离开。"于是，在一片嘘声中，这位捣乱的先生走出了剧场。

朱丽叶台词中关于性的内容，大多通过间接以及潜意识的方式表现，与之相比，朱丽叶奶妈的台词中的性内容，要更加明显直接。

奶妈是朱丽叶的知心仆人，抚养朱丽叶长大。第一幕中，奶妈和朱丽叶同时出场，讲述朱丽叶幼年时的趣事，之后帮助朱丽叶联络罗密欧安排秘密结婚；罗密欧杀人闯祸、被判放逐之后，奶妈主动找来罗密欧和朱丽叶共度新婚之夜。但是，当父亲逼迫朱丽叶嫁给帕里斯时，奶妈却劝告朱丽叶放弃和罗密欧的婚姻。

第一幕的第三场中，当朱丽叶的母亲催促奶妈招呼朱丽叶前来时，奶妈赌咒发誓说道：Now, by my maidenhead at twelve year old, I bade her come。其中的maidenhead指"处女的生理状态和社会身份"；奶妈这句话的意思是在向女主人保证：如果我刚才没有按照您的吩咐已经通知朱丽叶前来，那我在十二岁时就不是处女了。在舞台演出中，有些演员念台词时会刻意强调twelve，提醒观众：十三岁以后的情况，就没法担保了。

接下来，奶妈讲述了朱丽叶童年时的趣事。有一次，不到三岁的朱丽叶摔了个大马趴，奶妈的丈夫抱起朱丽叶，开玩笑说道："Dost thou fall upon thy face? Thou wilt fall backward when thou hast more wit, wilt thou not, Jule?"还不懂事的朱丽叶停下哭声，回答道："Ay.（是的。）"奶妈的丈夫所说的"等你长大懂事了，就知道应该向后仰倒了（fall backward）"，所指的就是女人在性行为中通常采取的姿势。王小波的一篇杂文中，曾经提到这个笑话。

另外，奶妈在说到朱丽叶当年跌倒后头上肿起的包时，形容为as big as a young cockerel's stone（肿得像小公鸡的睾丸那么大）。这一场快结束时，听到家中在考虑朱丽叶的婚事，奶妈告诉朱丽叶：Women grow by men，则是在介绍两性生殖的常识：结婚之后有了男人，女人就会怀孕。

除了以上这些，奶妈在其他各场的台词中也多次提到生殖行为。例如，第二幕中，奶妈向朱丽叶告知了罗密欧的结婚安排之后，说道：you shall bear the burden soon at night，其中的bear the burden at night就是在描述两人的新婚之夜。第三幕中，奶妈在劳伦斯神父的寺院中看到罗密欧躺在地上打滚痛哭，督促罗密欧时所说的Stand up和后面一句中的fall into so deep an O，也都是关于性行为的双关语。

朱丽叶的奶妈已经人过中年，台词中包含与性相关的内容，主要是由于社会出身和教育程度使然，说话没有遮拦顾忌。而茂丘西奥是不到二十岁的青年男子，精力旺盛，性格活泼，对性的兴趣要更加主动。因此，茂丘西奥台词中的性内容，不但篇幅更多，而且在表现方式上也最为直白。

茂丘西奥是罗密欧的好朋友，第一幕中和罗密欧一同参加舞会，第三幕中和朱丽叶的表哥提伯尔特决斗被刺死，罗密欧为朋友报仇杀死提伯尔特，导致了最终的悲剧。茂丘西奥性情活泼、言辞犀利，在剧中多次和罗密欧斗智开玩笑。在大多数的演出版本中，茂丘西奥的显要程度仅次于两位主人公，是剧中的男二号。

第一幕在前往舞会的路上，茂丘西奥劝罗密欧不要受爱情的困扰，所说的sink in it、a tender thing、prick love for pricking，都是在暗指性行为。第二幕第一场中，茂丘西奥在院墙外呼唤罗密欧时的话，则更加直白明显。为了让罗密欧现身，茂丘西奥以罗瑟琳开玩笑，从头到脚描述罗瑟琳的样子，在说完bright eyes、high forehead、scarlet lip之后，接着说到罗瑟琳的straight leg and quivering thigh，以及the demesnes that there adjacent lie（与大腿相邻的部位）。

在1980年代英国伦敦的一个著名舞台演出版本中，表现这段台词时，导演安排茂丘西奥在上场时拎着一瓶香槟酒，不断摇晃，当说到“the demesnes that there adjacent lie”时，茂丘西奥“砰”的一声打开塞子，瓶中的液体喷涌而出，从视觉上为台词提供了直观的比喻演示。

这一场结束时，茂丘西奥感叹道：Romeo, that she were,

O, that she were an open-arse, thou a poperin pear! 其中的open-arse和poperin pear，以及之前台词中提到的medlar，都是当时英国常见的树木果实，人们认为其形状和女性或男性的生殖器官相似。

茂丘西奥把男女之间的关系仅仅理解为性，与罗密欧构成了对照。在两人的几次对话中，茂丘西奥接连使用关于性的双关语，而罗密欧则努力地化解、纠正。

第二幕第四场中，茂丘西奥把罗密欧形容为：Without his roe, like a dried herring，用雄鱼的精子Roe和Romeo名字中的Ro-构成双关。接下来，茂丘西奥指责罗密欧昨晚give us the slip（独自溜走）。罗密欧解释说，自己有重要的事情，因此才不告而别、委屈了礼数：my business was great, and in such a case as mine a man may strain courtesy。茂丘西奥抓住话头，把courtesy（礼数）说成 “屈膝行礼”，进而演绎成to bow in the hams“弯曲膝盖”，指男子在性行为中采取的姿势。

经过一番舌战之后，茂丘西奥落在了下风，转而嘲笑罗密欧多日来由于单相思的愁眉苦脸，形容道：For this drivelling love is like a great natural, that runs lolling up and down to hide his bauble in a hole。其中，love指爱神及罗密欧；natural在这里作名词，意思是傻子小丑；bauble指小丑拿的花棍儿；hide his bauble in a hole所指的，又是茂丘西奥最感兴趣的题目。

至于莎士比亚戏剧中与性相关的台词是否构成低俗的色情内容，在不同的历史时期，以及在不同的文化体系中，都存在不同的观点。今天，大多数读者和观众，都把这些内容视为文艺作品中的修辞和想象来欣赏，很少有人指责这些台词会引人反感、教唆淫邪、毒害思想。

毕竟，《罗密欧与朱丽叶》并不是给孩子看的童话故事，在当年写作上演之初以及四百多年后的今天，这部戏剧的目标观众和读者人群，从生理和心理的成熟程度来说，都有能力欣赏和理解关于性的正常内容。

我们把书做好　等待您来发现

读库微信

读库天猫店

读库微博：@读库

读库官网：www.duku.cn

投稿邮箱：666@duku.cn

客服邮箱：315@duku.cn

图书在版编目（CIP）数据

读库. 2106 / 张立宪主编. -- 北京：新星出版社, 2021.10

ISBN 978-7-5133-4651-1

Ⅰ. ①读… Ⅱ. ①张… Ⅲ. ①中国文学－当代文学－作品综合集

Ⅳ. ①I217.61

中国版本图书馆CIP数据核字(2021)第177569号

读库 2106

主　　编：张立宪
责任编辑：汪　欣
责任印制：李珊珊

出版发行：新星出版社
出 版 人：马汝军
社　　址：北京市西城区车公庄大街丙3号楼　100044
网　　址：www.newstarpress.com
电　　话：010-88310888
传　　真：010-65270449
法律顾问：北京市岳成律师事务所
经销电话：010-57268861
官方网站：www.duku.cn
邮购地址：北京市海淀区万寿路邮局67号信箱　100036
印　　刷：北京雅昌艺术印刷有限公司
开　　本：770mm × 1092mm　1 / 32
印　　张：11
字　　数：220千字
版　　次：2021年10月第一版　2021年10月第一次印刷
书　　号：ISBN 978-7-5133-4651-1
定　　价：42.00元